漢武帝 上

皇權的邏輯

霧滿攔江 著

目錄

上冊

第二章
奪宮惡戰

第三章
漢武帝敗走後宮

第四章
江湖夜雨十年燈

第五章

帝國死亡筆記

第六章

戰天下

第七章
官民貨幣大戰

第八章

慘勝於黃昏之際

第九章

迷案連連

下冊

第十章 黑暗前夜

第十一章 西域傳奇

第十二章
南方驚變

第十三章
愛國者搗蛋

第十四章

詭異的戰事

第十五章

背水之戰

第十六章

陰謀籠罩的帝國

第十七章

噬血狂魔

第十八章

最後的陷阱

第十九章

悲哀的傀儡

第二十章

尾聲：牧蟻物語

序言——

烈火長歌，鐵血史冊

一

過去了，都過去了。那個金戈鐵馬、氣吞萬里的激情時代。

過去了，都過去了。那個人心拚搏、汙濁不堪的艱難時代。

過去了，都過去了。那個華彩飛揚、書生美人的浪漫時代。

都過去了。

千餘年而後回首，才見證漢武榮光，這位歷史上空前絕後的帝王，他率領著漢民族，在慘烈的民族生存空間爭奪戰中，為我們贏得了勝利。

漢武帝，他無可爭議的，可列為千古一帝。

沒有人能夠在他之上，縱然是秦始皇，也只能望洋興嘆，望塵莫及。

二

說到底，始皇帝之威，不過是逞一人之淫樂，敲剝天下之骨髓而已。當然始皇時代的郡縣制，成為了古中國一統的制度依據。但面對塞外莽原之上，躍馬彎弓而來的游牧者，始皇帝是束手無策的。

而奪得始皇天下的漢高祖劉邦，遭遇更是悲慘。他在率師遠征匈奴的途中，被困於白登道，險些不能生還。

此後，漢王朝為匈奴勢力所壓制，歷經文帝景帝，始終抬不起頭來，甚至說面臨著亡國滅種之危，也沒多少誇大。

漢武帝出，力掃匈奴，廓擴周邊。

這位空前偉大的帝王，為我們漢民族，贏得了百代千秋的生存空間。

但代價，又是何等慘烈。

三

漢武帝這個人，在歷史上真的是獨一無二。想要找到個堪可與他比肩的人，還真不容易。

幸好，西方的馬基維利，有一部《君主論》，此書被譽為西方之厚黑學，極盡了其能地刻畫君王智慧。

按馬基維利的觀點——或是歷史與現實本身，我們被告之，君主的成就，與道德是絲毫不沾邊的。

漢武帝正是位游走到道德之外的絕世帝王，大權在握，生殺予奪，他才不跟道德一般見識。他能夠率領漢民族擊敗匈奴，正是出於這種……無法訴諸於道德評價的智慧。

之所以無法訴諸道德評價，只是因為帝王面對戰爭之時，起到的是調配社會資源的作用。而西漢時代的生產力是何等的低下，將資源轉向戰事，就意味著對民眾生存資源的殘酷剝奪。也只有漢武帝，能夠冷酷無情地擔負起歷史重擔，寧不惜讓自己淪為天下之惡，也要完成這樁功業。而他的父親漢景帝、爺爺漢文帝，以及祖爺爺漢高祖劉邦，是不具有承擔此任的心理承受能力的。

只有漢武帝，他有這種心理承受能力。

所以他，才能夠完成這樁偉大功業。

而這功業本身，也把他拖入到了人性的暗惡地獄。

四

單從品質上來說，漢武帝這廝，絕對不是個好人。

他冷酷無情，在道德上是有嚴重瑕疵的。與他歡好的女人，沒一個能落得個好下場。女人遇到他搭進一生，男人遇到他搭進身家性命。按理來說他應該是個聲名狼籍的惡徒，但，這個公正的評價，在他這裡嚴重失準了。

觀察漢武帝，唯有從權力的邏輯出發。

從權力的角度上來說，他是位大智慧的帝王，在他年輕時代，幾乎沒犯過絲毫錯誤。只有到了晚年，整個歷史突然間變得晦澀起來。

他的智慧是個黎曼幾何，完全顛覆正常世界的認知法則。事實上千餘年來，沒誰能夠正確評價他。稱之為雄才大略，是沒有辦法的辦法——總得找個詞，暫時性地給他做個歸納分類。

帝王之術，是否屬於雄才大略，這個標準是有爭議的。而且以此標準，無法對他的晚年進行常規解讀。我們能夠確信的是，晚年時代的漢武帝，已經被嚴重扭曲了，但這種扭曲無損於漢匈兩個民族的實力對比，我們看到的歷史是，在將匈奴王朝徹底擊垮的同時，漢王朝也被拖到了稀里嘩啦，連勉強維持都做不到了。

殺敵一萬，自損八千。

他居處於一個殘酷的、需要整個民族付出長期代價的時代。

那個時代的慘烈，折射出來的是東漢的沒落、大三國與五胡之亂的激烈景觀。點數此前此後的漫長歷史，我們只能說：

漢武帝，他沒有辜負他的特定時代。

五

我們這本書，不同於此前的傳記或是評點，我們希望跳出常規道德的狹小範疇，甚至跳出帝王權術的卑微視角。

我們需要一個更長的週期，以便對漢武帝的思慮，給出一個公允的評判。

而我們最後的結論是，漢武帝在他的時代，做出了一系列在歷史上仍然存在爭議的、然而是正確的選擇。

這個選擇的做出，是基於一個遼闊的疆域、一個宏大的視角、一個漫長的歷史進程，以及一個遙遠而不可追溯的前瞻思考。

那一時代的福祉，貫行至今。只是我們久已淡漠。

——而有關此的所有細節，盡在書中。

我們是歷史資料的搬運工，此書只提供歷史上的刀劍、冰與火、宮廷陰謀與戰場廝殺、愛恨情仇與負情背叛。更具智慧、更合乎客觀的評判或結論，這些是讀者的工作。

我們一如既往的相信讀者，並期待著知性的回獲。

是為序。

序章——

漢武大帝前世今生

燕王是個老革命

昆明池水漢時功，武帝旌旗在眼中。公元前一一九年，當漢武帝坐鎮宮中，以少年英雄霍去病為驃騎將軍，奔襲匈奴，封狼居胥時，他不知道，這場兩個民族之間的生存空間爭奪戰，早在九十年前就已註定。

九十年前，是公元前二〇九年。

這一年，陳勝、吳廣不堪秦暴，於大澤鄉揭竿而起。隨之而起事者，有九百餘名戍卒。

這九百名戍卒，此前都是東方六國的士兵或將領。他們原來的國家已經滅亡，淪為了秦始皇極為忌憚的負資產。所以秦始皇不停地上馬大項目大工程，築長城修馳道，大興土木的真正目的，是想要把這些潛在的暴力單元，累死於溝壕之中，以加強自己的統治。

但最終，陳勝喊出了響亮的口號，壯士不死則已，死就要死個轟轟烈烈。遂揭竿而起，就立即得到了九百戍卒的響應，一呼百應，征戰天下。

王侯將相，寧有種乎？這九百名戍卒中，有十幾個在當時縱橫天下，裂疆封王。其中，有一個

叫臧荼的，他起步於戍卒，跟在陳勝後面跑步前進，在秦王朝滅亡後，成為了燕王。

燕王臧荼的地盤，是以現在北京為中心的薊城地帶。他是資格最老的老革命，當他征戰成名時，漢高祖劉邦還只是個小小的沛公，就是沛縣有個劉大爺的意思。但劉大爺很快後來居上，逐殺楚霸王項羽，於公元前二〇二年二月，登基稱帝。

劉邦登基之後，留心北部疆防。左看燕王臧荼不順眼，右看燕王臧荼不對勁。於是不久，史書上就多了這麼一行：

秋七月，燕王臧荼反，上自將征之。九月，虜荼。

劉邦突然出兵，奔襲燕國，將臧荼俘虜了。

此後這位老革命臧荼，就在歷史上徹底消失了，再無一字的記載。有種說法是稱他在俘後被斬殺——但是，臧荼有個兒子，叫臧衍。

父親被劉大爺殺了，臧衍騎上馬，向著北方大草原狂奔。

臧衍逃到了匈奴處，對匈奴人哭訴劉邦的殘暴不義，央求匈奴進兵中國，替他討個說法——此事，構成了匈奴與漢民族百年之戰的最初契因。雖然這個契因並非是決定性的，但畢竟是契因之一。

只有契因是不夠的，臧衍這人做事實在，他必須要為漢民族這邊，也準備個對抗匈奴的重量級人物。

幸好，臧衍還有個女兒（也許是姪女兒）。

落難小公主

臧衍的女兒，就是燕王臧荼的孫女兒了。

她的名字叫臧兒——實際上她根本沒名字。很明顯，這是個苦難的逃亡公主的故事。身為燕國公主的臧兒，在爺爺被殺，父親逃亡之後，她自己也被迫逃離華美的王宮，易妝潛行，披星戴月。她究竟吃了多少苦，受了多少驚，這些細節史書中無一字記載。

只知道她逃到了一個叫槐里的小村子，遇到個憨厚的鄉下人王仲。王仲待這名落難女子極好，臧兒那顆揪緊的心，終於「撲棱棱」地放了下來。

落難小公主和鄉下人王仲，就在一個月圓之夜，牽手定情。

臧兒說：「上邪，我欲與君相知，長命無絕衰，苟富貴，無相忘，王侯將相，寧有種乎？乃敢與君別。」

王仲說：「……拉倒吧你，還狗富貴呢，咱們鄉下人，最好別扯那個淡。」

臧兒說：「不要懷疑你自己，要懷疑的只是命運。」

說話間，臧兒就給王仲「撲棱棱」生了三個孩子。兩男一女，女兒起名叫王娡。

生下三個孩子後，王仲就死了，不知是不是累死的。他死後，臧兒改嫁到了長陵，第二任丈夫姓田。她又給這個丈夫生了兩個兒子，同時還見縫插針地把大女兒王娡嫁給了長陵金家，女婿名叫金王孫。

很有可能，是金王孫這個闊氣的名字，勾起了臧兒燕國公主時代的記憶，以為金王孫是哪家諸侯的後人呢，所以她才會答應這門婚事。

女兒出嫁後，給金王孫又生了個女兒。有一天，一個算命先生走街串巷，來到了臧兒家門前。臧兒把算命先生叫進去，讓他算一算女兒王娡的命。

算命先生掐指一算，驚呼道：「不得了，你這個女兒，她合該大富大貴的命，大富大貴，貴不可言啊！」

「貴不可言就對了！」臧兒果斷一拍桌子，「我就知道，這個女兒，會奪回我們家不應該失去的一切。好啦，馬上派人去金王孫家，把我女兒叫回來，叫金王孫去死吧，一根窮骨頭，也敢冒充王孫？這門婚事，不算數了。」

「啥玩意兒？婚事不算數了？」聽到來人的要求，金王孫那張臉，驚詫到了不能再驚詫。

「沒錯，不作數了，」來人重申，「你岳母說了，她女兒是值錢的寶物，所以要收回去珍藏，等遇到合適的價格再脫手。」

金王孫都快要氣瘋了：「喂，臧兒這死老太婆，天天作公主夢是不是作昏了頭？她女兒都替我生下了女兒，她居然還想再把女兒要回去，這開的是什麼玩笑？」

「不是開玩笑，是認真的，」來人說，「你岳母說了，她女兒是大富大貴的命，你骨頭太輕，你的命太賤，根本配不上她。」

「什麼？死老太婆竟敢這麼侮辱我？」金王孫氣壞了，「她如此無理，那我只能採取正義的報復行為，我要讓……要讓……要讓她看清楚，真正賤的，是她的女兒！我要讓她看清楚，她的女兒到底有多賤，賤到不能再賤！」

過了幾天，臧兒又派人來找金王孫：「喂，孫子，你到底把不把媳婦送回去？人家老太太可等不及了……」

「送，送，我送！」金王孫回答，「已經送走了。」

「送走了？」來人納悶，「沒有呀，王娡她也沒回家呀。」

「她無家可回了！」金王孫哈哈大笑，「回去告訴臧兒，她的女兒已經被賣作賤婢了，最下賤最下賤的婢子！倒尿桶端屎罐，對她來說都是高貴的營生了，哈哈哈。」

「我靠……」來人驚呆了，「金王孫你夠狠，同床共枕多年的夫妻，還替你生了個女兒，你說賣掉就賣掉……夠狠！」

太子是個大嬸控

金王孫，真的把妻子王娡給賣掉了。

那年月，販人市場非常的活躍，人販子公然擄人售賣。劉邦雖然開創了西漢基業，但這個基業是他自己家的幸福生活，別人家的兒女被擄被賣，他根本懶得管——實際上，皇宮就是人販市場最大的買家。

臧兒的大女兒王娡就是被丈夫金王孫給賣到了皇宮，充任最低賤的奴婢。

這就是金王孫對岳母的報復：你想讓我沒老婆，那我就讓你沒女兒！

說到底，金王孫是個無情無義的男人。

王娡是個生過孩子的女人，年紀也不小了，賣入宮中為奴，只會比賣到別的地方地位更低——想那皇宮之中，鶯鶯燕燕花花綠綠，什麼樣的絕色美女沒有？王娡入宮，縱然她生得再美貌，也是大嬸級別的了，根本就沒有競爭力。

但——命運的轉輪，正按照臧兒遇到的那個算命先生的預言，迅速地走上它既定的軌道。王姑入宮，偏偏就碰上個「大嬸控」的太子。

這太子，名叫劉啟。他就是未來的漢景帝。

景帝這個人，實際是當時宮鬥的副產品。

事情是這個樣子的，早在陳勝、吳廣起事於大澤鄉，追隨其起事的九百戍卒中，有個叫周市的，他在魏地立了前朝魏國的公子魏咎為魏王。後來秦兵攻破魏國，魏王咎自焚身死，於是他的弟弟魏豹，就成為了新任魏王。

當時這個魏國呢，基本上來說是不存在的，當年的王孫公主，統統流落民間。就有這麼個魏國小公主，稀里糊塗不懂事兒，遇到個姓薄的男子，被對方搞大了肚皮，生下個女兒，就叫薄氏。

薄氏雖然是個私生女，但為人乖巧懂事，生得美貌，就被魏王豹娶為妻子。但不幸的是，沛縣的劉大爺劉邦，後來勢力大了，率兵打來，滅亡了魏國。魏豹和妻子薄氏淪為戰俘。

薄氏被擄入宮，於織室中每天服苦役，看起來她是個活活累死的命了。除了她自己，沒人能夠救得了她。

平定天下之後，劉邦龍顏大悅，就帶著兩個小美女，一個叫管氏，一個叫趙氏，御駕出巡到河南成皋靈台，叫來管趙兩個美女：「小姑娘過來，過來，大爺帶你們玩個有品味的高尚遊戲……」就把兩個小美女一口氣全給幸御了。

睡罷，劉邦心神氣爽，忽然見兩個美女神色詭異。劉邦頓時大喝道：「你們兩個，擠眉弄眼的，想幹什麼！」

「陛下……」兩個美女跪下說，「是這樣子的，我們兩個剛才擠眉弄眼，是想起來我們剛剛入宮時的一件舊事。」

「什麼舊事？」劉邦問。

管趙兩美女回答：「陛下，我們剛剛入宮時，年齡還小，在織室中遇到個薄氏。當時我們仨玩得來，是私交極好的小閨蜜。當時我們三人在月亮下結拜，曰，苟富貴，無相忘，以後我們姊妹三人，無論誰逮到皇帝，不可以吃獨食，要叫姊妹來一起分享……是這樣子的陛下，現在我們兩個享受了陛下，忍不住想起當年結拜時的少女往事，所以就……」

「啥玩意兒？真有這事？」當時劉邦聽得，眼睛都直了，「小姊妹結拜，還帶說這種事兒的？還分享……這成何體統？不符合咱們大漢帝國的道德觀念的。」

管趙兩美女忙道：「陛下教導得是，這種事，確實不符合……咦，陛下，你剛才不是還召我們兩人一起侍奉的嗎？」

「……對，是有這事……」劉邦搔了搔頭，「你看朕，只顧勸別人堅持高尚的道德情操……那什麼，既然已經如此了，不如把你們的結義姊妹叫來吧，小夥伴們就應該在一起，有好東西大家要一起分享。我們大漢帝國，就是要倡導個分享精神。」

於是薄氏被人從織室叫出來，香湯沐浴，換了身乾淨衣裳，再送到劉邦這裡，和管趙兩姊妹重逢於漢高祖劉邦的床榻之上。當時具體的情景，史官沒有詳細記載，咱們也不好添油加醬，總之當時劉邦的御床上，充滿了和諧的分享精神，頰齒留香，蕩氣迴腸。

這次分享之後，薄氏就有了身孕，她生下了劉邦的第四個兒子，叫劉恒。

劉恒，就是西漢文帝了。

當王娡入宮時，正是魏王豹的妻子薄氏替劉邦生的兒子漢文帝劉恒在位。而王娡服侍的太子，就是劉恒的兒子劉啟。

陛下最煩動腦子

漢文帝劉恒是劉邦的兒子。太子劉啟，就是劉邦的孫子了。

這孩子口味是蠻獨特的，這點很像他的爺爺劉邦。

這意思是說，太子劉啟一眼就喜歡上了已經生過孩子的婢女王娡——王娡入宮，是隱瞞了自己生過女兒的事情的。此事後來釀成西漢帝國第一神祕大案，上萬名捕快士兵，於夜黑人靜之際，突然殺入王娡的前夫金王孫家，把金王孫嚇得尖聲慘號，差點沒被當場活活嚇死。

萬名捕快士兵夜圍金王孫之家，是二十年後的事情。

當時入宮的王娡，按現行的標準應該是個熟女，或是人妻了。總之她是個已經熟透了的美女，一舉一動都透著強烈的誘惑。當時太子劉啟，聞到她身體上的成熟女性氣味，頓時呻吟了一聲：「御姐啊……本太子的最愛。」

太子當場就崩潰了。

崩潰之後，王娡一口氣給太子生了三個女兒。

她們分別是：平陽公主、南宮公主，和隆慮公主。

公元前一五六年，王娡為已是漢景帝的劉啟生下個兒子。當時她告訴劉啟：「陛下，我作了個好可怕好可怕的夢，夢到太陽鑽進我的肚子裡來了耶……燙死我了。」

劉啟說：「這是個好夢，是大漢夢。」

王娡說：「可是陛下，咱們這個孩子，叫什麼名字好呢？」

劉啟說：「起名字這事，最費腦筋了，我最恨動腦子……咦，你看咱孩子，就叫豬玀如何？」

叫豬玀？王娡一下子就急了：「這不行，這名字太噁心了，還是給孩子再起個好聽的名字吧……」

劉啟大怒：「我說叫豬玀，他就叫豬玀，怎麼著，朕權傾天下，一言九鼎，你敢不服？」

「服……陛下我服。」王娡不敢吭聲了。

於是這孩子的名字，從此載之於史，就叫劉彘。

這個劉啟，他怎麼給親生兒子，起這麼難聽的怪名字呢？

沒別的理由，有權，任性！因為劉啟，就在兒子劉彘出生的前一年，父親漢文帝死了，劉啟登基為帝，是為漢景帝。

景帝登基，以長子劉榮為太子，以劉榮的生母栗姬為皇后。王娡雖然是二婚，但好歹也給景帝生了三個公主一個皇子，也因此被封為王美人。

美人，是宮中嬪妃的級別，美人王娡的行政待遇，相當於二千石官中郎將。月圓之夜，王美人牽著小劉彘的手，忽然想起自己的一生。

真的好奇特呀，自己明明已經嫁人生女，可就因為母親聽了算命先生的話，非要終止婚姻。結果激怒丈夫，陰差陽錯，反而把自己賣進了宮，最終竟然受到皇帝的寵愛，成為了美人。

只不過……自己一生的命運，是不是到此為止了呢？

王美人低頭，看著蹒跚學步的小劉彘。

首先，要給這熊孩子改個名字，劉彘這個名，太噁心了，根本不是人名！

還得要和風細雨，慢慢地做景帝的工作。給孩子改名這事，景帝不通過，是沒戲的。

王美人用足了溫柔手段，把景帝擺弄舒坦得直叫娘。景帝終於鬆動了。

他說：「劉彘這個名，不是蠻好的嗎……為啥非要改呢，唉，傷腦筋，朕最恨動腦子了。朕是徹底徹底的，不愛動腦子……咦，你看『徹底』這兩個字，咱們給這小東西改叫劉徹好不好？」

王美人急忙跪下：「臣妾謝陛下賜名。」

劉徹！

這個名字，在中國歷史響噹噹，是與秦始皇並列第一的重要歷史人物。

漢武大帝！

他來了。

只是過程有點讓人窩火（窩了一肚子火）。

原始兩性戰爭

當漢武大帝來臨之時，檢視他的血統，我們就會驚訝地發現，這傢伙果然有來頭，他是地地道道的三王特產，宮鬥結晶。

他的身世，畫張簡單的圖，就能夠讓我們一目了然。

這張圖，可以讓我們對當時的社會遊戲規則，有個明晰的認識。

無非就是：殺男人，搶女人！

劉邦殺掉魏王豹，擄走魏王豹的妻子薄氏。而薄氏若想為子嗣爭得生存空間，就必須想盡辦法，結盟聯縱，最終通過宮鬥，拿下劉邦，獲得了生育子女的權利。

劉邦殺掉燕王臧荼，致使其子女流落民間，而臧荼的孫女若想奪回生育權，就必須送女兒入宮接近皇帝。最終，臧荼的曾孫女兒王娡受到太子劉啟的寵愛，獲得生育權，於是生下漢武大帝。

這個遊戲，不僅對男人殘酷，對女人也同樣的殘酷。

男人如果失敗了，就會徹底喪失基因傳承的權利，丟掉性命。而女人如果失敗了，就被廢棄於織室之中，無休無止地操持苦役，直到累死。

如此之大的中國，如此多的資源，竟然只能容得下一條基因。這個遊戲，實在是太原始。

年幼時代的漢武大帝，他面對的，就是這樣一個殘酷的法則。

或者贏，或者死，沒得商量！

而且，他自從出世以來，就居處於極端不利的態勢——比王美人更受寵愛的栗姬，生下的皇長子劉榮，已經冊封為太子，成為帝國的儲君。漢武大帝晚來一步，皇位這事，對他來說基本上沒戲了。

沒戲也不行！

沒戲了也要拚掙，這是個輸不起的遊戲。

新一輪的宮戰，就在一片歌舞昇平之中，隆隆上演了。

漢武大帝身世圖

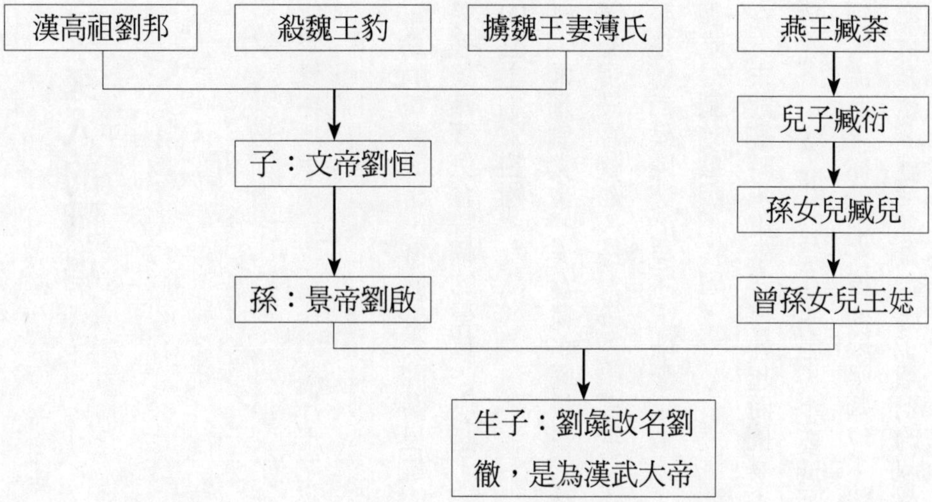
漢高祖劉邦
殺魏王豹
擄魏王妻薄氏
燕王臧荼
子：文帝劉恒
兒子臧衍
孫女兒臧兒
孫：景帝劉啟
曾孫女兒王娡
生子：劉彘改名劉徹，是為漢武大帝

第一章——

床榻是女人的戰場

豬肥先挨刀

當年幼的漢武大帝，徹底喪失問鼎皇位的資格時，於帝國的暗夜之中，走出一個細伶伶的女子身影，對著象徵著生育特權的皇位，掀起了一場聲勢浩大的奪宮之戰。

館陶公主——劉嫖。

劉嫖，她是漢文帝的大女兒，漢景帝的姊姊。館陶公主是個難得的美人，生得雪白嬌柔、香膩粉嫩，漢文帝最喜歡她。長大後，館陶公主嫁給了青梅竹馬的小夥伴，這個幸運的傢伙叫陳午。

陳午是百戶侯陳嬰的兒子。陳嬰這個人，是有大智慧的。他的智慧簡單說就一句話：低調，低調，低調吃得肥，低調不挨刀。

早在秦末政亂時，東平縣百姓起而抗暴，殺官逐吏，想以小吏陳嬰為首腦。陳嬰的母親急忙阻止：「孩兒呀，豈不聞胖豬先挨刀，人生要低調。你不要當首腦，把首腦讓給別人。事情讓別人去做，挨刀讓別人流血，你就跟在後面憨吃就行了。」

陳嬰以為然，就率部眾投奔了項羽的叔叔項梁。項梁敗死後，陳嬰率眾投靠了劉邦，從此低調憨吃。到了劉邦奪得天下，發現陳嬰投誠是有功的，但相比血戰沙場而言，這個功又有點太小，就給陳嬰封了侯，但卻是最小最小的侯，在功臣表上倒數第二，只食邑六百戶。

也就是說，陳嬰這一家，雖然是帝國既得利益集團中的一員，但在最邊緣。偏偏漢文帝的生母，魏王豹的妻子薄氏，也處在帝王血統中的邊緣地帶。

就這樣，陳嬰一家就和漢文帝一家，成為了邊緣人士的患難之交。

所以館陶公主小時候，就跟陳午玩在一起，玩大了，就成了夫妻。

陳午這個人，秉襲家訓，凡事講究個低調。他低調出生，低調地和館陶公主玩在一起，低調地娶公主，低調地生了兩個兒子一個女兒，然後就低調地死去了。

丈夫低調辭世，公主寂寞悒鬱。

月白風清之夜，她獨立中宵，嚴肅地思考著人生。呃，這個做人，為什麼要低調呢，為什麼呢？高調豈不是更好玩？

丈夫一家低調，那是沒辦法的事兒。因為他們陳家沒依沒靠，一旦高調惹來殺豬刀，全家就死翹翹了，所以他們害怕，不敢高調。

可自己憑什麼低調？

我是誰呀我？我是上任皇帝最寵愛的大公主，現在皇帝最親的姊姊，我憑什麼低調啊？

有權就任性

那麼問題來了，這個調，怎麼個高法呢？

如何才能靠譜地高調……館陶公主的眼睛，落在正在身邊蹦跳玩耍的女兒陳嬌的身上。霎時間她的眼睛一亮：咦，我這個女兒，長得和我小時候一樣的可愛……就是腦筋有點軸（不知變通，死腦筋），遇事不愛動腦子，轉不過彎來……轉不過彎怕什麼？如果我把阿嬌嫁給太子，等到日後太子登基，阿嬌她就是皇后了。我呢，就是皇后的媽。到時候我想怎麼高調，就怎麼高調，誰管得了「后媽」？

當然，館陶公主和漢景帝，是姊弟倆。她的女兒和景帝的太子，是姑表親。兩家聯姻，屬於典型的近親結婚。

近親結婚怎麼了？

有權，就是這麼任性。

想到就做，館陶公主興沖沖入宮，要辦成這件事。

殺父之仇，奪榻之恨

館陶公主入宮，要找的是太子劉榮的生母栗姬。

栗姬，她在歷史上的全部記載就五個字：齊國美女也。

除了她是個美女之外，有關她的家世家境，史書上無一字的記載。總之她是漢景帝生命中的第一個美貌女生，一個直性子的山東姑娘。景帝還沒做皇帝時，兩人合力一口氣生了三個兒子。但景帝立太子，做皇帝，可以與之合作生孩子的選擇就多了。以後景帝的兒子，就來了許多美女幫著生，栗姬就有點江河日下了。

雖然江河日下，終有結髮之情。更何況栗姬生下了景帝的大兒子劉榮，按祖制，劉榮被立為太子，栗姬以後就不用看老公景帝的眼色了，耐心等著兒子長大做皇帝，就可以皇太后的身分，舒展一下筋骨。

所以館陶公主入宮，先要來找栗姬。等到栗姬答應太子娶阿嬌，再去告訴景帝。先把事情辦成，景帝也不好非要說不行。

這是館陶公主心裡的想法。

入宮之後，取路椒房殿。栗姬聽說館陶公主來了，心裡奇怪。要知道宮室極大，館陶公主雖然經常入宮，但每次來都是專程找漢景帝，與栗姬並沒什麼交情。不明白館陶公主為什麼這次要見自己，栗姬充滿警覺地迎出。

館陶公主坐下，宮婢奉茶，她呷了一口，放下，說：「太子年齡不小了，身邊應該有人照料他了。」這個話題不提起還好，提起來栗姬就滿腔怒火。她在心裡怒罵：館陶公主，俺日你娘親！但臉上不慍不色，只是淡淡地「哦」了一聲。

「我的女兒阿嬌……」館陶公主話題一轉，說道，「阿嬌美貌聰明，心思玲瓏，知書達禮，琴棋書畫樣樣精通，更兼性情嫻淑，德操廣澤，可以母儀天下，與太子……」講到這裡，館陶公主突然收住聲音，因為她發現了情形有點不對勁。

栗姬的臉色突然變了，變得詭異之極。

那張臉的怪表情上，清清楚楚地寫著這樣一行字：「你終於來了！」

失驚之下，館陶公主一下子站了起來，突覺失態，又訕訕坐下，心中卻是困惑不解：這栗姬，她何以如此態度對待自己？自己可是善良厚道，從沒有扒了她的褲頭……不對！自己早已無意中，對栗姬實施了甚於扒褲頭十倍的羞辱。

皇宮是帝國的權力中心，不是百姓家的大雜院。即使是館陶公主，也不應該三天兩頭往宮裡跑。但館陶公主成功地找到了個理由經常入宮，這理由就是她關心景帝弟弟的性生活，每隔幾天就給小弟送來個美女，讓弟弟伸展筋骨舒爽精神。所以景帝弟弟對自己這個姊姊，是日有所思，夜有所念，天天都在等待更新鮮的美女。可館陶公主這麼幹，對栗姬的傷害，實在是比扒了褲頭更嚴重。

殺父之仇，奪榻之恨。

這世上有條規律，傷害別人的人記性差，被傷害的人記憶好。館陶公主是傷害者，她送美女入宮，把栗姬從床上擠下去，做完這事就忘了。

可栗姬公主記得。

一直記在心裡！

就等待著今天……不，就等待著她兒子登基為帝，再報此奪榻之恨。

怨毒之宮

失魂落魄地辭別栗姬，館陶公主心下茫然。

她才醒過神來，自己入宮，惹來大禍，而且懵懂無知，如果不是想再巴結一步，專誠來拜訪栗姬的話，根本不知道還有這麼個可怕的仇家窺伺在側。

皇家結仇，意味著極恐怖的事兒。

百姓家裡親眷結怨，無非不過是吵罵幾句，或是操起餵豬瓢扣腦殼上，後果不過如此。但宮權血戰，一旦失敗，那是極慘極慘。高祖劉邦晚年，戚夫人受寵，結果劉邦死後，呂后殘酷報復，剁去戚夫人手足，扔入糞坑，讓戚夫人在極度悲慘的情況下死去。

忽然間館陶公主感覺自己手腳都不在了，全身痛楚不堪……再想想栗姬看自己時那怨毒的眼神，館陶公主絲毫也不懷疑，栗姬一定會對自己這樣做。

等到她成為皇太后，大權在握，砍個館陶公主的手腳算什麼？丟進糞坑算什麼？到時候只怕天下之人，爭先恐後來糞坑看自己的熱鬧了。

太可怕了！

館陶公主全身冰冷，委屈得差點沒哭出來。他是皇帝呀，當然有權力睡遍天下美女，你栗姬孩子都生了一大堆，怎麼可以這樣自私呢？

唉，為了帝國的安寧與繁榮，自己付出了多麼慘烈的犧牲啊。

可這天下之人，誰又會理解自己？

失望悲憤之際，館陶公主恍惚間聽到一個聲音，猛抬頭，看到一個小男孩，正在前面奔跑。

館陶公主的眼睛一亮，劉彘！

這一年，劉彘五歲。

正能量的女陰謀家

館陶公主拉著小劉彘的手，走進王美人居住的常甯宮。

王美人趨步相迎，臉上洋溢著幸福、滿足的表情。

所有人都喜歡她，因為她是個充滿了正能量的女人，從不抱怨，從無怨色，任何時候都是心平氣和，什麼情況下都是滿心喜悅。她這身正能量，不是天上掉下來的，而是因為她在宮裡最不占優勢。一個生過孩子的大齡婦女，地位最低賤的宮婢，競爭對手又都是花齡之季的美貌少女，可是她仍然嫻靜地逆襲，放翻漢景帝。相比於這宮裡任何一個女人，她都知足了。

但，如果能再進一步，豈不是更好？

館陶公主在王美人面前，可以說是不設防的。她坐下來，宮婢奉上來的茶也顧不上喝，立即向王美人訴苦：「你說栗姬，她怎麼可以這樣呢？我這不也是為了皇帝嗎？皇帝他可不是哪一個人的皇帝，他是天下人的皇帝，天下蒼生就已經夠讓陛下操勞的了，後宮如果再爭寵鬥氣，這就有負陛下的恩寵了！」

王美人微笑頷首：「然，長公主所言極是。」

說話間，小劉彘跑到館陶公主身邊，依偎撒嬌。館陶公主熄了火氣，抱起劉彘，說了句：「這小東西，越來越聰明了。這麼聰明的孩子，將來做個皇帝也不錯。」

王美人慌了神：「可不敢這麼想……」

館陶公主劈頭打斷：「怎麼就不敢？劉彘怎麼了？比誰低又比誰矮？他可是正宗的皇家龍種！憑什麼就不能當皇帝？」

王美人臉色急惶，拿手指了指門外：「長公主息聲，宮裡人雜……」

館陶公主失口說出這句話，心裡也有點怕，知道自己是被栗姬有可能在未來的殘酷報復嚇慌亂了，有點破罐子破摔，才說出這種話來。私議帝國儲君，縱然她是景帝的親姊姊，萬一被人知道，也難逃一劫。

慌亂中，館陶公主與王美人四目相接，雙方都在對方的眼睛中看到了期待與熱切。這是西漢帝國最高智慧的兩個女人，王美人是天生的大陰謀家，什麼事兒都敢想；館陶公主是天生的執行者，什麼事兒都敢幹。這兩個女人湊在一起，沒有她們幹不成的事兒！

這個丫頭有點軸

隔日，王美人派了人來，給館陶公主送來幾樣她愛吃的食物。

館陶公主也封了幾樣新鮮的果蔬，吩咐來人帶回，並給景帝也捎帶了一份。

幾次禮物往來之後，最初那個朦朧的願望，在兩個女人心中漸而豐滿成熟。

是不是可以考慮，讓劉彘取代太子劉榮呢？

這個建議，王美人是絕對贊同的。雖然小劉彘現在被封膠東王，但既然有機會做皇帝，為什麼不努力爭取？而館陶公主堅信，如果換了劉彘當皇帝，王美人絕計不會把自己手足剁掉，丟進茅廁……那也未必，所以還需要為兩人的關係，再加上一道保險。

加什麼保險呢？

把女兒阿嬌，嫁給小劉彘當老婆？

可是這招有點太蠢，劉彘才五歲，阿嬌足足比他大了八歲。可別小看這八歲，大八歲，阿嬌已經是十三歲的妙齡少女，荳蔻年華，可以為人婦了，可小劉彘才……總之，感覺怪怪的。

可感覺怪，那也得考慮。館陶公主發了狠，第一要讓自己的女兒做皇后，第二不能讓人剁了自己的手腳，這兩條中的無論哪一條，都決定了十三歲的少女阿嬌，必須要嫁鼻涕男生劉彘。

問題是……女兒阿嬌，性子那叫一個軸。這丫頭長得雖然漂亮，但腦筋就像是拉磨的驢，總是轉不出死圈子。有什麼辦法，能勸勸這個不開竅的死丫頭呢？

思前想後，這件事兒，只能讓小劉彘自己來。

漢武大帝人生首次出手，奪美之戰，就在他五歲那年，拉開了戰幕！

五歲漢武帝的奪美之戰

五歲的漢武帝歷史首次出手，就留下了千古餘響。

話說小劉彘來到了館陶公主家，公主把他抱在懷裡，輕擊手掌，一排美麗的歌妓魚貫而入，扭動著纖細的腰肢，歌舞起來。館陶公主捏了捏劉彘的小臉蛋：「小東西，這幾個美女，你喜歡哪一個？喜歡就歸你了，隨你玩。」

劉彘拚命搖頭：「不，姑姑，我還年輕，眼下最重要的事情是要抓緊時間讀書學習，而不是早戀，早戀對我這樣的小朋友，身心影響不好啊。」

嘿，這小王八蛋，還有腔有板的。館陶公主樂了，叫過來女兒阿嬌：「小東西，阿嬌姊姊美不美？」

小劉彘嚴肅地端詳著阿嬌：「有位姑娘，在水一方，寤寐思之。姑姑，你要是答應把阿嬌嫁給我，我願意為她鑄造一座黃金房屋，讓她生活在裡邊，終生幸福無虞。」

嘿，這小王八蛋，他才剛剛五歲，就創造了一個成語——金屋藏嬌！

五歲創造成語，讓中國人沿用至今，這就是漢武帝，這個成語證明了他是個早熟早慧的孩子。

當然這句話肯定是母親王美人教給他的，為的是與館陶公主結成政治同盟，兩個女人護著小漢武帝，共同向皇位衝刺。

劉彘的這個表態，掃除了館陶公主與王美人兩人結盟的最後障礙。至少阿嬌對這個小丈夫，不再有什麼反感厭惡情緒。

下一步的工作，就是館陶公主與王美人，分別向景帝遊說，讓漢景帝同意這門婚事。

景帝應該是對這門婚事有所詫異的。阿嬌的美色盡人皆知，也不是找不到婆家，為什麼非要嫁給流鼻涕小屁孩劉彘呢？但阿嬌本人願意，小劉彘願意，王美人願意，館陶公主願意，大家全都願意，他景帝又何必非要中間插一槓子？

婚事議定，同盟結成。下一步的工作重點，就是打掉栗姬及太子劉榮母子集團。

怎麼個打法呢？

考慮兵分三路，第一路是從床上，第二路還是從床上，第三路是從朝中。漢景帝這輩子的活動空間，除了上床就是上朝，這麼個排兵布陣，也是合情合理。

第一路由王美人負責，她讓小劉彘每天在父親景帝面前蹦來跳去。老實說，景帝生的兒子雖多，但誰也沒有五歲就創造成語的驚人能力。以小劉彘的聰明伶俐，很容易就博得了景帝的好感。

第二路由館陶公主負責，她先挑選了兩個極美的少女，給漢景帝送去。等漢景帝骨軟筋酥之際，館陶公主開始給栗姬上眼藥。

館陶公主說：「栗姬這個女人，哪都好，就是心胸不夠寬大。她的性格，有點像當年的呂后……總之吧陛下，當年呂后專權，戚夫人可是死得好慘呀。」

景帝不愛聽這話：「說什麼呢你？栗姬不過是個沒心計的笨女子，怎麼可能會幹出那麼殘忍的事兒來？」

館陶公主肯定景帝的意見：「嗯……陛下所言極是，我琢磨也是不大可能。」

「不是不大可能，而且是絕對不可能。」

說完這句話，景帝就生出疑心：「那萬一呢……」

殘酷的測試

被館陶公主灌了迷魂藥，漢景帝開始對栗姬放心不下。

他雖然是個對感情缺乏忠貞的男人，但，自己寵愛的女人被剁去手腳，丟進茅廁，這實在有點過頭了。漢景帝不希望呂后時代的亂局在他死後重演。

可是栗姬這娘們兒，到底有沒有這麼狠毒呢？

漢景帝心想：要想吃到梨子的滋味，就得親口嘗一嘗；要想知道女人是否心狠，就得親自測試一下。

於是，漢景帝開始對栗姬進行測試。

漢景帝聲稱身體不舒服，躺在栗姬的房間，讓栗姬侍奉。同時假裝奄奄一息的樣子，用微弱的聲音叫道：「栗姬，還記得大明湖畔的那個誰，那個誰嗎？栗姬呀，朕這輩子，沒別的愛好，就是見了美女挪不動步；栗姬呀，你是最知道朕的心思，等朕化鶴西去，朕把睡過的女人給你列出個名單，你要好好地照顧她們……」

栗姬如何知道，宮裡宮外，朝中鄉野，正有一道密不透風的羅網，向她籠罩過來。不知殺機四伏，她的本能反應，是「騰」的一聲站起來，滿臉厭惡地走到一邊，不再理睬漢景帝。

她的意思是說：「我生氣了，請你不要再這樣傷害我，好不好？」

漢景帝落下淚來。他心裡想的是：「想不到呀想不到，栗姬這個女人，竟然真是如此心狠手辣，在朕的面前，她都敢甩臉子（擺臭臉）。等朕死了，朕的女人豈不全都慘了？」

「不行，朕不能任由這個惡毒的栗姬，肆意傷害朕的女人。朕要做個好男人，保護好每個女人。」漢景帝心情悲壯地想。

悲憤的漢景帝，一秒鐘都不想再在栗姬的房間裡待了。他爬起來，四顧茫然，去哪兒呢？朕這輩子，走來走去，就兩個地方，上床和上朝。現在上床不爽，那就去上朝吧。

於是漢景帝上朝，就見朝臣中跳出一人，是大行禮官，只聽他大聲曰：「啟奏陛下，臣有奏本。」

漢景帝：「愛卿奏來。」

就聽禮官奏道：「陛下，自古以來，母以子貴，子以母貴。現今後宮空虛，后位虛懸。而栗姬德性嫻淑，其子劉榮又是太子，理應母儀天下，立為皇后。不知陛下以為然否？」

然……你個頭否！眼望禮官，漢景帝的眼中，閃現出殘忍的光芒。

詭詐的權謀

溫柔地望著禮官，漢景帝滿臉是笑：「朕後宮的事情，是你朝官應該過問的嗎？」

禮官呆了一呆：「陛下，臣不是妄加干涉，是為了陛下江山的千秋大業呀。」

景帝問：「朕的江山千秋不千秋，跟你有何關係？」

禮官：「不是……陛下……」

景帝：「拿下，問罪斬之！」

禮官被拿下，處斬。

漢景帝的心中，已經憤怒到了極點。這個栗姬，太可恨了，她竟然敢勾結朝官，悍然逼宮！幸虧自己英明神武，識破了這狠毒女人的奸計，否則的話，後果不堪設想。

此時後宮，王美人正在倚欄觀望。她的心情很緊張，非常之緊張。她在想，那個缺心眼的朝官，不會在被砍頭前，突然醒過神來吧？如果他有機會告訴傻逼漢景帝，說他上奏立栗姬為皇后，根本不是栗姬的主意，而是王美人花了銀子，委託他幹的，漢景帝會不會也醒過神來呢？

這是王美人與館陶公主議計的第三路人馬，騙心眼不夠用的朝官，上奏要求立栗姬為皇后，給漢景帝一種栗姬悍然奪后的印象。

只希望景帝足夠傻，朝官死得夠糊塗。

此時朝堂之上，漢景帝的聲音微微顫抖：「傳旨，太子劉榮，素先無跡，無人君之德，廢為臨江王。」

霎時間朝野一片震愕。

漢景帝如願上套，漢武大帝的人生之路，至此已經鋪平。

新的征途，新的敵人

漢武帝五歲那年，母親王美人與館陶公主聯手，設計將太子劉榮貶斥。

此後劉彘改名為劉徹，心平氣和地繼續向漢景帝施加影響。但遺憾的是，長公主劉嫖與王美人聯手宮戰，帶來的是一個始料未及的後果——劉彘也好劉徹也罷，不管這個小東西叫什麼，總之他離皇位越來越遠了。

為什麼呢？

因為……漢景帝這個人，他是一台效率極高的雄性生殖機器，所過之處，如暴犁行經大地，在身後留下一連串的兒子。他從十六歲時，以飽滿的熱忱投身於生殖事業，年年開花歲歲結果，到了登基為帝已經有了十一個兒子。登基後仍勤於房事，又生了三個兒子。他這一生，公主不算，單兒子就生了十四個，勇奪西漢生兒子的帝王第一名。

那麼問題來了，由長公主劉嫖和母親王美人聯手護駕，向皇位發起攻勢的劉彘或劉徹，他在這十四個兄弟之間，排行第幾呢？又擁有什麼優勢呢？

來看看漢武帝的競爭對手們吧！

大哥劉榮，比劉徹年長十六歲，生母栗姬。暴脾氣急性子，最大的優勢是他是老大，目前這個優勢已蕩然無存。

二哥劉德，比劉徹年長十五歲，生母栗姬。喜歡讀儒學經典，每天念叨知之為知之，不知為不知，吱吱吱吱，缺乏野心，不具競爭力。

三哥劉閼，比劉徹年長十四歲，生母栗姬，特長不明。

四哥劉餘，比劉徹年長十三歲。生母程姬。程姬是一位具有分享精神的高情商（情緒智商）女性，所以劉餘受其教導，喜歡鬥雞走狗，跑馬溜溜，競爭力較弱。

五哥劉非，比劉徹年長十二歲。生母程姬。劉非是衝擊皇位的強勁對手，且奪標呼聲較高。因為劉非聰明穎悟，武藝過人，更兼擁有軍功。如果沒有意外，怎麼看皇位都應該是他的——但我們知道，皇宮是意外發生的高頻地帶。

六哥劉發，比劉徹年長十一歲，生母唐姬。劉發劉老六的生母，原本只是受寵的程姬身邊的小丫鬟。有一次漢景帝來程姬房中歡愛，適逢程姬來了月事，又不想讓景帝失望而歸，遂把身邊的丫鬟唐氏送給漢景帝。景帝喜而御之，曰：「味道好極了，程姬你具有偉大的分享精神，實乃女性的楷模，朕心大慰。」慰則慰矣，但唐姬生的劉老六，沒什麼特長，不具競爭優勢。

七哥劉彭祖，比劉徹大十歲，生母賈夫人。劉彭祖的人生願望，是做個芝麻大點的官，上面有人罩著，可以找許多美女玩而不操太多的心，這點出息決定了他更多是個合作者，缺乏競爭意識。

八哥劉端，比劉徹大九歲，生母是具分享精神的偉大女性程姬。劉端劉老八的性取向比較超前，他討厭女生，但見到漂亮男孩就上前求愛。他最想幹的是走遍祖國大好河山，睡遍天下漂亮男生。不具競爭優勢。

九哥劉勝，比劉徹大八歲，生母是賈夫人。劉勝是個吃貨，面對美酒佳餚，是沒有絲毫抵抗力的。他的另一個特點，是在美女面前缺乏自制力。可想而知他的競爭實力也不是太強。

景帝第十子，劉徹——可以看到，漢景帝從十六歲開始每年都要生個兒子。生到第九個兒子劉勝，戛然而止。此後八年沉寂，然後與大嬸級別的王娡，生下了未來的漢武帝劉徹。

漢景帝這台高效率的生產機器，為什麼會突然歇了八年呢？

因為，所有的這些兒子，全都不是正經皇后生的，這在當時後宮引起巨大爭議。你個皇帝這麼能生，卻偏偏不和皇后生，是何用意？有何目的？

朝野之間，群議洶洶：「陛下，你家孩子生錯了，退回去重新生！」

重新生……生你妹呀！景帝生氣了，乾脆罷工不生了。

景帝賭氣罷工八年，終於遇到了大嬸級別的王娡。王大嬸循循善誘地來給陛下做政治思想工作：「陛下，我深深理解你的內心痛苦，再能生的男人也會生到累，讓咱們靜靜地坐在這裡掬一捧人生之淚，歇一歇再暢飲飲到醉。」於是景帝醉了，劉徹獲得人生機會。

生了劉徹，王美人不無驚恐地發現，在自己兒子面前，竟然有九個哥哥排隊。當時王娡就炸了，立即聯絡長公主劉嫖，把自己的妹妹王兒姁，送入宮來，姊妹聯手控制漢景帝。

於是，劉徹又多了四個弟弟：

十一弟劉越，比劉徹小一歲，生母王兒姁。劉越的記載不多，特長不詳。

十二弟劉寄，比劉徹小二歲，生母王兒姁。劉寄這人，在小事上異常精明，誰也玩不過他。但逢遇到正經事兒，他的智商就會飆降，是個難以理解的非正常人士。

十三弟劉乘，比劉徹小三歲，生母王兒姁。劉乘的優勢特點不詳。

十四弟劉舜，比劉徹小四歲，生母王兒姁。劉舜其人，驕奢淫逸，在性變態方面有著獨特而高深的造詣。

可以看到，王美人奪宮，並非是偶然事件。晚年的漢景帝，實際上已經被她們王氏姊妹所控制。她和妹妹聯手，給漢景帝生了五個兒子。劉徹的優勢是，他是王氏五子中，年齡最大的。

但排在他前面的九個哥哥，哪一個也不是吃素的。雖然打掉了大哥劉榮，但還有八個哥哥，足夠劉徹喝一壺的。

分析目前的宮戰局勢，可以發現，雖然劉徹只排到第十位，但由於王氏姊妹徹底控制了漢景帝的原因，他仍然擁有無可爭議的優勢。

但這個優勢，被來自於後宮的強大意志，冷酷地否定了。

宮戰江湖

漢景帝被王氏姊妹，再加上姊姊長公主劉嫖脅持，無奈之下給自己的母親太后竇氏打報告，要求立第十子劉徹為太子。

竇太后批奏：「此奏駁回，不可！」

不可……漢景帝小心翼翼地問：「母后，您不喜歡劉徹，那這事……您認為應該冊立哪個兒子為太子呢？」

竇太后：「哪個都不可以！」

漢景帝：「娘，莫要發神經，哪個兒子都不可以，那您是怎麼想的？」

竇太后：「你所有的兒子，都是庶出，沒有一個是皇后所生。所以，他們全都沒有資格被冊立為太子。」

漢景帝：「不要這樣子，求您了娘。」

竇太后冰冷批奏：「非這樣不可！」

漢景帝不敢再吭聲，陰鬱的背景，塵煙滾滾，遮天蔽日，漢武大帝最強大的競爭對手，從地平線大步而來。那千軍萬馬掠過荒原的廝殺聲，至今仍在歷史深處迴盪，餘韻不斷。

七國之亂！

第二章——奪宮惡戰

帝國最愛玩女人

景帝的生母竇太后，否定景帝所有兒子的繼位資格，並非是她發神經，而是她的人生經歷，決定了她的思維方式。

她其實也是個可憐的女人。

竇太后，河北人氏。早年前，秦始皇一統六合，併吞天下，竇太后的父親雖然出身貧寒，卻極有見識，他攜家人逃避到觀津，每日於河邊直鉤垂釣，曰：「昔有子牙名姜尚，直鉤垂釣遇文王。而今老竇又來此，魚兒吃得肥又胖。」

忽然間直鉤下墜入水，分明是有魚兒咬了鉤。老竇大驚：奇怪，這明明是直鉤，怎麼還有蠢魚來咬？站起來，探頭往河裡仔細瞧，不想腳下的石頭被河水滋浸得圓潤光滑，老竇身體傾斜，重心向前，失去平衡，只聽「咕咚」一聲，他失足栽入水中，只聽見半聲微弱的救命聲，河水翻捲，已然無了聲息。

老竇直鉤垂釣，不幸落水身亡，撇下了一個女兒、兩個兒子沒人照管。幸好不久劉邦登基，派使者抵赴觀津，誠徵妙齡少女入宮，供劉邦泄火解乏。美貌女青年到後宮去，廣闊床榻，大有所為！

竇家的女兒為了生存，就和兩個弟弟分手，前來報名充當宮女。

但劉邦很快老死了，撇下宮裡數不清的美女，無人幸御。時值呂后專權，命令官員給這些宮女登記造冊，要把她們統統分配給藩王為婢。

長年在宮裡被冷落的竇女，排隊在官員這裡登記。官員親切地問她：「竇姑娘，你想被分配到什麼地方去？」

竇女驚問：「我可以……自由選擇嗎？」

官員正色道：「當然可以，咱們大漢帝國，最是講仁義道德了，疏散飽嘗性苦悶的宮女出宮，本是天大的善行。為什麼不把善行做到底，聽聽宮女們心裡的願望呢？」

竇女激動得落淚，說：「太后真是太仁慈了，我請求把我分配到河北。」

官員親切地問：「為什麼你要求去河北？」

竇女哭道：「我的家鄉在河北觀津，當年我父親直鉤垂釣，落水而死。而我為求生入宮，與兩個弟弟失散久矣，我希望能夠回到家鄉，找到失散的弟弟。」

官員被打動了，說：「放心吧，朝廷一定會滿足你的心願……」才怪！

於是官員大筆一揮，把宮女竇氏，分配到……山西！

當時竇氏就急了：「不對，我剛才說想分配到河北，不是山西。」

登記的官員詭異地笑道：「沒錯沒錯，正因為你想回到河北，所以才要把你分配到山西。」

咱們大漢帝國，就是這樣玩弄你。只有玩死你們這些弱女子，權力才會有莫測之威！怎麼，你敢不服？

服，我服……竇氏不敢吭聲，心裡卻在罵：日你娘親大漢帝國，居然這樣欺負我們女人，倘若我得了勢，我一定要……玩死你們這些臭男人！

親情就是政治

竇女被分配到了山西代國。

代王，名叫劉恒，他就是劉邦和魏王豹的妻子薄氏生下來的苦孩子。聞知皇宮分配來一批美女，劉恒歡喜不盡，立即從屋子裡衝出來，「嘟」的一聲吹哨：集合啦，皇宮裡分來的美女們集合了，給本王排好隊，讓本王挑選最美貌的。

從長安遠道而來的宮女們，急忙排好隊，讓代王劉恒一個個仔細看過來。代王看一個，搖頭，再看一個，繼續搖頭：「難怪你們在宮裡時，我爹劉邦他不喜歡你們，你看你們自己長的這德性，對得起觀眾嗎？咦，這裡有個絕色美女，你叫什麼名字？」

那宮女回答道：「代王，我姓竇，我的父親在河北觀津，直鉤垂釣時落水淹死，我希望代王能夠幫我……」

代王道：「你爹愛死不死，本王才不關心。本王關心的是，你雖然長得漂亮，但成人遊戲會不會玩？」

「這個……」竇女羞紅了臉。劉恒大喜，攔腰抱起竇女，急不可耐地衝入臥室，立即玩起成人遊戲來。

史載，呂后遣宮女出宮，給代王劉恒這邊送來五個女孩，但只有竇女姿容美貌，贏得了劉恒的歡心。

不久，竇女給劉恒生下了第一個孩子，就是後來掀起奪宮之戰的長公主劉嫖。然後竇女又給劉恒生了第二個孩子，就是漢景帝。

最後竇女又給劉恒生了第三個孩子，梁王劉武。

呂后專權的時代結束，代王劉恒入主龍庭，成為漢文帝，竇女成為皇后。等到文帝死，竇女生的二兒子劉啟登基，成為景帝，竇女晉升為皇太后。

成為皇太后，竇女舒舒服服地坐在座位上，先下令官員務必把自己失散的兩個弟弟找到。這事很不容易，但皇太后的懿旨，再難也要做到。兩個失散的弟弟真的找到了，經竇太后核實驗明，確是她的兩個弟弟。只不過，這兩個弟弟長年淪落底層，大字不識，竇太后給他們很多的錢，並沒有讓他們干預朝政。

但處在皇太后這個位置上，本身就是朝政，家事就是朝政，想不干預，絕無可能。

最喜歡干預朝政的，當然是竇太后的大女兒，長公主劉嫖。她與王美人聯手，發起了隱祕的宮戰，最終將栗姬擊敗，把太子劉榮拉下了馬。

劉榮被打落凡塵，皇儲之位再起波瀾，但奪標呼聲最高的，並非是小漢武帝劉徹。

而是漢景帝的弟弟、竇太后的小兒子，梁王劉武。

最重親情的竇太后，二兒子小兒子，都是心頭肉，憑什麼二兒子成為景帝，小兒子卻毛也撈不到一根？這種溺愛幼子的正常心理，構成了少年漢武帝奪取太子之位的最強大障礙。

皇帝有點太苦逼

梁王劉武，因為是竇太后最小的兒子，身分特殊，大多數時間待在京城，不回封國。景帝繼位的第二年，請弟弟劉武喝酒，喝到高興時，景帝說：「小弟，你好好幹，哥哥這個座位，以後就是你的了。」

「真的嗎？」梁王喜出望外。

景帝道：「君無戲言，哥哥怎麼會拿這事兒跟你開玩笑？」

梁王大喜：「哥哥你待我太好了，來來來，喝了這杯，誰不喝就是狗娘養的。」

歡宴散罷，景帝心情爽暢，正要回內宮，卻被一個人攔住了去路。

這個人，名叫竇嬰。

竇嬰是竇太后堂兄的兒子，觀津人氏。竇氏得勢，他因而也成為了當時的重臣。他的年齡比漢景帝略小，但比景帝的弟弟梁王大。

當時竇嬰攔住景帝，問：「陛下，您剛才說，要把天子之位傳給梁王，我沒聽錯吧？」

「啊，你說這個啊？」景帝支支吾吾，「就是隨便那麼一說，喝酒嘛，大家圖個高興，你懂的。」

「不是陛下，」竇嬰說，「陛下呀，這皇位傳承之事，是天底下一等一的大事。國家是有明確制度的，皇帝之位，必須要傳給長子劉榮，陛下您無論如何，也不能拿這事兒取樂亂說呀。」

「好了好了，」漢景帝不耐煩地說，「朕知道你現在負責教導劉榮讀書，當然是要向著他說話。」

「不是陛下……」竇嬰還待要說，景帝拿手一擋：「這件事至此打住，不許再議論了。老子不過是當個皇帝，你看你們一個個的操蛋（晦氣）樣，朕隨便開個玩笑都不行，日你娘親，這苦逼（艱辛、痛苦）的人生真沒趣！」

竇嬰阻止漢景帝把皇位傳給梁王劉武，這個消息立即被人報到了後宮。當時竇太后勃然大怒，站起來破口大罵：「這個竇嬰，到底是哪頭母豬生出來的？他還是不是我的姪子？如果你是竇家的人，怎麼不幫著我竇家說話，嗯？」

竇太后的指責，其實毫無道理。竇嬰雖然是幫著劉榮說話，而劉榮歸根到底也是竇太后的親生孫子。但，皇族之家，根脈繁雜，劉榮固然是竇太后的孫子，但終究是劉氏族人。而梁王劉武，雖然也是劉氏皇族，卻是竇太后親生。竇嬰阻礙太后寵愛最小的兒子，因此引發了太后的嫉恨。

竇太后傳懿旨，竇嬰其人，不是個好東西，現在宣布將其開除出竇氏門楣，竇家不承認他姓竇，他也沒資格再姓竇！

懿旨下來，竇嬰好不鬱悶，不叫我姓竇，那我姓什麼？

竇嬰就這樣和自己的姑姑竇太后翻了臉，雖然沒到刀槍相見的地步，但彼此之間互相看不順眼。不過和皇太后搞僵了關係，竇嬰也沒法再幹下去了，只好辭去公職走人。

正因為竇嬰失去太后歡心，被迫辭職出走，導致了太子劉榮失去了朝中的臂助，結果被長公主劉嫖和王美人聯手推翻。

因為這樁事，漢景帝很不開心，而梁王卻因為有了哥哥的承諾，從此心花怒放。時隔不久，正逢中國歷史上有名的漢景帝七國之亂，讓梁王抓到機會，狠狠地露了個大臉。

課本這樣騙了你

七國之亂，是中國歷史上的大事件。諸多史書的記載，大同小異，都言稱劉邦始創漢國天下，藩王勢力過於強大，而景帝為了統一中央政權，與藩王發生利益衝突，最終七國聚而反亂，釀成了一場大規模的軍事戰爭。

但實際上，史書上的這個解釋，很扯。

七國之亂的真正原因，是漢景帝這個人，本質上是個混帳。他還是太子的時候，吳王劉濞派自己的王子入京。吳王劉濞是漢高祖劉邦二哥劉喜的兒子，素有勇力，為劉邦打天下立下了汗馬功勞，被劉邦封為吳王。

這麼算起來，吳王劉濞，是劉邦二哥的兒子，而漢文帝則是劉邦的兒子。所以這吳王劉濞，他和漢文帝是堂兄弟。他的兒子，和漢景帝也是堂兄弟。吳王濞讓自己的兒子入京，不過是想讓權三代的孩子們，彼此親近親近，拉拉關係而已。

於是劉氏皇族的第三代，小漢景帝和吳王的小世子，就在宮裡快樂地下棋玩。玩著玩著，小漢景帝悔棋，小世子拉著不讓，這下惹火了小漢景帝，操起棋盤，一把甩過去：「丟你媽，敢不讓老子悔棋？老子拍死你！」「啪唧」一聲，把個吳王的小世子當場砸得頭蓋骨碎裂，活活給拍死了。下個棋也會拍死人，可見小漢景帝實際上是個暴戾性子，視人命如草芥，殘忍得很。

小漢景帝把吳王世子活活拍死，在位的漢文帝高度重視，狠狠地批評了兒子：「嗯？你怎麼可以，嗯？把你的堂弟拿棋盤拍死呢，嗯？這像話嗎，嗯？你要好好地反省，要深刻地認識自己的錯誤，聽到了沒有？」

小漢景帝垂手立在漢文帝面前，恭順地回答道：「父皇批評得是，孩兒的脾氣有點太暴烈了，以後孩兒一定吸取教訓，儘量少拍死幾個。」

「嗯，這就對了嘛，」漢文帝欣慰地說，「能夠反省自己，認識到錯誤，就是好事。誠如聖人所云，人孰無過？過而能改，善莫大焉。你現在承認錯了，這是天大的好事，那什麼，快點玩去吧，以後下棋注意著點。」

對於當時的漢文帝來說，這件事情就算是處理完了，解決了。

可對於吳王劉濞來說，事情不過是剛剛開始。自己的兒子進京面聖，竟然被太子拿棋盤拍死，拍死就完了，連個像樣的說法都沒有，實在是豈有此理！

劉濞非常悲憤，說：「劉恒，你也太欺負人了！沒錯，你是劉邦的兒子，現在當上了皇帝，就可以隨意殺人，你兒子拍死了我兒子，連個說法都沒有。可你別忘了，老子也姓劉，老子的爹，還是你爹的二哥呢！你等著，以後老子不搞死你兒子，為我的兒子報仇，老子就不姓劉！」

從漢文帝對事件的處理風格上來看，文帝也不是什麼好東西。實際上，所謂文景之治，不過是史學家編出來的段子。之所以編段子蒙人，不過是因為權力太邪惡。劉邦前腳死，呂后就後腳亂政，殺戮天下。如果史官再實話實說，明言漢文帝漢景帝也都不是好東西，就會給天下人一個可怕的印象，漢朝的皇帝沒有好東西。既然皇帝沒有好東西，那大家還要這壞東西幹什麼？所以縱然文帝景帝壞到家了，他們也會被打扮成好皇帝。否則老百姓就不認暴政權力了。

總之是為了欺世盜名，史官隔三岔五，總要編造出幾個明君，以便讓天下百姓逆來順受，心悅誠服地等待明君降臨。

吳王劉濞和漢景帝結下了死仇，這事漢景帝心裡也跟明鏡似的。所以他登基之後，就處處找吳王劉濞的麻煩，想先下手為強，斬草除根，幹掉吳王。要幹掉吳王，最省心的理由，莫過於吳王貪縱不法，意圖謀反。

景帝的這個心思，迅速地被他的老師，大臣晁錯捕捉到了。

於是晁錯就尋機而上，景帝要瞌睡，他就遞枕頭，遂上書聲稱吳王權勢太大，橫行不法，有謀反跡象，請求打掉吳王反朝廷集團。漢景帝接到奏疏，心花怒放。但吳王的實力確實不可小覷，雖然漢景帝有心動手，奈何時機不成熟，只能讓晁錯繼續遞奏疏，存心噁心（存壞念頭）吳王。

就這樣一來二去，事情被晁錯的父親發現了。於是晁老頭拄著拐杖，來找兒子，問：「兒子耶，你是不是缺心眼啊？人家吳王和皇帝，是打斷骨頭連著筋的親戚，你一個外人天天上奏疏，胡說什麼吳王要謀反，這擺明了離間人家骨肉，你說你這不是找死嗎？」

晁錯道：「爹，你曉得啥？吳王勢力那麼大，皇帝他不開心。」

晁老頭罵道：「皇帝開不開心，關你鳥事？你非要往人家私事裡邊攪和，將來會死得極慘的。」

晁錯道：「爹，你老糊塗了，國家大事你少插嘴。」

晁老頭氣急敗壞，一跳老高：「什麼國家大事，不就是皇帝以前打死了吳王的兒子，現在又想斬草除根，找藉口弄死吳王嗎？可吳王也不是吃素的，神仙打架，凡人遭殃。現在皇帝借你之手激反吳王，可等到吳王真要反了，皇帝要做的就是卸磨殺驢，肯定要把你滿門抄斬以推卸責任。我生了你這麼個蠢貨兒子，如果現在不死，遲早被你連累，我乾脆先服毒自盡算了！」

當著兒子的面，絕望的晁老頭，當場服毒自殺。

看著老爹的屍體，晁錯鬱悶地說：「爹，你說這好端端的，你死什麼呢？這真是沒事找事。」

說話間，忽然宮中來人傳旨，宣晁錯入宮。

晁錯撇了父親屍體不顧，樂顛顛地跟著來人登車，興沖沖地往皇宮方向走。可是馬車行至半路，突然拐到鬧市區，就見過來一群校尉士兵，架起晁錯的胳膊，把他拖到明亮的鍘刀刀口下。

晁錯大詫：「幹什麼，你們這是幹什麼？不是說皇帝要見我嗎？你們弄這麼個大鍘刀幹什麼？」

校尉失笑道：「老晁，你真是蠢到家了！你屢次上疏，言稱吳王橫行不法，存心想激反吳王，現在吳王真的反了。你已經沒用了，所以咱們的皇上呢，正好指控你激反了吳王，要腰斬你以謝天下。」

不是吧？當時晁錯就傻了眼：你說這事就奇怪了，怎麼眼前發生的事兒，跟我那死爹說的一模一樣呢？言未訖，鍘刀落下，「吭哧」一聲，晁錯已經被斬為兩截。

晁錯雖然活活蠢死了，但他永遠活在權力者的心中。歷史上的每一個權力者，都希望身邊能有幾個如晁錯這樣的人，幫助自己指控政敵，打擊政敵，為自己占有權力無怨無悔地付出。所以這個蠢貨受到歷代權力者追捧，經常在經過塗脂抹粉之後，被權力狂隆重推出，以蠱惑民眾。

吳王劉濞，糾集七國同反，潮水般的叛軍殺向國都長安。橫亙在前面的第一道關隘，就是梁國的棘壁。

景帝的親弟弟，竇太后的小兒子梁王劉武，他守在梁國，苦苦支撐，同時向漢景帝拚命地呼救：「皇帝哥哥救我，救救我……看在母后的面上，拉兄弟一把！」

梁王這邊吃力，但叛軍那邊也沒什麼過人的本事，竟然長達三個月未能攻克棘壁，這就失其先機，被朝廷兵馬切斷糧道，叛軍頓時崩潰。

叛軍崩盤，梁王趁勢掩殺，其所俘獲及殺死的叛軍人數，和漢軍兵力總數持平。這個數據，一下子把梁王推到了卓越軍事家的頂峰。

此後梁王勢力擴張，所居之地北至泰山，西至高陽，連綿四十餘城，而且兵馬廣眾，名流薈萃，珠玉無數，富有天下。

七國之亂平定之後，梁王入朝，覲見太后竇氏。時逢長公主劉嫖聯結宮中王美人，祕密宮戰，追迫漢景帝廢掉太子劉榮。

廢掉太子，這可不是小事，漢景帝必須要找生母竇太后共同商量。

聽兒子說了要廢太子之事，竇太后長久不語。

長久的沉默後，竇太后終於問了句：「廢掉現今太子，你千秋之後，誰來繼位？」

漢景帝低頭不語。

竇太后道：「孩子，你的江山啊，至少一半是你弟弟替你打下來的。向者（之前）吳楚起兵，七國俱反，如果不是你弟弟雄才偉略，據棘壁三月而使叛軍不能前進半步，你這個皇上之位，早就灰飛煙滅了。」

漢景帝悶聲道：「母親指導的是，朕這就……這就和大臣們商量去。」

竇太后怒道：「立誰為嗣，是我們自己的家事，這跟大臣們有什麼關係？憑什麼要跟他們商量？」

漢景帝：「母親所言極是，極是極是。」

大臣都是犧牲品

竇太后以其強勢凌力，強迫漢景帝傳位給梁王。

但漢景帝的心裡，是一千個一萬個不願意。

為什麼漢景帝心裡不願意呢？

很簡單，景帝和生母竇太后，都是有神論者。

竇太后和漢景帝，都相信人死之後，就會去另一個世界——陰間或者類似的一個什麼怪地方。民間傳說，那地方陰風慘慘，飢餓難忍，但如果生人的世界仍有香火祭祀，那麼，陰界的鬼魂們，就仍然有得吃有得穿，照舊過著幸福的生活。

所以，於竇太后而言，她生前享受著極品富貴，最怕的就是死後受苦挨餓。倘如果自己的兩個兒子，全都當了皇帝，那麼自然就會感謝她，就會為她立起靈牌世代供奉，這樣自己在九泉之下，也會幸福得雙眼泛光。因此，她希望大兒子景帝死後，小兒子梁王劉武，就能夠順理成章地成為皇帝。

但是，當竇太后擔心自己死後淪為餓鬼的時候，漢景帝的心裡，也正為這事發愁。很清楚的一件事兒是：自己死後，如果把皇位傳給弟弟，弟弟只會感激自己的母親，給竇太后立靈牌祭祀，至於自己……誰見過弟弟給哥哥立牌祭祀的？而等梁王再傳位給自己的兒子，後續的皇帝，更無可能祭祀自己的靈位。這就意味著，自己如果把皇位傳給弟弟，等死後就會淪為餓鬼。

所以，漢景帝的心中，對母親竇氏要求傳位給梁王的要求，是絕頂的不情願的。

但景帝又不敢明確拒絕母親，他希望的是，能夠再找一個晁錯類型的傻大臣，讓他來反對竇太后的主張，替自己頂雷。

景帝成功地找到了這麼一個人——大臣袁盎。以他作為蠢晁錯的替代品，作為皇家低值易耗品，來和生母竇太后相抗衡。

美人贈我金錯刀

袁盎，在歷史上大名鼎鼎，稱得上苦逼類型的大臣。他出身低微，父親好像是個強盜，而他個人簡歷上的第一行，是在劉邦老婆呂后的家族中打雜工，是呂氏呂祿的家丁。

後來，袁盎的哥哥混出頭臉，就積極地向朝廷推薦自己的親弟弟，於是袁盎迅速出人頭地，成為重臣。

袁盎的為人風格，與晁錯相類似，都是鐵下心來維持皇家權力，為此不惜和朝臣翻臉。最早被他盯上的，是追隨劉邦打天下的名臣周勃，因為周勃在呂后死後，率先起兵反噬諸呂，掃滅了呂后的勢力，重扶劉氏子孫登基，所以漢文帝對周勃非常地信任。

但是袁盎上疏，稱：「周勃這貨，不是好東西。他在呂后活著的時候，屁也不敢放一個，等呂后死了，才順水推舟迎劉氏登基，所以周勃充其量不過是個牆頭草，陛下不應該太信任他。」

周勃知道後，氣得半死，來找袁盎吵架，曰：「我跟你哥哥是好朋友，我也相當於你哥，你怎麼可以這樣整哥哥？」

袁盎回答說：「你算哪棵蔥？老子拿皇帝的錢，替皇帝操心，整你又有什麼不對？不服你去死！」

周勃氣得肺疼，心裡恨透了袁盎。

沒過多久，漢文帝御磨殺驢，修理周勃，把周勃投入大獄。周勃嚇壞了，趴在地上哭，說：「我是手握重權的大將軍，從未想到過身陷囹圄時，一個獄卒的威風竟然如此恐怖，我好害怕，饒了我吧，請不要再打我了。」可是周勃蒙冤入獄，連獄卒也看不下去了，就故意假裝羞辱他，卻在笏板的反面寫上提醒周勃的文字：你傻呀？你兒子不是娶了公主嗎？趕緊讓你公主兒媳婦去宮裡拉關係營救你，趕緊的！

於是周家闔族出動，托關係找人情，營救周勃。漢文帝就問袁盎：「咿，那個啥，你說這個周勃，咱們找個什麼理由弄死他呢？」

袁盎回答：「陛下你差矣，夫治國者，以事實為依據，以法律為準繩，這個周勃雖然人品極差，可他根本無罪，理應釋放才對。」

當時漢文帝驚呆了：「不是袁盎，你以前可不是這麼說的。」

袁盎回答：「沒錯，我以前確實不是這樣說的，但那是有原因的。」

漢文帝：「什麼原因？」

袁盎：「以前，周勃不過是平民起家的暴發戶，搭上了先帝高祖劉邦的人生快車，所以加官晉爵，由屌絲（失敗者）逆襲為王侯。但他享受到的榮譽，遠超過他的人品，所以以前我提醒陛下，不要太信任他。可是現在，他受到的責罰，又超出了他的錯誤，所以我建議陛下，快點釋放周勃。」

於是周勃獲釋，而袁盎為了皇家權力，徹底泯滅親情，不計個人毀譽，也為他贏得朝臣和文帝的尊重。

但是宮裡有個叫趙同的太監，卻左看袁盎不順眼，右看袁盎不舒服，就在文帝面前詆毀袁盎：「袁盎這個人，太虛偽，太能裝逼（做作）。陛下呀，自古虛偽沒好鳥，從來裝逼是奸人。陛下最好把袁盎趕走，以免被他蠱惑。」

袁盎是否虛偽奸詐，不太好說。但袁盎顯然在宮中布有眼線，很快知道了趙同暗中詆毀他。他也不急也不慌，慢慢等待機會，要報復趙同。

終於有一天，文帝坐在車上，太監趙同在車上服侍。這時候袁盎趨步上前，要求道：「陛下，您屁股下面坐的這輛車，可不是普通的車子，這是龍駕。能與陛下同車者，若非英雄豪傑，就是當世大賢，所謂與鳳同飛是俊鳥，與虎同臥非善獸。陛下您能不能給臣介紹一下，與您同車之人，是哪個大英雄呀？」

當時文帝懲氣又窩火，喝斥道：「趙同，你下車吧！」

此事過後，文帝疏遠了趙同，袁盎就這樣掐滅了自己的仇敵。

此後不久，袁盎又和後宮的慎夫人死磕起來。

當時漢文帝非常寵愛後宮的慎夫人，慎夫人姿容絕美，善於歌舞，還是個鼓瑟的高手。文帝偏巧習慣於在自己的歌聲中尋找存在感，經常在宮中讓慎夫人鼓瑟伴奏，文帝扯著破鑼嗓子高吼。正所謂夫唱婦隨，所以這慎夫人，極受文帝的寵愛。

有一天，文帝帶著慎夫人到上林苑遊玩，兩人的席榻排放在一起，準備狠狠地嗨起來。不承想袁盎突然來到，他把慎夫人的席榻往後面拉了拉，就是不允許慎夫人與文帝並排，顯示慎夫人地位卑微的意思。

當時慎夫人就炸了，大吵大鬧不依。文帝心疼美人，讓袁盎別搗亂，可是袁盎不為所動，堅持原則。鬧到最後，文帝和慎夫人一甩袖子回宮了，好端端的一次出門遊玩，全讓袁盎攪黃（搞砸）了。

回宮後，袁盎對文帝解釋說：「陛下，我這樣做，不僅是為了您的皇家榮譽，也是為了慎夫人的安危。您還記得您爹劉邦死後，他寵愛的戚夫人，落得個什麼下場？手腳剁掉，丟到茅坑裡被屎尿浸死啊！為什麼戚夫人死得這麼慘？就是因為她活著時，太出風頭，引來了過多怨恨啊！」

文帝急忙回宮，把袁盎的話告訴慎夫人。慎夫人被嚇壞了，說：「原來這個老袁，是個有遠謀的智士之輩呀，是我錯怪了他。」

慎夫人命人送黃金五十斤，對袁盎表示感謝。

然後袁盎就被趕出了朝廷，他是條太過於忠心的狗。忠心是好事，可是瑣事太多，主子討厭，趕走他實屬情理事耳。

袁盎在諸封國溜了一圈，到了吳王劉濞處任國相。他眼睜睜地看著劉濞與後來繼位的漢景帝不和，知道吳王必然會起兵叛亂，但袁盎裝聾作啞，對此一聲不吭，甚至還贏得了吳王濞的信任和友誼。

景帝時代，皇帝想要搞死吳王，佞臣晁錯就故意上疏整治吳王濞，這件事讓袁盎極其憎恨。從此袁晁二臣不和，兩人如果路上相遇，一看到對方就掉頭，於朝中相遇，只要一方在，另一方就滿臉鄙視地走開。

袁盎憎恨晁錯，晁錯更恨袁盎。於是晁錯上疏，指控袁盎收了吳王劉濞的禮物。景帝下旨，把袁盎削去官職，貶為平民。

沒過多久，吳王糾集七國舉兵，晁錯心神大亂，第一個想到的就是袁盎，擔心袁盎是吳王派來的內應，想勸景帝殺掉袁盎。

可如果只是擔心袁盎是內應，就匆忙殺掉，這理由明顯有點倉促。嗯，找個什麼更順手的理由呢，嗯？

晁錯蹲在自家屋子裡苦思冥想，不知道袁盎已經來到竇嬰的府上，求見竇嬰。

一見面，袁盎劈頭就一句：「老竇，麻煩你去告訴皇帝，讓他即刻召見我。我知道吳王為什麼起兵，也有一條妙計，讓吳王立即放棄反心，舉手投降。」

竇嬰大喜：「有這好事？那我趕緊入宮告訴皇帝。」

很快，景帝祕密召袁盎入殿。袁盎奏稱：「陛下，吳王他其實是個善良厚道的老實人，根本沒有絲毫的反意，就是被晁錯這個小人，屢次三番逼迫，逼得無路可走。如果陛下肯聽我一言，立即殺了晁錯，吳王保證會立即放棄造反的念頭。」

景帝半信半疑：「老袁，朕感覺你的腦子進水量有點大（想太多了），誰都知道，吳王真正造反的原因，是朕一棋盤拍死了他的兒子……不過你的話也有道理，朕是誰？朕是皇帝呀，朕做太子時拍死個把人，這算事兒嗎？不應該構成吳王造反的理由啊，你們說對吧？」

袁盎長鬆一口氣：「陛下果然聖明，那咱們就趕緊弄死晁錯吧。」

景帝道：「你別小看晁錯，那貨也不是善茬兒（好對付的），壞心眼多到你無法想像的地步，想殺他，恐怕不是那麼容易。」

袁盎笑道：「那這樣好了，陛下不妨傳旨，假稱召晁錯入宮，半道上拐個彎，直接把他拖到菜市口宰了。」

景帝大喜：「這招妙，朕最喜歡玩死別人了。」

於是這幫爛人果然如計行事，派校尉假傳晁錯入宮，半路上拐個彎，於菜市口把昏頭漲腦的晁錯直接腰斬了。

殺掉晁錯後，袁盎奉景帝之命，祕密潛出京師，前往吳王之處，勸說吳王放棄造反意圖，舉手投降。

話說吳王一見袁盎來到，大喜，曰：「老袁你他娘的可來了，我都快要想死你了。趕緊，把你的髒臉洗吧洗吧，現在你就是我的統兵大將了。」

別別別，袁盎急忙勸道：「大王呀，我已經勸說皇帝，宰殺了你的仇家晁錯，你現在起兵，已經沒有理由了。請大王放下戰旗，向朝廷表態臣服吧。」

吳王詫異地看著袁盎：「老袁，你那蠢腦殼裡，到底灌進了多少水？豈不聞兵者，生死之地，存亡之事耳。一次規模性的軍事行動，從祕密布置、動員、徵兵、糧草、訓練、編制、兵器、衣甲……這林林總總，是個多麼大的系統工程？你當打仗是小孩子過家家呢？說不打就不打了？早告訴過你多他娘的讀幾本書，豈不聞開弓沒有回頭箭？起兵這事兒，不起則已，起就不是任何人能夠控制的。現在不只是你說不打不行，連我說都不行。聽明白了沒有？」

「明白是明白，不過大王，咱們真的不能打呀，因為你根本沒有贏的機會。」袁盎腦子秀逗，仍然苦苦相勸，拒絕替吳王統兵。

吳王大怒，拿手一戳袁盎鼻頭：「蠢老袁，不聽我的話是不是？」

袁盎：「大王，咱們真的不能打，你沒有機會贏，真的。」

吳王：「來人，與我拿下蠢貨老袁，待進軍之日，我要用他的蠢驢頭祭旗。」

袁盎，就這樣被吳王派了名校尉和五百名士兵囚禁了起來。

公正地評價，袁盎這個人，雖然人品上比之於晁錯，稍微可取了那麼一點點，但愚蠢的程度，卻是不相上下的。正是因為二人蠢不相讓，才會看彼此不順眼——但這種蠢，是我們後世人，站在歷史的制高點上，居高臨下的肆意妄評。真實情況是，晁錯或袁盎，他們都是世所罕逢的智識之輩，但因為他們居處於時代的困局之中，舉足下足，動輒得咎。說他們蠢，只因為我們置身局外，而他們的表現，已是局中人難得的智慧了。

袁盎被困，鬱悶等死之際，忽然間帳子被人掀開，負責監視看守他的校尉走了進來：「老袁，你還認識老子嗎？」

袁盎：「你是……哪個？」

校尉：「你忘了嗎？你在吳王這裡任國相時，我是你的隨從。後來……我和你身邊的婢女，發生了感天動地的愛情，我們兩人在月亮下發誓，上邪，我欲與君相知，長命無絕衰，美人贈我金錯刀，何以報兮一起跑。然後我倆就逃離了你的相府，投奔自由的天地。你他娘的，居然派人追殺我們……真是太不像話了！」

袁盎：「……有這事？後來追上沒有？」

校尉：「當然追上了！」

袁盎：「然後呢？」

校尉：「……然後，你把婢女送給了我，讓我們兩人在一起了。」

袁盎：「幸好……那你現在是啥意思呢？」

校尉：「沒啥意思，我把家裡的錢全部拿出來買了酒肉，已經把外邊的士兵全都灌醉了。你趕緊逃，別像我一樣被人追上……快點！」

於是袁盎星夜奔逃，摸黑行走了幾里地，到達了梁國地盤。遇到梁國的騎兵，終於獲救。他回到朝廷，向景帝報告了他在吳王軍中所見。儘管他未能說服吳王舉手投降，可是他拒絕吳王的統戰，拚死逃出，這事說起來也算上極大的忠心。所以，吳王叛亂平定後，袁盎繼續受到景帝的重視，只不過，袁盎在官場上沉浮了一輩子，已經是心力交瘁，就告老還鄉了。但是朝中但有大事小情，景帝總是要把他找來問計。

現在，景帝面臨著竇太后逼宮，而他又不願意讓弟弟梁王繼承大統的麻煩。所以，景帝就故意把袁盎叫來，召開御前工作會議，商討是不是讓梁王繼位。

果如景帝所料，會議上，這個議題提出來，就立即遭到了老袁盎的強烈抗議。

袁盎趴在地上，大喊道：「陛下，老臣以死相諫，大統傳承是有制度的，就是要傳給嫡親兒子。梁王他沒有繼位的資格，老臣堅決反對。」

景帝大悅：「愛卿平身，莫要煩急，國家大事嘛，嗯，咱們慢慢來，從長計議，嗯，從長計議。」

此時刺客在路上

袁盎參加過御前會議，被人攙扶回家。老了，活動一下就乏累到極點，躺到榻上休息一下……咿，房樑上那一團黑乎乎的，是什麼東西？

那團東西飄落下來，是個持刀的黑衣人：「嗨，袁老頭好。」

袁盎：「……你好，你是哪個？怎麼跑到我屋裡的房樑上來了？」

黑衣人：「袁老頭，看看我手裡的是什麼東西？」

袁盎：「好像是把……刀子。」

黑衣人：「對嘍，袁老頭你眼神不錯嘛。這刀子，『噗哧』一聲從你咽喉紮進去，你就駕鶴西歸嘍。」

袁盎：「……我與壯士素不相識，壯士為何要刺殺我？」

黑衣人：「你猜。」

袁盎：「我不多吃不多占不玩女人……」

黑衣人：「說重點！」

袁盎：「……我只不過勸皇上不要立梁王為嗣……」

黑衣人：「算你聰明，還知道自己是怎麼死的。」

袁盎：「我為了皇家權力，置生死於度外。」

黑衣人：「皇家權力，與你有個屁關係，值得你命都不要了，拚命維護？」

袁盎：「反正我這輩子，就從無私心，活到這把年紀了，死也不算冤枉了。」

黑衣人：「袁老頭你說得沒錯。實話告訴你，我奉梁王之命，前來刺殺你。入城之後，我四處打聽你的行跡聲名，發現你這輩子，活脫脫是個冤大頭，一門心思為皇家權力著想，心裡從無自己。你這樣的人，說蠢真是蠢到了極點，但也讓人佩服到了極點。殺掉你這樣的怪人，是違背我的個人意願的，所以我不會對你下手，並義務奉上忠告一條——我只是梁王派出來的十幾名刺客之一，大隊的刺客，此時正在前來殺你的路上。你逃得過我，未必逃得過他們。何去何從，你自己掂量著辦吧！」

言訖，黑衣人消失無蹤。袁盎心驚肉跳地爬起來，吩咐家人：「來呀，扶我出門，我心神不寧，去找個算命術士算上一卦。」

袁盎出門，去找當時一個非常有名的算命術士，占卜自己的吉凶。術士如何算他的卦，不清楚，但當回來時，途經安陵郭門，忽見一輛馬車迎面衝來，「咣」的一聲翻倒，阻住了袁盎的去路。與此同時，袁盎的前後左右，所有行路攤販，突然亮出明亮的長刀，大喊一聲：「殺呀，宰掉大壞蛋袁老頭，梁王萬歲！」一眾刺客蜂擁而上，當場將袁盎殺得死到了不能再死。

袁盎被刺殺，是景帝時代頭一樁大血案，就算是個瞎子也看得出來這是梁王派人下的手。於是景帝大怒，派出大隊人馬的巡視組，浩浩蕩蕩組成車隊，前往梁王處興師問罪。

事情嚴重了，梁王急得團團亂轉。實際上他手中有一長串的刺殺名單，袁盎只是排名第一個。他是個頭腦簡單的人，心裡想的是：誰不讓老子當皇帝，老子就宰了誰！反正不是我親自下的手，你查也查不到我的頭上來。

可等到真正行動時，梁王才發現自己的智商，嚴重不夠用。袁盎其為人也，清廉剛正，雖然人人都厭惡他那張裝逼的怪嘴臉，但又打心眼裡欽佩他。喜歡袁盎的人，這世上絕對沒有，但真正憎恨他並有足夠的財力遣派殺手行刺的，卻只有梁王一個。如今朝廷追查此案，梁王頓時就陷入被動。

無奈之下，梁王只好強迫替自己組織殺手團的幕僚自殺，再把屍體交給朝廷的使者，這就等於他承認了所有事件。

梁王知道事情嚴重了，就派人入京，找長公主劉嫖說情，希望漢景帝不要追究下去。同時，他一再給後宮的生母竇太后寫信，苦求太后救自己一命。

眼見小兒子陷入危境，竇太后果斷出手干涉。

奪嫡終局

景帝命梁王入京述職，梁王就坐車出發了，但這輛車，走著走著，就神祕地消失了。消息傳來，漢景帝心中困惑莫名，不明白小弟弟梁王，怎麼會突然在半路消失。而後宮的竇太后聞知，頓時號啕大哭，曰：「皇帝呀皇帝，你果然害死了我的兒子，可憐我的兒子呀，你死在無情無義的哥哥之手，死得好慘呀！」

被竇太后這麼一哭，景帝心裡說不出來的不自在。可他確實沒有命人暗中殺掉梁王，好端端的一個大活人，怎麼會在半路上突然消失呢？正在困惑之際，突然有人稟報，說是梁王此時正身負荊斧，跪在殿前請罪。

原來，大抵極蠢之人，往往會把別人想得極壞。梁王自己暗中遣刺客殺人，也認為漢景帝必然如此。他擔心在來京的路上，被景帝派出的殺手宰掉，就半路上化妝潛行，入京之後躲藏在長公主劉嫖家裡。再由劉嫖派人護送，等來到殿前，負荊請罪，這樣景帝的殺手，就沒辦法追到金殿來殺他了。

見到弟弟，景帝假裝喜極而泣，與梁王抱頭痛哭，心裡卻在暗暗地罵：「你他娘的怎麼這麼多的心眼？老子堂堂一國之君，真要殺你，不過是一道聖旨而已，誰像你這麼沒出息，派遣什麼狗屁刺客？」

史書上記載稱，竇太后看到兩個兒子盡釋前嫌，心中大慰。

但實際上，景帝的心中，對梁王已經是厭惡之極。與哥哥抱頭痛哭後，梁王心想哥哥對自己果然是一片真情，可見自己還有機會，於是趁機提出：「陛下，我請求留在京師，陪伴母親，請陛下允許。」

景帝眼圈紅了，曰：「小弟，你的孝悌之心，感天動地呀。可是你沒發現嗎？帝國更需要你，梁國離不開你呀。」

梁王心裡「咯噔」一聲，知道景帝表面上親切熱絡，實則心裡憎恨入骨，他已經徹底沒有機會了。

梁王無奈返國，而漢景帝以迅雷不及掩耳盜鈴之勢，飛快地立了兒子劉徹為太子，徹底絕了梁王的帝位之念。

劉徹七歲那年，冊立為太子，生母王美人為皇后。

王美人母儀天下，心潮起伏，忽然間想起她的前夫金王孫，想起自己給金王孫生的女兒……她真誠地在心中問候一句：「老公，你近來還好嗎？」

此後十年，劉徹以太子的身分，不斷學習帝王之術。有王美人與館陶公主這兩個手腕型女子保護，他的太子人生，沒有再遭受到任何挑戰。

王氏一族暗中歡慶，悲催的梁王很憂慮，回到梁國之後，有人向他獻上一頭瑞獸麒麟，實際上是一頭畸形的五足牛。梁王看了這怪物，心裡忌憚，當年就死掉了……

梁王一死，對漢武帝威脅最大的對手，算是徹底剷除了。但武帝與他奶奶竇太后，也因此結怨。

第三章——

漢武帝敗走後宮

宮戰再起

公元前一四〇年，劉徹十六歲。這一年景帝駕崩，劉徹登基為帝。尊生母王氏為太后。

登基後，他發現了一件惱人的事兒。

他說話，不在地方，根本就沒人聽他的。

權力，並不在他的手中。

而是在他奶奶竇太后的後宮。

漢武帝對朝政的批奏，必須要再經後宮竇太后覆核。竇太后批准了才作數，瞧不順眼不批，漢武帝的批奏屁也不頂。

原本，漢武帝就對奶奶反對他繼位懷有恨意。如今登基，卻仍然落在老太太手中，漢武帝頓時就炸了——但炸歸炸，他也不敢對這種制度安排，多說一個字。沒有權力的皇帝，狗屁都不是，漢武帝只能忍淚吞聲，絕望煎熬。

但是說老實話，竇太后也不是什麼壞人，沒做過什麼悍然逼宮或是奪權的壞事。她就是個善良的老太太，起於貧寒，被命運忽悠一下子扔到了華美的後宮，在後宮盤踞幾十年，自然而然就形成了龐大的勢力。

竇太后如果有錯，那只是因為她太善良，太慈愛，太疼愛家人。她就是個心理正常的普通老太太，不希望自己的任何一個兒女，受到哪怕一點點的委屈。

後面這句話的意思是說：皇族貴戚，橫行不法，搶男霸女，奪田占產，在竇太后這裡，是享受到豁免權的。

當時的情況是這個樣子的，竇太后的後宮裡，紮堆（聚集）了數不清的皇族公主，一大群如劉嫖般的短視老娘們兒。這些女人都是有自己封國的，但是她們不願意回去，而是聚攏在竇太后身邊，每日在京城搶奪田產，勾男霸女。一旦事情鬧大，民怨爆棚（爆滿），這些公主們就會飛跑進宮，向竇太后告狀。這時候竇太后就會把大巴掌一揮，「啪唧」一聲，把追查案子的官員拍暈：「我皇家公主皇子，欺負個老百姓，還算事嗎？也值得你朝官妄議私評？」所以這些皇族貴戚，氣焰越發地囂張。

皇族貴戚們的橫行不法，說透了也不過是權力的規律使之然，這無可厚非——但問題是，貴戚們不法的權力資源，來自於漢武帝。而權力的總額是個不變的固定值，貴戚們的勢力越大，氣焰越是囂張，漢武帝手中的權力資源就越少。

登基時的漢武帝，面對的就是這麼個窘狀。他坐在龍椅上，俯瞰下方，發現自己手裡空空蕩蕩，一無所有。滿目的詭異大臣，他一個也認不得——簡單說就是，剛剛登基的漢武帝，他在朝中沒有一個支持者。

幸好，父親景帝死前，已經將掌握權力的祕法，悄悄地傳授給了他。

這方法，說透了其實也簡單，不過就是兩條：

第一，你要有這個運氣，坐到龍椅上。沒這個運氣，就不要想入非非了。

第二，等你坐到龍椅上，再巧立個名堂，從基層提拔一批被壓制的人才。這些人是你親手提拔的，就是你的人，你的死黨，你的晁錯與袁盎，如果有人跟你爭奪權力，就讓這些人出頭去死磕。食君之祿，忠君之事，這些人磕死了，那是他活該！豈不聞富貴險中求？他們既然不安於平凡的命運，想要青史流芳或是謀求富貴，那麼他們就必須要付出代價。

把權力抓在手中，就是這麼簡單。至於治國……王八蛋才治國，權力就是個大玩具，掌握了權力，先嗨起來再說！

公元前一四〇年，十六歲的漢武帝，在他繼位的第七個月，隆重推出了他的新政。下詔招募賢良方正，徵募敢於直言國事的進諫之才。

各地踴躍響應，紛紛推舉當地的讀書人。那年月的大漢帝國，根本沒有教育，讀書這種事，一要家裡有錢，二要有天資，三還要碰上有點志向追求的年輕人，這三個條件少了一個，所謂讀書就無從談起。所以，漢武帝的求賢詔雖然轟轟烈烈，但只有一百多人報名。而且報名的人，多半都是白髮蒼蒼的老頭了。

武帝親自擔任主考官，對一百多名讀書士子進行隱祕的面試。他瞧瞧這個，看看那個，舉棋不定，猶豫不決。這傢伙，長了個苦逼臉，會不會成為晁錯那種極蠢型？那邊一個，長了個姥姥不疼舅舅不愛的醜臉，會不會成為袁盎那種精明型？

看了半晌，也看不出名堂來，但等到士子們把試卷交上來，漢武帝頓時眼前一亮。

這名士子，名叫董仲舒。

他提出來個巨扯蛋的觀點——罷黜百家，獨尊儒術！

這個好，漢武帝欣喜若狂。獨尊儒術就是好，就是好來就是好！

好在哪裡呢？

好就好在，後宮的竇老太婆，她喜歡道家，喜歡黃老之術！

竇老太婆既然喜歡黃老，那就罷黜了它，讓老太婆對著牆角，哭去吧！

史上罕有爛人

董仲舒，因其為漢武帝提供了奪取權力的強大思想武器，因而被視為新一代的袁盎類型的人物。

實際上，董仲舒是中國歷史上罕有的爛人。

他究竟有多爛呢？

——董仲舒，他成功地把偉大的儒學思想及智慧，改造成為外殼為儒，內芯實為法家刑名的詭異統御之術。簡單說，他把儒學弄成了下九流的儒術。

但，能夠把個偉大的智慧思想，改造成為統治天下的刑民之術，這同樣也是需要真本事的。公平評價，董仲舒這爛人的智慧，比袁盎高出幾千甚至幾萬倍不止。袁盎，連爛人董仲舒的一根小腳趾頭都比不上。

但是，年方十六歲的漢武帝，仍然視董仲舒為新一代的袁盎，讓他去替自己監視新一代的吳王。

新一代的吳王，名字叫劉非，他的年齡，比漢武帝劉徹大十二歲，是景帝做太子時，愛妾程姬所生的第八個兒子。

也就是說，當景帝廢掉了長子劉榮時，向皇位發起衝擊的，不只是梁王劉武，實際上還有這位比漢武帝大一輪的哥哥劉非。

而實際上，八皇子劉非的奪標呼聲，遠高於漢武帝。

吳王劉濞發起七國之亂的那一年，小漢武帝才三歲，而劉非已經十五了。

十五歲的劉非，帥氣英俊，勇力非凡，主動上疏，要求統兵作戰。景帝欣賞他的能力，賜他將軍印，讓他領兵擊吳。劉非表現得非常好，吳王被平滅之後，景帝就封了劉非為江都王，管轄的地盤，恰恰是吳王原來的吳地。

對於漢武帝劉徹來說，無論後宮的竇太后對他的權力造成多大威脅，但竇太后終究是他的奶奶，沒理由奪了他的龍椅。但新任江都王劉非就不同了，一旦他學著吳王劉濞那樣鬧上一場，漢武帝的龍椅，可就有點懸了。

景帝時代，是靠了袁盎牽制吳王。這也是袁盎明明知道吳王造反，卻從來不吭氣，而且景帝事後也不追究的原因——很顯然，袁盎是漢景帝派在吳王身邊的眼線。袁盎表面上不報告，暗地裡實際上是與景帝互通消息的。

而到了漢武帝時代，武帝就以董仲舒為新的眼線，由他負責牽制江都王劉非。

必須承認，董仲舒對江都王的牽制，是非常成功的。劉非在王位二十七年，從未曾起過反心，而董仲舒也因此成為一代飽學之士，暫時淡出於權力的風潮之外——但很快，這廝書呆氣發作，被人拖回朝廷，打到半死。

也就是說，漢武帝還需要新的人手，拿來折磨後宮的竇太后。

他挑選的這個人，名字叫趙綰。

朝中新貴，小人得志

趙綰，山西人氏，飽學大儒。他主要研究《詩經》，是當時名氣最大的儒家學者申公的弟子。路上遇到人聊天，必先以《詩經》開頭：有位佳人，在水一方，寤寐思之，掛肚揪腸，這位兄台你老婆近來好嗎？諸如此類。

此外，還有另一名學者叫王臧，他是山東蘭陵人——蘭陵這個地方，現在改成了毫無詩意的棗莊——王臧和趙綰是同班同學，都在大儒申公座前讀書，兩人都是當時有名的學霸。

趙綰和王臧這兩個人，都是竇嬰和漢武帝的舅舅田蚡聯手推薦的。

先說竇嬰，如前所述，他本來是竇太后的堂姪，因為諫阻漢景帝把皇位傳給弟弟劉武，激起了竇太后的憤怒，認為竇嬰和自己不是一條心，發布懿旨把竇嬰開除出竇氏門庭。當時竇嬰在朝廷沒法再混下去，就辭職回鄉了，等到了七國之亂，漢景帝又把竇嬰找出來，再次重用。

實際上，景帝當時心裡明白，生母竇太后勢力太大，過於強勢，等小漢武帝繼位之後，擺明不是老太太的對手。正因為竇嬰與竇太后不和，所以景帝就故意挑選了竇嬰，讓他成為小漢武帝的人，專門找竇太后的麻煩。

就這樣，等漢武帝繼位，頭一樁事，就是任命竇嬰為丞相。

再來說漢武帝的舅舅田蚡。我們知道，漢武帝的生母是王娡，姓王。田蚡則是王娡的弟弟。可是，漢武帝的母親姓王，母親的弟弟怎麼會姓田呢？

這是因為，漢武帝的姥姥臧兒，是昔年燕王臧氏的公主，燕國被漢高祖劉邦滅了，小公主臧兒流落民間，先給了鄉下人王仲，生下女兒王娡後，丈夫死了，於是臧兒又嫁了個姓田的男人，生了個兒子田蚡。

也就是說，王娡與田蚡，同母異父。

田蚡這個人，相貌醜陋到了極點，走夜路時碰到，會把人活活嚇死。但他嘴巴極甜，是個說話沒有原則的人，你喜歡聽什麼，他就說什麼，也甭管說得在理不在理。當初姊姊王娡在宮裡地位還不算高時，田蚡就找到竇嬰的門上投靠。當時他在竇嬰的府中混得極慘，不過是個端茶遞水的僕役而已。史書追溯他在竇嬰府上的待遇，稱其「時跪時起」，十足十的跑跑顛顛狗腿子形象。

但等到漢景帝立王美人為皇后，立劉徹為太子後，田蚡總算熬出了頭，不再受竇嬰的窩囊氣了。等到漢武帝登基，朝中真正能夠依靠的，就是舅舅田蚡，於是提撥田蚡為太尉。

終於，田蚡可以和竇嬰平起平坐了。而田蚡是個純粹的小人，少不了要在朝廷中掀風作浪。

小人田蚡，雖然身居高位，可是權力改變不了他的小人天性，尤其是看人臉色瞎說話，這已經成了他的痼疾，想改也改不了。

就在漢武帝登基的第二年，淮南王劉安入朝，田蚡去迎接。與淮南王聊天時，他的小人天性發作，仔細觀察劉安的臉色，發現劉安腦子不夠用，居然對皇位透露出覬覦之色。按理來說，田蚡此時的權力地位，是靠了姊姊和皇帝外甥才獲得的，他理應如漢武帝所期望的，像條忠心的狗一樣，替姊姊外甥守護皇權寶座。可是田蚡他不，他習慣了撿對方喜歡聽的話說，全不管這些話合不合情理。

當時，田蚡對淮南王劉安說：「現在皇帝繼位，他沒有太子。可見我這個外甥呢，有沒有生育能力，還是個疑問。淮南王您是高皇帝的親孫子，仁義遠播，世人景仰，等現在這小皇上咽氣了，除了您，誰還有資格做皇帝呢？」

這句話，可是皇帝的親舅舅說出來的，聽得淮南王喜不自勝，送給了田蚡許許多多的財物，從此對皇位的覬覦之心更盛。

總之，漢武帝攤上這麼個沒有原則的小人舅舅，以後的爛事少不了。

田蚡人品雖然爛到了無以復加，但窺伺人心的本事，卻是極盡高妙。他發現外甥皇帝想找幾個儒生來幹事，就機靈地向漢武帝推薦了趙綰和王臧兩名儒家學者。

於是武帝傳旨，宣趙綰、王臧入朝。

老狐狸入京

趙綰、王臧來到，漢武帝對他們發表了殷切的歡迎致辭。但是兩人聽了半晌，卻是聽得一頭霧水，根本聽不明白漢武帝是什麼意思。

領導的意圖，不好領會。但趙綰還是硬著頭皮，建言國策。他提出來個極扯蛋的建議，建議修築明堂，作為諸侯朝拜之所。然後，趙綰非常隆重地向漢武帝推薦他的老師，八十多歲的老學者申公。

八十多歲的老儒生，漢武帝心裡琢磨了一下，感覺如果有申公幫助，應該能夠擊敗竇太后那邊的黃老學術流派，於是接受了趙綰的建議。

漢武帝鄭重其事地派出使者，攜帶了束帛、寶玉，駕著由四匹馬拉的車子，迎請申公。

皇帝如此隆重迎請，申公雖然年紀老大，也不能不來。可是他已經八十多歲，這意味著他出生的時候，秦始皇剛剛平滅了六國。他從秦始皇時代走來，經歷了秦二世時代、陳勝吳廣大澤鄉起事、諸侯滅秦、楚漢相爭，他或許親睹過楚霸王項羽的不世雄風，見證了漢高祖劉邦被匈奴困於白登道；他看到了劉邦死後，呂后登上權力祭壇，諸呂亂政，而後劉氏反撲，擊殺諸呂；他親歷了漢惠帝、漢少帝、漢文帝、漢景帝時代的紛繁亂象。此時，十六歲的漢武帝在他面前，心裡的小心眼，被申公一眼就看得通透。

申公明白了，漢武帝不辭辛苦地把他找了來，可不是什麼求賢若渴。漢武帝就是想拿他這個老頭當刀子使，往後宮的竇太后心窩裡戳。

申公在心裡暗笑：小王八蛋，也不看看你褲襠裡的毛長出來沒有，居然把心眼動到我老頭子的身上。小朋友啊，我如果沒點心計，在這混亂世道，能活到八十多歲嗎？

拿定主意玩玩這個小東西，申公假意下跪：「小民叩見陛下。」漢武帝急忙把申公攙起：「老人家平身，朕年輕，坐看天下紛亂無序，惶恐之極。煩請老人家指導，這治亂之策，從何著手才是？」

「治亂啊……」申公咧著沒牙的嘴巴，失笑了起來，「陛下，這個治亂呀，既沒什麼道也沒什麼策，就是個腳踏實地，把事情做妥當了，天下自然理順了。」

不是……漢武帝心裡好不失望，提醒道，「老人家，這個天下一統，治理起來，總得先統一思想吧？思想統一了，認識上來了，工作就好幹了，老人家說是不是？」

申公笑瞇瞇地道：「這個呀，說是就是，說不是就不是。」這句話是什麼意思呢？就是說，你把事情做妥當了，思想自然而然就統一了，事情沒做好，你統一個屁呀統。

不是……漢武帝急得團團亂轉，又不能把話說透了。難道他還能衝著申公的耳朵，大吼一聲：「糟老頭子，你跟老子裝什麼大瓣蒜？老子叫你來，就是讓你出個主意，弄死後宮那個竇老太太，你居然裝傻，氣死朕了！」

漢武帝不敢把話說透，中公乾脆就把傻裝到底，滿臉憨笑地看著漢武帝，一言不發。漢武帝氣得半死，袖子一甩，撇開申老頭不理，自己進了內室。

武帝走開，趙綰和王臧急忙過來，低聲埋怨：「老師，您怎麼了？皇帝辛辛苦苦把您請來，是對您寄予了厚望的。您怎麼這樣不識抬舉？老師您要這個樣子，弟子可真幫不了您。」

申公那混濁的老眼，落在兩名學生身上。半晌，老頭忽然慘笑了一聲：「唉，你們這兩個蠢貨，枉老師我耳提面命多年的教導了。說到底，學業這東西，半點也摻不得假。高分低能，會害死人的！想不到啊想不到，想不到我偌大年紀了，還要替你們兩個贍養父母！」

「老師您胡說八道些啥呀！」趙綰和王臧極是惱火，撇下申老頭不理，進內室去與漢武帝商量。進了門，兩人急忙趴伏於地：「陛下，陛下您不要急，我老師他……他可能是老糊塗了，再等幾天，說不定就……就醒過神來了。」

「算了，」漢武帝寬宏大度地說，「人都已經請來了，難道還能再送回去嗎？嗯，就給這老頭一個……嗯，太中大夫的虛銜吧，把他養起來算了。不過……」

趙綰和王臧，緊張地等著漢武帝的裁決。

就聽漢武帝歎息道：「不過你們的老師這個樣子，起不到該有的作用，那麼你們兩人的工作量，就繁重了許多……」

趙綰、王臧面面相覷，都知道自己已經沒有退路了。

但好歹，自己這邊有皇帝在，應該是有勝算的。

兩人心中想著，拿定了主意。

太后反擊戰

趙綰、王臧被推薦入朝不過四個月。

四個月以來，他們兩個就做了兩件事：一是修築明堂，二是推薦老師申公。這兩件事，是為一件大事作鋪墊。尤其是推薦老師申公，目的是希望借助老師的威望，完成這艱難的工作。可萬萬沒想到，申公老辣精明，裝癡做傻，不肯捲入政爭，結果這項工作非但沒有達到目的，反而讓趙綰、王臧在漢武帝面前心生愧疚，背上心理負擔，不得已背水一戰。

這一天，後宮之中，年邁的竇太后，正被一群公主簇擁著。公主們說學逗唱，使出渾身的解數，逗老太太開心。忽然間有個公主匆匆跑進來，向太后報告了一個壞消息。

「太后，聽說了沒有？皇帝身邊有兩個奇怪的人，叫什麼趙綰、王臧，他們給皇帝提出個奇怪的……建議。」

「什麼建議？」竇太后波瀾不驚地問。

那公主喘著粗氣道：「趙綰、王臧請求皇上，以後不得再向東宮奏報政事。」

這建議是什麼意思？簇擁在太后身邊的公主們，茫然失措。

報信的公主大聲道：「這還不明白？皇帝大了，翅膀硬了，想踢開太后，自行其是了！」

公主們激憤地議論道：「太后，皇帝年齡還小，他生於深宮之中，長於婦人之手，懂什麼治政國策？如今他臨朝頭一樁事，就是要毀棄先帝遺詔，踢開太后自行其是，倘若出了亂子，如何是好？」

竇太后慢慢地搖頭：「不是我說你們，你們這些母雞，就是缺識少見。哀家問你們，還記得新垣平其人吧？」

新垣平是誰？他是幹什麼的？公主們面面相覷。

新垣平你們還不知道？對了，他在朝中興風作浪時，你們這些母雞還沒有出生呢。竇太后笑道：「新垣平，是文帝時代的人物了。我入宮不久，高祖劉邦就死了，呂后亂政，憎恨我們這些與她爭寵的女人，就派宦吏戲弄我們，聽說我想回河北，就故意把我打發到山西。不想到了山西，卻受到代王恩寵，後來代王成為文帝，我呢，就成了皇后。

「就在那一朝，趙國地方出現了一個神異的望氣士，名字叫新垣平。他上疏說，長安西北，有五朵彩雲，乃神靈之氣也。當時文帝出宮，探頭往西北一看，嘿，果然見到西北方向有五朵彩雲，形狀就像是五個人。文帝從此信了新垣平。

「不久新垣平又上奏，說周朝的青銅鼎要出世。文帝又大興土木，準備迎接，可迎來迎去，啥也沒迎到。然後新垣平又奏說，某年某日，宮外有祥瑞之氣，必有獻寶之人。等到了日子，文帝派人出宮查找，果然來了個獻寶的人，獻上玉杯一盞，上面刻有『人主延壽』的字樣。你們說，這個新垣平神奇不神奇？」

神奇，太神奇了。公主們頭腦簡單，從未知道漢文帝時代，宮裡還有如此的異聞，聽得眼睛都直了。

就聽竇太后續道：「可是後來，新垣平還是露出了馬腳，捕吏追查之下，很快發現這一切都是新垣平自己做的局。那只玉杯，是他自己找人刻好，派人送來的，目的就是想顯示自己有異能。」

公主們聽糊塗了：「那新垣平這樣做，目的何在呢？」

「你們呀，真是不堪造就！」竇太后生氣了，「不是哀家說你們，你們每天除了搶田霸產，找各種各樣的男人睡覺，能不能再動一動你們的豬腦子？長點經驗，學會思考？新垣平之所以這樣做，目的就是為了控制住皇帝，為非作歹罷了！」

「這還了得！」公主們同仇敵愾，「我們是皇族貴戚，是龍子龍孫，為非作歹是我們天然的權力。新垣平他一個江湖騙子，竟然也敢冒瀆皇權，分享我們為非作歹的稀有資源，這簡直是無法無天了！」

所以呢，當時的文帝，就把新垣平給滅了門。

竇太后的老眼中突然閃現出明亮的光芒，只聽她威嚴地道：「如今這趙綰、王臧二人，又是新垣平一類的人物。傳哀家懿旨，與我查一查，這兩個人究竟是何來歷？他們用了什麼邪法，混到皇帝身邊的？他們又使用了什麼不入流的伎倆，迷惑住年幼的皇帝的？他們的目的是什麼？

「與哀家徹底查個明白！」

流言如刀，人心險惡

十八歲的漢武帝，獨自坐在席榻之上。

他的面前，攤著後宮竇太后下令追查趙綰、王臧的懿旨。

漢武帝滿臉是淚，面如死灰，呆若木雞。

他萬萬也沒想到，趙綰、王臧這兩個人，影響力竟然如此微弱。在後宮竇太后的眼裡，他們這兩個飽學大儒，不過是江湖騙子者流。兩人上奏試圖讓竇太后歸政，非但沒起到絲毫效果，反而引發了後宮震怒。

竇太后戀權，不肯歸政。饒是漢武帝有天大的本事，也毫無辦法可想。

他只能宣趙綰、王臧二人上殿，命捕吏將此二人帶走。

漢武帝奪回權力的努力，就這樣失敗了。趙綰、王臧二人在獄中遭受到嚴刑拷打，凶狠的捕吏逼迫他們交出幕後的主使者：「說，快說，誰是你們的幕後人？主使者又是哪一個？你們到底是說還是不說……」

這個主使者卻是漢武帝本人，就算是他們交出來，捕吏也不滿意，兩名儒生被打得上天無路，入地無門，實在忍受不了，雙雙自殺了。

只有八十多歲的老狐狸申公，早知道捲入朝廷政爭就落不得個好死，知趣地裝癡作傻，逃過了這場劫難。漢武帝命人將他遣送回原籍。正如申公對趙綰、王臧兩名弟子所承諾的那樣，此後，他還要替兩個不爭氣的學生，贍養父母了。

奪回權力失敗，趙綰、王臧雙雙慘死，漢武帝如同被棒子痛打的狗，耷拉著腦袋，黯然回宮。

宮裡，母親王娡，倚欄而立。背影落寞，無限蕭索。

武帝無言，站在母親身後。

良久，王娡開口說話了：「天無二日，人無二主。」

漢武帝唇角抽搐，不知如何回答。

母親轉過身來：「皇帝，你好命苦，政出東宮，手無權柄，滿腔胸臆，難得抒發。可知道你的母后，心裡是多麼的酸楚。」

母后……漢武帝心痛如絞。他知道，母親是在暗示，他這個皇帝不能出頭，母親王娡在宮中，日子也極難熬——現在王娡已是太后，可是宮裡另有一個真正掌握了帝國權力的竇太后。有竇太后在，這母子二人，就絕看不到希望。

王娡仰頭，看著遠方的假樹池，說：「皇帝，你聽說了嗎？」

漢武帝：「什麼？」

王娡：「我聽人說，竇太后那邊，有些議論。」

漢武帝：「那些短命的蠢貨，朕遲早讓她們付出代價！她們又在議論些什麼？」

王娡：「她們沒議論什麼，她們只是一個勁說，早年你父親景帝，從十六歲起，每年都會生出一個兒子來，就這些。」

漢武帝：「……這跟朕有何關係？」

王娡歎息：「皇帝，你要學會聽懂弦外之音。」

漢武帝：「這些議論，到底是什麼意思？」

王娡目視漢武帝：「皇上，你今年十八歲了，可生有幾個皇子？」

帝后成死仇

生母王太后一句話，彷彿當頭一棒，打得漢武帝踉蹌後退。他的臉色慘白，聲音沙啞，口中白沫飛濺：「惡毒誹謗於朕，此大逆不道，其心可誅！陳阿嬌她難辭其咎！」

陳阿嬌又是哪個？

就是漢武帝現在的皇后，長公主劉嫖的漂亮女兒，漢武帝五歲時為了贏得她的芳心，還曾創造出金屋藏嬌的傳世成語。

可是阿嬌跟這事又有什麼關係？

因為，漢武帝自從六歲娶阿嬌，七歲做太子，十六歲登基，至今在位兩年已經十八歲，卻連一個孩子也沒有生出來。

所以朝野後宮，都在私下裡議論紛紛，認為漢武帝是性無能，沒有生育能力——滿宮花眷少年郎，卻沒有生子，說漢武帝性功能正常，這事，恐怕就連漢武帝自己，都會懷疑。

漢武帝將阿嬌視為死仇大敵，只能證明一件事——阿嬌的母親、長公主劉嫖，始終在竇太后身邊。當竇太后下懿旨責查趙綰、王臧，以及公主們暗譏漢武帝性無能時，劉嫖她應該也在場。

——她一定會在場！因為她需要替自己的女兒解釋，何以皇后阿嬌沒有生子，只是因為丈夫漢武帝有問題。而且劉嫖的理由，應該還很充分：如果阿嬌有問題，生不出孩子來，那宮中也應該另有嬪妃生子。可整個後宮空空落落，只能證明是漢武帝這邊出了問題。

歷史就是，登基之初的漢武帝，性功能障礙，已經成為了朝野的共識。漢武帝的舅舅田蚡，之所以對淮南王說出皇上沒有兒子，死後必是淮南王繼位這種話，就是因為當時的人們，都堅信漢武帝是個陽萎大帝。

男人，無論是百姓還是皇帝，最不能容忍的，是對自己性能力的指控！

漢武帝的心，刀剜一樣的劇痛。

漢武帝到底是不是陽萎，這是他拚命否認的事情。但事實上，當這種觀念形成主流，連他自己都把握不準了。正因為如此，所以他才會最恨把這個謠言傳播開來的始作俑者。

長公主劉嫖！

說起劉嫖這個女人，是個典型的用下半身思考的蛋白質女人（缺心眼的女人），滿腦子只有瘋狂交配的欲念。劉嫖最大的毛病，就是見了猛男就邁不動腿。過於強烈的交配欲念，壓制了她大腦的智性空間，導致她智商不是太高。按理來說，智商太低的女人，就不去太危險的地方——但恰恰因為劉嫖智商不夠用，所以她喜歡幹些極度危險的事情，三天兩頭往宮裡跑。

景帝時代，劉嫖一趟趟往宮裡跑，結果引來了栗姬這麼個仇家。雖然她借助王美人之力，把栗姬打落凡塵，可到了漢武帝時代，劉嫖的老毛病發作，不過這一次，她將失去所有的機會。

——包括，她的寶貝女兒！

風雨如晦，新一輪的宮戰再起。

從劉嫖的被窩裡，開始。

第四章——

江湖夜雨十年燈

漢武帝借重於儒家學者趙綰、王臧，衝擊竇太后權力體制失敗，為漢武帝的人生塗抹上了濃厚的悲劇色彩。

來自於後宮的還擊陰毒而麻辣，暗示漢武帝性無能的流言，讓這個年輕人的生命，於此遁入暗夜。

武帝在江湖

——被漢武帝視為娘家人，叫來替他守護權力的舅舅田蚡，竟然向淮南王獻媚，說出皇帝無子，死後法統失承的話來。標誌著當時的漢武帝及其所倚重的王氏家族，絲毫也不占據道義資源。所有人都深信漢武帝的法統不正，在他前面排著九個哥哥，憑什麼他是皇帝？後宮嬪妃無數，妙絕天下，可是始終未見哪個嬪妃懷孕，誰還相信漢武帝性功能正常？

正因為群議洶洶，漢武帝遭受到四面八方的無聲質疑，所以他的舅舅田蚡才會生出異心。甚至，田蚡根本不相信漢武帝會在皇位待多長時間，來自於四周的敵意太過於強大，田蚡急切地想跳下這艘將沉的漏船。

對漢武帝的性能力，最不具信心的，就是他自己。

證據就是——他離宮出走，投奔了江湖。

後宮中無數美女，留不住他一顆失落的心，十八歲的漢武帝，把他的生命留在了武林黑道之上。率眾離宮，遊獵天下。為了掩人耳目，武帝及其從人，都易裝為有錢的富商，浩浩蕩蕩的車隊招搖過市。為了稱呼上的便利，漢武帝還給自己起了個名字，讓手下人不可稱他為天子，而是稱為平陽侯。

其實呢，平陽侯是武帝姊姊平陽公主的老公曹壽。簡單說就是，武帝冒充自己的姊夫，天天在外邊肆意妄為。

有一天，武帝一行追獵衝入農田，把農家的莊稼踏得亂七八糟。百姓指著這夥人破口大罵：「王八蛋，還沒了王法呢，你們這樣禍害莊稼，我們已經報案，等一會兒官吏來了，你們會死得很難看。」

果不其然，過了一會，就見車塵起處，當地的縣令派出全部捕吏精銳，前來抓捕這夥害蟲。但見漢武帝英明神武，大喊一聲：「快逃，被人逮到可就慘了，逃啊。」

漢武帝一行人，匆匆如喪家之犬，急急如漏網之魚，駕長車踏破農田山闕，於荒野之中沒命似的狂奔。但是追趕而來的捕吏們，卻是緝盜經驗極為豐富，他們仔細觀察武帝一行逃奔的車塵，分路緝追，抄小路堵在了漢武帝的前方。

逃無可逃，漢武帝傻眼了，只好說：「那誰，去個人，嗯，帶上點信物，帶上朕的飾物，跟人家好好說，求個情，讓他們放了我們。」

一個膽大的宦官，帶著漢武帝的飾物迎了上去：「別射箭，先不要射箭，哎喲，告訴你們不要射箭的，你們看清楚了，這是什麼東西？」

什麼東西？不過是個破玉佩而已。捕吏們不以為然：「這爛東西，我們家裡有的是，玩女人時一送一大把。」

「這可不是普通的佩玉，」宦官道，「那啥，叫你們的縣令來，他知道這是什麼。」

過一會，縣令坐車來到，仔細一看那玉佩，頓時大驚：「與吾拿下，這廝居然盜了皇帝才有資格佩帶的龍紋之玉，必是江湖大盜！」

那宦官急叫：「等一等，你他媽的缺心眼啊，實話告訴你，你們現在圍著的，就是皇帝陛下。」

不可能！縣令打死也不信：「陛下何等的英明神武，愛民如子，是有名的陽萎大帝……不是，剛才我說漏嘴了，總之，陛下怎麼可能幹出來踐踏農田的壞事？」

宦官氣急敗壞：「皇帝嘛，就是只圖個自己樂呵，百姓愛死愛活，關陛下鳥事？再說陛下心理壓力太大，出來踐踏點莊稼，也算是心理疏導。你到底放人不放人？如果不放，你是知道後果的！」

縣令被嚇住了：「所有人與我讓開路來，讓他們過去。」

漢武帝急急駕車衝出，此時他身上的衣服，已經全部被冷汗濕透。

娘的，今天玩嗨了，開心！

黑店老闆娘

經歷了捕吏追捕之後，漢武帝食髓知味，樂此不倦，更加迷上了這個冒險遊戲，再一次微服潛行，率人來到了柏谷之地，入夜之時，投宿於客店之中。

進了客房後，漢武帝皺起眉頭：「這屋子髒得，比狗窩還髒，去個人，給朕打點開水來。」

隨從出來，東找西找，找到客店的院子裡，發現精氣神十足的客棧老闆站在門口，身邊一大群兇神惡煞般的壯小伙。隨從叫道：「老闆，給燒點開水。」

「開水？」老闆笑眯眯地轉過頭來，說，「不好意思，我這家客棧，還真沒有開水，不過呢……」

「不過什麼？」隨從問。

「不過你們如果想喝尿水的話，保證讓你喝個飽。」

老闆說罷，站在他身後的壯小伙們齊聲哈哈大笑。這時候武帝隨從才注意到，這些壯小伙，個個提刀弄槍，看著他的眼神，極不友善。隨從慌了神，忙不迭地跑回房間，向漢武帝報告：「陛下壞菜（倒楣）了，不是，平陽侯不好了，咱們可能住進了黑店了。我看那老闆，多半是個江湖黑道上的大哥級人物。」

黑店？不會吧？漢武帝也嚇了一跳，趴在窗戶上，小心翼翼地向外張望，正聽到老闆大聲對那些壯小伙說道：「哼，一夥不長眼睛的小毛賊，竟然斗膽住進老子的客店！哼，今夜你們給老子好好幹，一定要讓他們插翅難逃，全部給我殺掉！」

就聽壯小伙們齊聲道：「老闆你放心好了，到時候你只需要吩咐一聲，管叫這夥毛賊人頭落地。」

慘了，漢武帝醒過神來，他出門巡遊，雖說是微服潛行，但性喜張揚。可能是太過於蠻橫的緣故，被這家客棧的老闆認為是一夥路過的毛賊，打譜要等天黑殺掉他們。這時候漢武帝看看身邊的幾個人，頓時面色如土，帶的人手嚴重不足，只怕今夜慘了。

怎麼辦呢？

逃？路徑不熟，如何逃走？往哪個方向逃？

抵抗？那只能死得更快！

再拿出皇家玉佩？恐怕這招不管用。前者，龍紋玉佩能夠讓縣令喝退捕吏，是因為縣令是朝廷體制內的人，知道非帝王不得佩戴龍佩。可這家客店的老闆，是個體制外的個體工商戶，就算是你拿出玉佩來，他說不定還會懷疑你是從行路的客人那裡劫殺來的。

怎麼辦？怎麼辦？漢武帝急得團團亂轉，不停地催促身邊的人：「你們快想個法子，快點想，朕真的不想死。」

可人入籠中，急切中能有什麼法子好想？正驚恐之際，忽然房門被人叩響。一個隨從提心吊膽地走過去，開門一看，就見門外立著一個女人。

女人風姿綽約，眉目含春，說：「客官辛苦了，我是客店的老闆娘。我是來向各位賠罪的。」

「你有何罪？」漢武帝顫聲問。

老闆娘道：「客官，是這麼回事，因為你們來的人比較多，又張張揚揚，我家男人認準你們是路過的強盜，所以糾集了他手下的兄弟們，要殺掉你們。」

漢武帝：「老闆娘，你能不能勸你家男人，不要輕動，我們真的不是強盜。」

老闆娘苦笑道：「我勸了。可你們不知道我們當家的，是個誰的話也聽不進去的暴脾氣，根本就不聽我的勸。」

那豈不是死定了？漢武帝懊惱地道：「煩請老闆娘指引個逃走的路徑。」

老闆娘道：「客官你昏了頭嗎？沒看到外邊都是他的人，哪有什麼逃走的路徑！」

「沒有逃走路徑，那怎麼辦？」漢武帝眼巴巴地看著老闆娘。

老闆娘笑道：「客官休慌，小女子雖然沒什麼見識，但看客官的氣質容貌，絕非打家劫舍的強盜。我勸我家老公他不肯聽，於是我剛才就故意勸他喝酒，趁機把他灌了個酩酊大醉。然後我找了條索子，已經把他捆得死豬一樣，動也動彈不得。請客官再耐心等上片刻，外邊那夥人不見我家男人出來，等到天黑無聊，自己就會散去了，到時候你們趕緊逃。」

漢武帝真誠地道：「老闆娘，你救了朕，那啥，你救了我的命，我一定會重重報答你。」

果然，等到半夜，外邊的那夥壯漢不見客店老闆出來，一個個百無聊賴，很快散去了。漢武帝一行匆匆登車，如飛也似的逃走了。

一口氣逃回皇宮，次日，漢武帝下令：「把柏谷那家客棧的老闆，還有老闆娘，統統給朕捉來。」

官兵出動，不長時間，就把老闆和老闆娘逮來。漢武帝先命把老闆娘押進來，進來後，漢武帝哈哈大笑，走下金殿與老闆娘熱情擁抱：「哈哈哈，老闆娘，朕就喜歡你這樣的知性女人，居然能於千萬人中，一眼識出朕非凡族，單只你這眼光，朕就應該重賞。」

「傳旨，賞老闆娘黃金千鎰，讓她從此成為富婆。」

再把老闆押上來，漢武帝仍然是哈哈大笑：「哈哈哈，你這傢伙，果然夠狠，居然敢糾集人手，欲刺殺朕。雖然這是滅門之罪，但誰讓朕太年輕，就是喜歡個江湖黑道呢？」

老闆囁囁地道：「陛下，我真的不是黑道。」

漢武帝：「別說穿，說穿了就沒意思了。」

「傳旨，客店老闆有勇力，有影響力，有號召力，如此人才，不可埋沒，以其為羽林郎。」

聖旨頒下後，漢武帝真誠地對客店老闆說：「以後，這江湖黑道，咱們一起玩。」

——當漢武帝說出這番話時，我們才知道，漢武帝表面上不理朝政，遊獵江湖，實際上是在祕密招集人手，準備大幹一票。

年輕的漢武帝，他糾集黑道梟雄，究竟想幹什麼呢？

公主在偷情

早年前，丈夫陳午在世時，長公主劉嫖與他的夫妻感情，極是融洽。說如魚得水，也不為過。但是陳午死得太早，月白風清之夜，熟得香透的長公主劉嫖，於床榻上獨自一人，烙餅一樣地翻來覆去，實在是寂寞難耐。

寂寞呀，寂寞，沙漠一樣的寂寞。長公主對自己說：我渴望一個雄渾的男人，用他強有力的手臂，摟著我，抱著我，寵著我，疼著我，蹂躪我，作踐我。可天地悠悠，過客匆匆，上哪兒弄這麼個男人來呢？

或許是一個燥熱難耐的午夜，久曠的長公主悒鬱之極，於圓月下獨臥孤榻，手執輕羅小扇，遙望星空中的牽牛織女星。正值自怨自艾之際，忽然嗅到空氣中有股奇異的氣味。

什麼怪味？

這氣味，說腥不腥，說臭不臭，平日裡嗅到，會讓人厭惡掩鼻。但此時，這股氣味聞在長公主的鼻翼，卻忽覺心神安逸，六脈俱清，甚至還有一種舒筋活血、延壽益年的神異奇效。

這是什麼怪氣味？長公主心中詫異，起身四下張望，忽見假山後有一條大漢，赤裸著身體。長公主急忙捂住眼睛：哎媽丟死人了，怪不得這氣味又噁心又熟悉，原來是雄性荷爾蒙嚴重超標的男人體臭。

從手指縫裡，長公主偷看那大漢的雄渾體魄，終於想起來了：這廝是自己府中的一個家奴，名叫董偃。

董偃不是一般的家奴，他擅長經商，經常走南闖北，替長公主家裡做珠寶生意，賺了不少的錢。漢武帝剛剛登基時，急需長公主劉嫖的支持，於是不惜低聲下氣，討好劉嫖的家奴董偃，三次請董偃入宮，並曾在未央宮中設酒招待董偃。

十六歲時的漢武帝，在家奴董偃面前，連高聲大氣都不敢，更不敢直呼董偃的名字，開天闢地地創造了常用語：主人翁。

漢武帝在皇宮，稱呼長公主的家奴為主人翁，這駭人聽聞的怪事，卻是真正的歷史——所以，後來漢武帝的形象高山仰止，主人翁這個詞廣泛流行，但很少有人知道，這個詞最早是漢武帝稱呼一個家奴的。

總之吧，董偃他不是一般的家奴，他是被皇帝稱為主人翁的家奴。

於是長公主威嚴地喝道：「董偃，說你呢，別往假山後面躲了，你躲什麼躲？早就看到你了，馬上給我過來！」

董偃怯怯地過來，伏地跪倒：「董偃叩拜主母，衝撞主母，董偃該死。」

「知道自己該死就好！」長公主怒氣沖沖，「董偃，我府中白養了你這麼個東西，連條死狗都不如！」

董偃嚇壞了：「主母，何事責怪小人？」

長公主：「責罪於你，是因為你不忠於主家。」

「小人冤枉啊！」董偃號叫起來，「小人雖然不讀書不識字，可也知道規矩道理，不忠於主家之事，那是豬狗都不屑為的。小人或許平日裡有些偷懶，但不忠主家，卻是萬萬也做不出來的。」

「你真的忠於主家？」長公主表示懷疑。

「真的，」董偃指天劃地，「小人要是不忠於主母，天雷殛之，不得好死。」

「真的嗎？」長公主還是不肯相信，「就不信你真的忠於主家，上前來，讓我仔細驗驗你的忠心。」

這個……心在肚子裡，居然也能驗明忠還不忠？董偃心中詫異，趨步上前……夜風之中，董偃那男人的體臭更加濃烈非常，只是其間夾雜了女性的甘澀味道。奇怪的聲音響了起來，「啪啪嗒，嘣嘣嗒。」許久許久，長公主把董偃推開，長長地鬆了口氣：「嗯，不錯不錯，董偃你果然很忠心，很賣力，我很滿意。」低語聲中，她陷入了甜美的夢鄉。這是丈夫陳午死後，她得到第一個幸福之夜。

從此以後，長公主的生命，再一次獲得了幸福而隱祕的綻放。

西漢時代，與家奴私通的公主貴婦，大有人在。只不過，這種事只能在背地裡偷偷做，卻絕不可被人知。因為在權貴心中，家奴是豬狗一樣的牲畜的存在，與家奴通姦，無異於和豬狗交媾，是極端變態的情欲，為世人所不齒。

但這種事，卻是無法瞞得過人的。一旦做了，眉宇之間的情挑，就會被有心人迅速地捕捉到。所以長公主劉嫖與家奴董偃私通，也是宮裡宮外許多人偷偷議論的話題——但議論歸議論，長公主與董偃的私通，是在府中隱密之地，夜深人靜之時，議論者無法抓到實據，充其量不過是猜測而已。

雖然私情無法瞞人，但劉嫖心裡卻是淡定得很。畢竟誰也抓不到她的證據，她怕什麼？

可萬萬沒想到，這絕無可能被人窺破的私隱，還是被人發現了。

帝國大捉姦

漢武帝三年的一天夜裡，具體的時間，是在儒臣趙綰、王臧衝擊竇太后利益集團失敗，雙雙自殺於監獄四個月後，正值春暖花開、鶯飛草長的季節。長公主劉嫖又感覺到有所需求，就在臨睡之前，把董偃叫了進來。正自抵死癲狂、欲仙欲死之際，耳畔突聽到喊聲大震，然後是火把通明，許多形貌陌生的怪人，竟不知從何而來，鬼魅般的出現在劉嫖的臥室之中。

「你們……是何方妖鬼？」事發突然，長公主差點沒活活嚇死，驚聲顫問。

「長公主莫要害怕。」就聽那夥怪人回答道，「我們是長安城中的捕吏，剛才聞報有夜賊潛入長公主府中，欲對公主不利，我等救護公主心切，未待通報，就急急闖了進來。」

「胡說八道！」劉嫖急忙抓過一件衣服，遮住赤裸的身體，「你們分明是故意的，擅闖本公主府邸，你們一個個俱是死罪！」

「公主所言極是，」那夥人嬉皮笑臉地道，「不過我等雖然冒瀆了公主，卻救護了公主平安，按國律，死罪是可免的。咦，公主身邊這個光屁股男人是誰？他不是公主府中的奴才董偃嗎？這事可就奇怪了，一介奴才，怎麼會光屁股出現在公主的席榻上，而且是和長公主……嗯，在一起？」

「你們胡說八道些什麼？快點給我滾出去！」長公主嘶吼道。

「抱歉長公主，你的家奴裸身現於你的床榻之上，此事非同小可。我等撞破此事，已經犯了大忌。如果這樣悄無聲息退出，我們這些人必然是死無葬身之地。」就聽那夥人嬉笑道，「所以我們為了保全身家性命，只能把眼前看到的事情，向上面衙司稟報。」

「別，你們可別這樣。」長公主頓時嚇呆了。

稍頃，就聽外邊車聲轔轔，接著是腳步聲「橐橐」地響起，一個英挺的年輕人走了進來：「姑姑，你是怎麼回事？怎麼被人抓住了？」

一見來人，長公主如見救星，急忙抓住年輕人的手：「皇帝救我，救我，快點替我把這些人……全部殺掉。」

「姑姑，你昏了頭嗎？」十八歲的漢武帝，沒好氣地斥責劉嫖，「殺什麼殺？這些下賤的狗奴才，一個個精詐無比。一旦他們發現自己闖了禍，撞破了姑姑你的變態情欲，就知道惹下了塌天大禍，知道我必然會為了保護姑姑的清名，會把他們統統殺掉滅口。所以這些精詐的狗奴才，在把消息報到我的御座之前，就故意把你和家奴私通的事兒嚷開了。此時長安城中，家家戶戶，老幼婦孺，都知道了姑姑的醜事兒，難道我還能下旨，把天下人統統殺盡不成？」

劉嫖驚呆了，「這是誰布的局，太陰毒了。」

就聽漢武帝不疾不徐地說：「這事，到了朕這裡就算了。朕終究不能以國法加之於姑姑。但是姑姑，你自己也要知道個好歹，這段時間就不要出門了，以免被人恥笑。」

說完這番話，漢武帝袖子一甩，轉身走了。他一走，那夥捉姦的長安捕吏，頓時一哄而散。

人走光了，長公主裸身坐在榻上，臉色青白，瑟瑟顫抖，身邊是呆狗一樣的光屁股董偃。長公主的心裡，翻江搗海也似的激盪：

今夜這事，分明是有人布局害我，可是這人是誰？他為什麼要用這麼陰狠的招數，來對付我？

想了半晌，劉嫖也想不明白，到底是哪個仇家，會有如此陰狠的手段，與如此周密可怕的布局。

眼下的情形是，出了這樁事，自己在皇帝心裡，可就是聲名掃地了。要想挽回壞影響，只能走女兒阿嬌的門路。畢竟阿嬌是漢武帝的結髮妻子，當朝的皇后，自己好歹也是漢武帝的姑姑兼岳母，只要阿嬌在皇帝耳邊說上幾句軟話，皇帝還會像以前那樣信任自己，替自己把仇家找出來，斬草除根！

想到就做，於是長公主立即下令：「你們這些狗奴才，躲在一邊偷笑個屁呀？主母受辱，都是你們這些王八蛋護主不力，居然讓外人闖入，還不快給我準備車駕！」

公主嫁給腳踏墊

神清氣爽地從長公主府上出來，漢武帝翻身登車：「哈哈哈，朕憋了整整三年的窩囊氣，直到今日才一吐為快，哈哈哈！你們這群混蛋笑什麼笑？朕的姑姑兼岳母，都光屁股讓你們看得纖毫畢現，以後都給朕放老實點，小心朕扒了你們的皮！」

回頭又望了漆黑一片的長公主府，漢武帝忍不住搖頭：「朕這個姑姑，跟她的女兒一樣，都是沒腦子忘性大的蠢貨。她現在肯定是在屋子裡，光著屁股苦思冥想，想不出究竟是誰在暗中算計她。「這蠢女人忘了，當年朕來她府上的時候，是她親自引薦董偃與朕，朕才知道她和這個家奴有一手。可是她居然敢騙朕說，這個董偃是個珠寶商。當時朕為了討好她，故意不稱董偃其名，而是稱之為主人翁。朕還親請董偃赴北宮，與朕一起參加鬥雞、蹋球、賽狗的遊戲。朕還曾於未央宮中為董偃設宴，只是被大臣拚死勸止了……如果姑姑不是忘性太大，能夠想起來這些瑣碎小事的話，她就不至於落到今天這個地步！」

唉，有誰知道，主人翁這個詞，是漢武帝創造，而且是用在一個與家主通姦的奴才身上？

歷史啊，就是這樣搞笑。

車駕啟行，徑出長安都城。漢武帝坐在馬車上，東張西望：竇老太婆不還權與朕，朕也無法可想，但遊山逛水找些美女來玩，這誰也甭想攔住朕！

皇帝的車隊抵臨霸上，附近有一座美輪美奐的莊宅，住著的是漢武帝的同母大姊，平陽公主。

如果劉嫖稍微有那麼一點點腦子，就應該想到，自己之所以翻雲覆雨，威風八面，就是因為自己是當年漢景帝的親姊姊。姊弟情深，這是刀子斬不斷的血脈之情，所以自己才有了飛揚跋扈的機會。但現在，是漢武帝時代，而漢武帝，他也有自己的親姊姊。

現在的平陽公主，一如當年的長公主。

平陽公主，才是真正的長公主，最得權勢的長公主。劉嫖，她已經過氣了。

只不過，平陽公主和劉嫖的命運，也差不太多。

平陽公主嫁的第一個丈夫，是西漢開國功臣曹參的曾孫曹壽——漢武帝游俠江湖，就是冒充平陽公主的老公曹壽——後來曹壽死了，平陽公主又改嫁開國功臣夏侯嬰的曾孫夏侯頗。但後來，這個夏侯頗好死不死，和父親的寵姬通姦，被人當場捉了現行。因為恐懼國法嚴酷，夏侯頗畏罪自殺，讓平陽公主再一次守寡。

所以，將來的平陽公主，還得再找個新的老公。

找哪個呢？

聞知皇帝弟弟前來作客，平陽公主喜不自勝，顧不上梳妝打扮，從屋子裡衝出來，衝向自己的車駕。一名乖巧的騎奴立即急步趨前，跪在馬車前，讓平陽公主趾高氣昂地踏著他的背，登車出門去迎接漢武帝。

這個騎奴。

——專門說到這個細節，那是因為，等平陽公主第二次守寡之後，她將改嫁現在她踩著登車的

平陽公主滿心歡喜地把皇帝弟弟迎進家門，說：「豬玀弟弟……不是，皇帝陛下，你看姊姊打小叫習慣了你的小名，改不過來，陛下可否恕罪？」

漢武帝哈哈大笑：「姊姊，朕專程來此，就是為了聽姊姊叫一聲豬玀弟弟。姊姊你要不這樣叫，朕還不開心呢。」

平陽公主心花怒放：「豬玀陛下，你來得正好，姊姊為你準備了一件精美的禮物。」

漢武帝道：「姊姊，你打小就挑剔，不是最好的東西，你寧可不要。依你的標準居然說出精美二字，這禮物一定是非同凡響。」

平陽公主曖昧地一笑：「豬玀……陛下，你看了就知道了。」

輕擊兩下手掌，廳堂間的樂工們立即奏起輕柔的音樂。樂聲之中，一團繁花旋舞而入，曼妙歌聲，聽得漢武帝「噌」的一聲站起來：「姊姊，如此絕世美女，你從哪裡掏弄來的？」

「這個美女嗎？」平陽公主沉吟道，「這事說起來，可真是古怪非常。你知道我府中有個姓衛的老太太吧？衛媼嘛，對了，陛下你不知道這事，誰會注意一個老太太呢？可這事就奇怪了，這個老賤婢老則老矣，卻是花心怒放，總是能找到男人和她交媾。結果衛老太太的肚子就被搞大了，生下了這麼個絕世美女。」

老太太生的美女？漢武帝聽傻了眼。難怪這美女如此絕代風華，普通老娘們兒還真生不出來，這活非得經驗豐富的老太太上場才行。

「姊姊，這美女有名字沒有？」

「有。」平陽公主道，「她有姊妹三人，大姊衛君孺，二姊衛少兒，她叫衛子夫。」

「姊姊，你給朕準備了一件價值非凡的厚禮呀。」漢武帝說著，望著衛子夫的一雙眼睛，充滿了熾熱的情欲。

今夜，就讓衛子夫侍寢……如果自己性能力還行的話。

因為流言的侵襲，漢武帝的心裡，信心全無，忐忑不安。

後宮驚變

劉嫖匆匆走進宮門，忽見前方一陣騷亂，幾個宮人臉色驚恐地衝出來，見到她，齊聲尖叫起來：「長公主，你可來了，快快快，皇后她……她要自殺！」

「什麼？」劉嫖嚇了一大跳，我的寶貝女兒阿嬌要自殺？不可能！她已經是皇后了，母儀天下，又受到皇帝的恩寵，世上的女人，哪個比得了她？怎麼會自殺呢？

阿嬌真的是要自殺，拿了條白綾，要纏到屋樑上自縊，幸虧被宮人死死攔住。

劉嫖急忙衝進來：「女兒呀，你昏了頭呀你，放著幸福的皇后不做非要自殺！你自殺了，媽媽這裡可怎麼辦？現在媽媽遇到了麻煩，還指望你幫幫媽媽呢。女兒，你知道家奴董偃吧？」

「母親！」阿嬌號啕大哭，一頭撲進劉嫖的懷裡，「母親，我不要活了，不活了，皇帝他……他……他他他……」

劉嫖急問：「皇帝他……怎麼你了？」

阿嬌哭道：「皇帝他……不喜歡我，討厭我。」

「胡說！」劉嫖失笑道，「你忘了你十三歲那年，皇帝他剛剛五歲，他當著媽媽的面，親口說道，『若得阿嬌，願以金屋藏之』。皇帝如此寵愛你，怎麼可以說不喜歡你呢？」

阿嬌哭道：「媽媽，你有多傻呀，皇帝五歲時說那句話，是他媽媽教的，目的是為了拉攏你，讓你出力扶他登上皇位。現在他的目的達到了，媽媽，我們就沒有了價值耶。」

劉嫖心裡「咯噔」一聲，強笑道：「女兒呀，趕緊閉上你的烏鴉嘴，這話豈是可以亂說的？皇帝他對你真心實意。」

「真心實意個屁！」阿嬌罵道，「自從他登基以來，就沒上過我的床。媽媽，整整三年了呀，我獨守空床，可見我在他心裡的地位，是多麼的無足輕重。」

「那，這事也怪你！」劉嫖無奈道，「誰讓你肚子不爭氣，沒有懷上龍子的呢？如果你懷有身孕，縱然是他不愛你，可總不會連自己的孩子都不理會吧？」

阿嬌哭道：「媽媽，你別說了，你明明知道我為了懷上孩子，到處托人求藥，單只是求藥的費用，就花了整整九千萬錢，可是……可是皇上他根本不上我的床，我就算是求來仙藥，也是枉然！」

劉嫖道：「那你也不該尋死呀，反正皇帝後宮無寵，咱們慢慢想法子唄。」

阿嬌悲聲道：「母親呀，你真是老糊塗了！他的姊姊平陽公主，不知從哪兒掏弄來個叫什麼衛子夫的賤婢，他和那女人已經在平陽公主的家裡……天地共一春了。而且，當他離開平陽公主府上時，還曾親口對衛子夫說：苟富貴，無相忘……然後就把衛子夫帶進宮裡來了。」

「你這……說的都是什麼亂七八糟的！」劉嫖聽得頭大，「那個什麼苟富貴，無相忘，不是陳勝吳廣起事時說的話嗎？你怎麼弄到陛下身上來了？」

「是真的。」阿嬌氣得跳腳，「我記不住原話，反正就是那意思。那個誰，你記性好，過來告訴長公主。」

一名小宮女趨步上前：「長公主，皇后所言，句句是實。只不過，聽人說起，陛下他離開平陽公主府時，對衛子夫說的原話是：行矣，強飯勉之，即貴，願無相忘。」

聽得好累。劉嫖一臉茫然：「陛下這麼文縐縐的，說的到底是啥意思？」

「這話不是明明白白的嗎？」阿嬌喊道，「他就是想讓衛子夫做皇后！」

劉嫖失神，跌坐在地。

要是這樣的話，那咱們就只能是，一拍兩散！

黃老學派高手出場

漢武帝接衛子夫入宮，這可惹下了天大的亂子。

皇后阿嬌抵死不依，大吵大鬧。按漢武帝真心的願望，恨不能當場撕碎了這個大自己八歲的表姊。可是，人在屋簷下，縱然是漢武大帝，也得低下他高傲的頭。

這個屋簷，就是後宮的竇太后。

劉嫖和家奴董偃的私情，已經嚷動了後宮。此時的劉嫖，既不敢入宮為自己求情，也不敢為女兒求情。此時其他的公主們，聽了此事幸災樂禍，興奮到發狂，紛紛跑到後宮，在竇太后面前添油加醬敘述這件事。

竇太后聽了，氣得全身哆嗦：「唉，你說劉嫖這孩子，她小時候挺機靈的，長大了怎麼幹出這事？幹就幹吧，怎麼還被人當場捉姦了呢？」

是誰下的手？

具體是怎麼回事，沒人說得清楚。公主們七嘴八舌地道：「但事情始發，陛下就匆忙趕到，禁止任何人再談論此事。」

竇太后鬆了口氣：「皇帝他還算有良心。不對，既然皇帝禁止任何人議論此事，怎麼會所有人全都知道了呢？」

「說不上來，可能是皇上的封口令，下得還是太遲了吧？」公主們猜測，「此時皇后可慘了，失去了皇帝的歡心，昔年金屋藏嬌的美妙誓言，狗屁一樣隨風而散，現在的皇帝，聽說迷上一個叫衛子夫的賤婢。」

「皇帝，不會迷上賤婢的。」竇太后宣布。

「可是皇上的心……」

「我說了，皇上不會被任何賤婢給迷住！」竇太后重申。

「傳哀家懿旨，讓萬石君的大兒子，到皇帝身邊侍候。」

萬石君？公主們相互擠眉弄眼，彼此竊笑。

此人出山，必會夠皇上喝一壺（夠嗆）的。

萬石君，他的名字叫石奮。他有四個兒子，都在朝廷任重職。他和四個兒子，每個人的俸祿都是兩千石官，五個兩千合起來，就是一萬，所以人稱其為「萬石君」。

萬石君這個人，他啥本事也沒有，什麼正經事也幹不了。但他有個驚人的天賦，就是嚴肅認真。他是黃老之徒，講究個正事不幹，閒事不管，但逢到隆重場合，面部的表情必須要貼切到位，差一點也不行。

若逢盛大節日，萬石君的表情，必然是幸福無比，天然無害。若然是遭逢國難，萬石君的表情，必然是悲戚憂傷，看一眼都會讓你大哭出來。

史書記載說，萬石君即使在家裡，也始終是恭恭敬敬，身著官服官帽。如果家人犯了錯誤，就必須要脫掉上衣，當面向他請罪。犯錯之人承認了錯誤，萬石君才肯拿起筷子來進食吃飯。總之，這個萬石君石奮，是中國歷史絕無僅有的表情藝術家，一輩子就靠了張臉吃飯。

竇太后喜歡黃老之術。黃老之術，其價值觀的核心，就是如萬石君這種，無為而為，無為而治。

竇太后把萬石君的大兒子石建派到漢武帝身邊，罷免了丞相竇嬰和太尉田蚡，就等於把漢武帝放進一隻怪臉鑄成的鐵籠子，讓漢武帝再也樂不起來。

還真是這樣，漢武帝再出門，萬石君的大兒子迎在門外：「陛下，小臣石建，替陛下駕車。」

「你？」漢武帝狐疑地看著石建那張臉。

那張臉，端的是天下無雙，上面似乎刻寫著：我是萬石君的大兒子，我正在替陛下駕車，我忠心於陛下，不服你去死！漢武帝越看他那張怪臉，越是害怕，忍不住問了句：「石建？」

石建：「回陛下，臣在。」

漢武帝：「你那張怪臉，嚇死朕了。石建，現在給我拉車的，是幾匹馬？」

「回陛下……」就見石建揚起鞭子，一匹一匹地數過來，「一匹，兩匹，三匹……啟奏陛下，現在有六匹馬拉車。」

漢武帝倒吸一口冷氣：你明明知道拉車的是六匹馬，卻還要認認真真地數一遍——有你這種怪人在朕的身邊，朕生不如死呀！

被石建詭異的風格所震懾，漢武帝從此如坐針氈，雖然把衛子夫帶回了宮，卻整整一年也不敢去見她。

這就是竇太后的神妙管理方法，你皇帝不是想花心怒放嗎？我也不攔你，也不勸你，只是往你身邊安置風格古板的怪人，讓這些怪人的行事風格來薰陶你、感染你、同化你，讓你遲早也會變得拘泥而古板，從此成熟起來。

漢武帝心想，看來朕要想掙得自由，還得繼續舉賢良方正，找點好玩的人來，也好陪著自己玩。

皇后腦子有點軸

又是一年過去了，漢武大帝十九歲。

這一年，被萬石君的大兒子石建一張怪臉所困，漢武大帝在最早舉賢良方正的名單裡，偷偷地篩選了一番，篩選出一批好玩的人。

這些人中，排第一名的，叫朱買臣。

朱買臣，他是中國傳統戲劇中久唱不衰的名角。戲劇故事中，朱買臣讀書山中，家境貧寒，妻子忍受不了，就果斷提出來離婚。等到離婚之後，朱買臣卻受到漢武帝的賞識，被賜了數不清的錢。於是有一天，朱買臣正騎馬走在路上，前妻突然出現，攔住他說：「朱買臣，你還記得曾和你共度貧寒的結髮妻子嗎？我請求復婚。」

復婚？復你個頭！朱買臣冷笑，命人端過一盆水，潑在地上，對前妻說：「除非你能夠將潑出去的水再收回到盆裡，否則甭想復婚的美事！」

這個故事，又叫馬前潑水，是千百年的屌絲男，用來威脅不甘貧困的女人的，也是中國傳統文化中最髒的糟粕。

漢武帝挑選的第二個人，是帥呆了的大才子司馬相如。

司馬相如帥而有才。他最偉大的名堂，是聞知大富商卓王孫家，有一個美貌有才的女兒卓文君，正守寡在家。於是司馬相如就不請自來，去卓王孫家裡作客，席間故意彈奏一曲鳳求凰，這就是歷史上有名的司馬相如琴挑卓文君。話說卓文君聽到瑟聲，就出來偷偷觀看，看到司馬相如，頓時被他優秀的風采所迷惑，當天夜裡就逃出家門，跟司馬相如私奔了。

女兒私奔，卓王孫感覺好沒面子，就拒絕給女兒陪嫁。

這事激怒了司馬相如：「你個死老頭，不肯給錢是不是？看老子怎麼整治你的傻女兒！」於是司馬相如就故意在卓王孫家的對門，開了家小酒館，每天逼著卓文君當壚賣酒，存心羞辱卓王孫。卓王孫受不了，無奈只好給了司馬相如一大筆錢。司馬相如收到錢，就興高采烈地把卓文君拋棄了。

被拋棄後，卓文君很憂傷，就寫了篇長長的賦，回憶和司馬相如相愛的日子，派人給狠心的司馬相如送去。司馬相如看到後，心腸頓時軟了下來，又和卓文君和好如初。

司馬相如和卓文君的愛情故事，在當時傳得沸沸揚揚，就連深居宮中的皇后阿嬌都聽說了。

時值阿嬌正被漢武帝冷落，聽說了司馬相如和卓文君的故事，於是阿嬌就想：「咦，一篇破文字居然有這麼大的魔力，能夠叫狠男人回心轉意？如果我也這樣做，問題豈不就解決了？」

可是，阿嬌天生跟思考有仇，最恨動腦子，自己根本寫不來。但她有錢，就派人給司馬相如送去一千金，請求司馬相如替她也寫篇，好喚回漢武帝的心。

司馬相如收到巨額稿費，心花怒放，大筆一揮，洋洋灑灑寫了篇長賦，給阿嬌送了回來。

阿嬌拿起那篇長賦一看，頓時呻吟一聲，閉上了眼睛：「老天，這是什麼怪東西呀，七長八短的這麼多字。看得好累，根本看不下去。」
身邊的親信宮女急了：「皇后，都這時候了，千萬別再任性了好嗎？咬咬牙，咱們把這篇長賦背誦下來，等見到陛下，就背給他聽，肯定能讓陛下回心轉意的。」
阿嬌道：「可是我這輩子，最恨最恨的就是文字了！嘿，你說哪個王八蛋閒極無聊，發明出這種折磨人的鬼畫符？要是這世上根本沒有文字，吃飽了就睡，睡醒了就吃，那生活該有多美好？」
小宮女哭勸道：「皇后，你醒醒吧，醒醒吧，眼下奪宮之事，可是死生攸關呀。你就忍忍性子，把這篇賦背下來吧。」
阿嬌突然眼前一亮：「咦，要不你背下來，等皇帝來了，就背給他聽？」
小宮女欲哭無淚：「皇后呀，就算我們背下來，屁用也沒有的。只有你自己背下來，皇帝才知道你的苦心苦情，才會回心轉意的。」
阿嬌把頭一搖：「我不管，現在我讓你背，你就得給我背！」
小宮女仰天長歎：「天啊，天，救救我們的皇后吧，事態已經如此嚴重，她還是捨不得委屈自己半點，依然任性如故。」
這就是皇后阿嬌失寵的真正原因了。她可以死，可以萬劫不復，也決計不肯花費半點力氣，不肯動上半點腦子。連千金買來的賦都不肯背誦，她這樣的人，和衛子夫那般能歌善舞眉眼精靈的女子比起來，漢武帝的取捨，是絕不會有什麼懸念的。

滑稽東方朔

漢武帝替自己挑選的第三個人，是以搞笑為人生樂事的東方朔。

東方朔，平原人氏，他身材短小，相貌古怪異常，生性詼諧，是天生的段子手。任什麼無趣的事情，讓他一說，頓時變得妙趣橫生。漢武帝把他養在身邊，目的就是沖淡萬石君家族給他帶來的沉悶壓抑氣氛。

東方朔成為傳奇，是因為他始終在努力，要把他的搞笑天賦，用到治國上來。

前者，長公主劉嫖的家奴董偃，曾被漢武帝三次請到宮裡，並在未央宮設宴宴請。當時東方朔連哭帶鬧，抵死不依。雖然漢武帝沒聽他的勸，但從此更敬重這個滑稽小侏儒。

此後漢武帝衝擊竇太后利益集團，想奪回權力，失敗之後，所有的政務統統荒廢了。漢武帝無事可做，就尋思巡獵遊玩，恣意人生。

但他每次出巡，都是驚險萬分，被縣吏追捕，被客棧老闆追殺。這樣的事情多了，漢武帝的內心就怯了。

於是他想：嗯，我要劃出一大片遊獵場，在這個地盤裡，不准有別的人，就我自己進去閒逛。這樣也仍然是闖江湖走黑道，但絕對不會遭遇到危險。

對，就這樣做！

漢武帝下令，把阿城以南、宜春以西，包括整個終南山在內，統統劃為皇家私產，禁止百姓進入，就拿這遼闊的山林，作為自己遊玩的私地。

舒讀網「碼」上看

廣 告 回 信
板橋郵局登記證
板橋廣字第83號
免 貼 郵 票

235-53
新北市中和區建一路249號8樓
印刻文學生活雜誌出版有限公司　收
讀者服務部

姓名：________________ 性別：□男 □女

郵遞區號：________________

地址：________________________________

電話：（日）________________（夜）________________

傳真：________________

e-mail：________________________________

INK

INK PUBLISHING

讀者服務卡

您買的書是：＿＿＿＿＿＿＿＿＿＿＿＿＿＿＿＿

生日：　　年　　月　　日

學歷：□國中　□高中　□大專　□研究所（含以上）

職業：□學生　□軍警公教　□服務業

□工　□商　□大衆傳播

□SOHO族　□學生　□其他＿＿＿＿＿＿

購書方式：□門市＿＿書店　□網路書店　□親友贈送　□其他＿＿＿

購書原因：□題材吸引　□價格實在　□力挺作者　□設計新穎

□就愛印刻　□其他＿＿＿＿＿＿＿（可複選）

購買日期：＿＿＿年＿＿＿月＿＿＿日

你從哪裡得知本書：□書店　□報紙　□雜誌　□網路　□親友介紹

□DM傳單　□廣播　□電視　□其他

你對本書的評價：（請填代號　1.非常滿意　2.滿意　3.普通　4.不滿意）

書名＿＿＿　內容＿＿＿　封面設計＿＿＿　版面設計＿＿＿

讀完本書後您覺得：

1.□非常喜歡　2.□喜歡　3.□普通　4.□不喜歡　5.□非常不喜歡

您對於本書建議：

感謝您的惠顧，為了提供更好的服務，請填妥各欄資料，將讀者服務卡直接寄回或傳真本社，我們將隨時提供最新的出版、活動等相關訊息。

讀者服務專線：（02）2228-1626　讀者傳真專線：（02）2228-1598

聽了這個消息，東方朔很緊張，就來找漢武帝：「陛下，您這樣胡來可不行呀。您現在劃出來的區域，面積極為遼闊，數以千萬計的百姓，世世代代就生活在這裡，可是陛下您一句話，就將他們逐出，並徹底剝奪了他們的生活來源。這些百姓失其依所，此非帝國之福呀。」

漢武帝聽了，驚詫地看著東方朔，半晌，他猛地一拍東方朔的肩膀：「阿朔，你剛才的諫言，說得太好了。朕得到你這樣的諍臣，實乃社稷之福呀。

「傳旨，封東方朔為中大夫，給事中，賞黃金百鎰。」

東方朔大喜：「小臣謝過陛下隆恩，代天下百姓謝過陛下。」

漢武帝：「你等等，你謝你自己的，幹嘛要代天下百姓謝朕？天下百姓，跟你有啥關係？」

東方朔：「陛下，您肯聽小臣勸諫，不將百姓逐出世居之所，這是天大的恩德，小臣當然要代天下百姓相謝。」

漢武帝哈哈大笑：「誰告訴你朕放棄初念了的？朕要開心地玩，沒有個大點的山林怎麼行？朕重申一遍，自阿城以南、宜春以西，包括中間的終南山，統統劃為皇家禁區，居住於中的百姓全部逐出，私入者以國法論處。」

東方朔驚聲尖叫：「別呀陛下，您都重賞了我黃金百鎰，緣何非要逼迫這些可憐的百姓呢？」

漢武帝失笑：「屁話，朕不逼迫百姓，還能逼迫誰？賜你黃金百鎰，是朕看你狗頭貓腦，非常的好玩，至於這些百姓們，他們愛死不死吧，朕才懶得理會。打住，打住，打住。此事已決，無庸再議。阿朔，你還有什麼好玩的點子，說出來讓朕開心開心。」

東方朔：「陛下，那小臣就斗膽直言了。」

漢武帝：「說吧，朕絕不會割了你的卵蛋的。」

東方朔：「小臣所諫，正是陛下卵蛋之事。」

漢武帝：「朕的卵蛋……」

東方朔：「正是。陛下，如今皇宮之中，積壓了太多太多的美女，而陛下又喜歡四處遊玩，根本無意回宮。既然如此，何不大赦天下，讓那些終生也聞不到男人氣味的可憐女子，回歸天日，嫁個平凡的民間男子？」

漢武帝：「這個建議好，朕喜歡。」

東方朔：「小臣謝過陛下，臥槽（我操）陛下，您不是又有什麼後手，戲弄小臣吧？」

「哈哈哈，」漢武帝仰天大笑，「東方朔，你還真不算太笨。沒錯，朕是允許釋放一批宮女出宮。不過呢，所有獲釋的宮女在出宮之前，都要由朕一個個審視過來，朕看不中的，才允許她們離開，如果朕看著喜歡，嘿嘿，那她可就占了天大的便宜。」

後宮重逢情如火

采女（三等宮女）大出宮遊戲，正式開始了。

先由宮裡的采女們自己報名，由宦官登記登冊，然後再由漢武帝親閱。

到了時間，武帝端坐榻上，讓那些宮女一個個走進來。漢武帝皺起眉頭，把宮女從頭到腳，看個仔細。沒胃口的，一揮手，這宮女就獲准出宮，獲得自由了；如果漢武帝感覺這宮女還有幾分姿色，漢武帝手一擺，這宮女就只能再返回宮裡，繼續於無望中等待漢武帝的恩寵。

大多數宮女，都已經年老色衰，漢武帝一揮手，就放她們走了。少數姿色尚存，武帝大手一擺，絲毫不理會她們那幽怨的神情，把她們繼續留在宮中。忽然間他聽到宦官報出下一個宮女的名字，武帝頓時呆住了。

「衛子夫！」

衛子夫走了進來，臉色青黃，滿臉憂傷，癡癡地看著漢武帝：「陛下。」

漢武帝失神地站了起來。

老實說，他帶衛子夫回宮，是真心實意的。但入宮以來，就遭受到竇太后勢力的強大阻截，身邊的重臣，全都是如萬石君這類型的怪物，讓漢武帝每天煎熬不已，了無生趣，再加上皇后阿嬌的拚命哭鬧，起初，他不敢與衛子夫同房，是害怕阿嬌下毒手害了衛子夫，可是過了段時間，他自己也沒想到，居然真的把這個絕色女子，給忘記了。

但是漢武帝他沒有責怪自己的習慣，而是大步走過去，厲聲喝道：「衛子夫，你居然報名出宮，是要棄朕而去嗎？」

衛子夫跪倒，淚如雨下：「陛下，陛下，臣妾從未忘記入宮時的誓言：既貴，願無相忘……可是，臣妾只能用這個法子，才能見到陛下一面呀。」

哼，漢武帝不以為然，心說：你當朕是傻逼（白癡）呀？如果朕不是閒極無聊，親自把關審核出宮的宮女，你不就逃走了？想到這樣的絕色女子要離開自己，他心中氣憤難平，上前一把抱住衛子夫：「朕不允許你走，朕要與你……就在這裡履行承諾！」

史載，漢武帝攜衛子夫入宮，一年而不得相見。次年遣宮女出宮，武帝親審出宮采女，攔下了衛子夫，並當場按倒幸御。就在這一次，衛子夫懷上了漢武帝的第一個孩子。

衛子夫懷孕，讓漢武帝欣喜若狂，他亢奮得恨不得狂奔天下，對所有人大聲吶喊：「朕是個正常男人！朕能生孩子！朕不是陽萎大帝！讓那些汙辱朕、詆毀朕的陰謀家們，見鬼去吧！」

此事，讓漢武帝獲得重生。他的自信又回來了，內心深處的恐懼一掃而空。從此他發誓要報復所有人——所有那些，在他遭受不能生育的流言羞辱之時，用躲躲閃閃的嘲笑眼光，偷窺他的人！

他曾經接受了大眾心理暗示，真的以為自己沒有性能力，但現在他知道了，這一切，不過是個想要摧毀他的陰謀！

那些人，必須要付出代價。

不管他們是誰！

必須的！

而衛子夫，她洗清了漢武帝的冤屈，為武帝恢復了名譽，從此身價百倍！

可憐的阿嬌，這個寧死也不肯動腦子的女孩，她最後的日子，到來了。

黑道夫人

阿嬌死活不肯背下司馬相如的長篇大賦，只能催促著母親劉嫖，替她想個法子，喚回漢武帝的心。

可是劉嫖與家奴通姦的短處，已經被漢武帝牢牢捏在手心，根本不敢再向漢武帝提什麼要求。但，女兒的皇后之位不保，對自家來說是莫大的災難，此事必須要想到個法子來解決。

怎麼個解決法呢？

劉嫖想來想去，覺得這事還得從衛子夫這邊下手，派人去查一查，這個女人，究竟是什麼來歷。

這一查，把劉嫖嚇了一跳。萬萬沒想到，衛子夫的身世，細說起來，複雜到了誇張的程度。

衛子夫的生母，是平陽公主府中的衛姓老太太。衛媼這個老太太，正如平陽公主所言，屬於花心怒放那一種，什麼時候都有法子找到適合自己的男人。

衛子夫出生之後，平陽縣有個小縣吏，名字叫鄭季，他辭去了縣吏職務，來到平陽公主的府中當僕役。不知什麼時候，鄭季就和衛姓老太太搞在了一起。須臾，老太太肚皮被搞大，又生出個兒子來。

這個與衛子夫同母異父的弟弟，也隨了母親的姓，起名叫衛青。

衛青幼年在鄭季家裡長大，但鄭家人虐待他，根本不認為他是鄭家的孩子。衛青受虐不過，逃回到了平陽公主府上，成為了平陽公主的騎奴。他的日常工作，就是替平陽公主養馬，倘平陽公主外出，衛青就要趴跪於車前，讓平陽公主踩著他的背登車。

衛青，不過是平陽公主的一隻廉價踏腳墊，隨時可以棄換。

瞭解到了這個情形後，劉嫖就想，宮戰這種事，攻心為上，攻城次之。既然衛子夫有個同母異父的弟弟，那好，老娘派武林高手出動，去把那賤婢的弟弟殺掉。若然是她的弟弟死了，肯定會影響到她的心情，說不定她的心情一壞，對皇帝發個小脾氣什麼的，嘿嘿，就會失去皇帝的寵歡，那就是自己寶貝女兒阿嬌的機會了。

想到就做，劉嫖立即把情夫董偃叫來：「老董，你娘的給我惹了天大的禍，現在不好收場了。你趕緊，找幾個得力的人手，給我星夜行動，把平陽公主家的那個腳踏墊殺掉。」

「什麼腳踏墊？」董偃懵懂地問道。

「就是衛子夫的弟弟，他的名字叫衛青。」劉嫖告訴董偃。

「好了，你放心吧，不消一時三刻，我就會把衛青的腦殼給你提來。」董偃信心滿滿，找了一夥幫手出發了。

沒多久，董偃就回來了，劉嫖拿眼一看，頓時大吃一驚。

只見董偃這夥人，去的時候囫圇（沒有殘缺）胳膊囫圇腿，可是回來時，俱各傷殘累累，缺胳膊少腿的，居然沒有一個完整人。

劉嫖驚問道：「怎麼回事，不是讓你們去刺殺平陽公主家的一個小家奴嗎？怎麼會弄成這般慘相？」

「主母，你的情報不準，把我們害慘了。」就聽董偃哭訴道，「那個衛青，他表面上是平陽公主的家奴，實則大有來頭。」

「有什麼來頭？」劉嫖問道。

董偃道：「衛青他……他他他實際是咱們大漢帝國黑社會中的大佬。」

「黑社會？大佬？這扯得也太遠了吧？」劉嫖不信。

董偃哭道：「難怪主母你不信，我們也是萬萬沒想到。我們奉命前去，很順利地把衛青騙了出來，當場架走，準備問罪後殺掉。可不承想，正當我們要下手時，忽聽得荒野中殺聲大震，就見一夥黑社會馬仔，俱各長刀在手，黑衣黑帽，突然殺至。領頭的，赫然是黑道巨梟公孫敖。這夥黑幫把我們一通好砍，結果衛青被他們搶走。我親耳聽到公孫敖對衛青說：大佬，你受驚了，兄弟們來遲一步，請大佬責罰。你聽聽，這不是黑社會是什麼？」

「我的天。」劉嫖驚得呆了，「難怪皇帝喜歡上這個衛子夫，原來她是黑道中人。」

劉嫖這邊只顧吃驚，沒注意有個家奴悄悄溜出，飛也似的跑到皇宮，向漢武帝報告去了。

接到安插在長公主劉嫖府中眼線的報告，漢武帝才知道衛子夫的弟弟，竟然還是江湖道上的巨梟。當時漢武帝大喜，立即召見衛青，讓衛青詳細給他講述事情經過，聽得年輕的漢武帝大叫過癮，說：「衛青，以後有這熱鬧事，一定要帶上朕一個，朕他娘的被萬石君一家的怪嘴臉困住，都快要悶死了。」

傳旨，任命衛青為建章宮監兼侍中，賞千金。

隔日，又封衛青為中大夫，衛子夫封為夫人。

獲得權力

十八歲那年，漢武帝混跡於江湖黑道之上，留下許多動人的傳說。

十九歲，異星現於東北，天下無事。

二十歲，西漢帝國經濟危機，通貨膨脹，武帝下令廢三銖錢，改鑄二銖半錢。

二十一歲，這一年的四月，皇宮發生火災，漢武帝素服五天，表示向天請罪。

五月裡的一天，武帝的舅舅田蚡，滿臉狂喜地衝了進來：「陛下，好消息，天大的好消息。」

漢武帝：「什麼好消息？」

田蚡：「你奶奶死了。」

「什麼？」漢武帝大喜，「姓竇的老太婆，真的死了？」

是真的，後宮之中，傳來真真切切的哭聲。帝國的好太后，皇家的善良老太太竇氏，因病不治，溘然而逝，享年六十一歲。

漢武帝激動得淚流滿面。就知道你這個死老太婆，再熬也熬不過朕去！朕終於君臨天下，成為貨真價實的皇帝了。朕要好好地大玩一場，首先任命朕喜歡的人入朝為官。

「等等，」田蚡急忙阻止漢武帝，「陛下，任命官員這事，最好先等等。」

「為什麼要等？」漢武帝惱火地問。

「這個，」田蚡支吾道，「這個官位呢，陛下，已經滿員超額了。」

「胡說！」漢武帝不信，「朕統共也沒任命過幾個官員，怎麼會滿員超額？」

「是這樣，」田蚡解釋道，「陛下您是沒任命幾個官員，不過呢，嘿嘿，您懂的，那些想當官的人，都來找舅舅我，您舅舅呢，就是改不了心軟這個毛病，但來人有所求，總是要滿足的。所以這官職呢，很快就全都被人占滿了，嘿嘿。」

「什麼？」漢武帝差點沒氣死，「你娘的舅舅，咱們能不能要點臉？你連個朝官也不是，怎麼可以如此胡來，越過朕直接任命官員，你你你給朕留點位置，讓朕也任命幾個官員。」

「行行行，」田蚡諛笑道，「陛下，現在竇太后升天了，帝國新政，也應該有番新的氣象了，陛下看您親娘舅的丞相之職，也該官復原位了吧？」

漢武帝：「你大爺呀舅舅，你只是做過太尉，什麼時候做過丞相？」

田蚡上前，扯著漢武帝的胳膊肘：「陛下，讓舅舅做丞相，說明白了不是替您看家守院嗎，再說您的母后，她也是這個意思，讓舅舅替您看家，您才能放心是不是？」

「行，行，你就做丞相好了。」漢武帝生氣地道。

田蚡大喜：「臣舅謝過陛下。對了陛下，臣舅這裡，還有點小事。」

漢武帝：「又他娘的什麼事呀？」

田蚡道：「陛下您看啊，那個啥，考工官署的那塊地，一直空著，官衙也沒蓋。舅舅的意思是，就把那塊地撥給我吧，舅舅的宅院太狹小了，也應該擴一擴了。」

這時候的漢武帝，已經快要被這個不要臉的舅舅氣得瘋掉了。但他仍以平靜的語氣對舅舅說：「舅舅，你的要求太少了，你為何不直接開口，把國家武庫要去呢？」

「嘿嘿，陛下息怒，息怒。」田蚡也知道今天要求的太多了，臉不紅不白地退出，左顧右盼，目無餘子。現在竇老太婆死掉，輪到我外甥當家，就是輪到我當家，哈哈哈，昔年那些得罪過我的人，你們就等著死吧！

此時宮中，漢武帝也在心潮起伏：終於可以大幹一場了。可是幹什麼呢？好像這天下之人，已經沒人敢招惹朕了，那朕找誰的麻煩好呢？

要不，咱們跟塞外的匈奴人，找點彆扭如何？

第五章——

帝國死亡筆記

奇人入京師

漢武帝其人，對於匈奴的態度，是很矛盾的。

二十一歲那年，盤踞於後宮長達四十年之久的竇太后死去，政歸武帝，從此漢武帝可以自行其是，制訂國策不再先行稟報後宮。這一年，他針對匈奴人的一條策令是：和親！

真的不想打呀，兵凶戰危。漢國對匈奴一無所知，只知道人家不好招惹。輕言戰事，如果捅出來大婁子，這責任誰承擔得起？

但幾天之後，漢武帝又改了主意，決定撩撥撩撥匈奴人，找點樂子。

史家困惑於漢武帝心思變幻莫名，實際上，在這從和親到戰爭的國策改變中，始終貫穿著漢武帝不變的個性——輕佻、陰毒，始終堅持不懈地打擊他最大的政敵。

竇太后在世時，以其為中心構成了一個龐大的公主利益集團，這是武帝繼位以來所面臨的最強大勢力。可以說，在這個強橫勢力面前，漢武帝只有老實挨打的份兒，根本無還手之餘力。

等到竇太后老死，這夥烏合之眾頓時作鳥獸散，不再對漢武帝構成絲毫威脅。新一任政敵「哇嗚」一聲跳將出來，於是有位大思想家倒了血楣，一名孤零零的女子被迫遠赴他鄉。

這名倒了血楣的思想家是誰？那女子又緣何遠走他鄉？

此事說來繁複。如前所述，當漢武帝二十一歲那年，陰曆四月二十一，皇宮發生火災，漢武帝素服謝天。隔了一個月零五天，六十一歲的太皇太后溘然而逝。

竇太后死了，漢武帝興奮得一跳老高，這時候忽有人從外而來，偷來文章一篇，引發宮案無數。

這個從外而來的人，名叫主父偃。

狠毒的報復

主父偃這個人，日後將在朝廷上掀起滔天巨浪，但他卻係一介萍飄無依的草根出身，自幼家貧，苦讀苦學。學得差不多了，他就背著鋪蓋卷出發了，去山東一帶遊歷，尋找賞識自己的知音。但知音沒找到，所有他拜訪過的學者文人，不解何故，齊齊地對主父偃豎起中指，鄙視他。

不太清楚大家為何一起鄙視主父偃，但這事讓主父偃非常的惱火，於是他決定報復。

可所有人都鄙視他，從哪一個報復起呢？

要不，咱們找個名頭最大的，小規模地報復一下？主父偃心想。

說到名頭大，誰的名頭也大不過董仲舒。夫董仲舒者，天下智囊也。此人少年讀書，讀到了瘋傻，他家裡有個花園，卻從來沒有進去過。他出門騎馬，分不清馬的公母。他的心思全在書本上，未及三十歲就已經學有所成，聲名大震，於是開班講學。

董仲舒講課，極具神祕主義之情調。上課時，他命人拉起一張簾子，他坐在簾子後面，學生們只聞其聲，不見其人。聽得學生們五迷三道，昏頭漲腦。講學多年，他堪稱桃李滿天下，門人弟子無數。

董仲舒三十九歲那年，漢武帝剛剛登基，為尋找與後宮竇太后之黃老之術相抗衡的思想大殺器，董仲舒被舉賢良方正入京師，與漢武帝有過一番長談。董仲舒提出了他的「罷黜百家，獨尊儒術」之言，讓漢武帝欣喜非常。

當時，漢武帝將董仲舒許多弟子統統提拔，最受重用的，是一個叫呂步舒的，他被漢武帝視為心腹，留在身邊，替自己出謀劃策。

至於大學者董仲舒，漢武帝對他寄予厚望，以其為景帝時代袁盎的替身，去吳地江都王劉非處，充當間諜耳目，負責監視劉非，防止劉非也像景帝時代的吳王劉濞一樣，突然起兵造反。

漢武帝忌憚比他大十二歲的哥哥劉非，這事兒誰也沒看出來，但主父偃卻一眼就看穿了。主父偃能夠看穿漢武帝的心思，應該是他復盤了武帝時代的政治格局，發現這盤棋與漢景帝時代一般無二。既然漢景帝時代，對吳王劉濞忌憚已極，現在漢武帝時代，必然也是同樣疑忌江都王劉非。

於是主父偃就取道江都，一路上風餐露宿，終於抵達吳地，先來拜訪董仲舒。

董仲舒以其為遊學之人，憐其一路艱辛，就見了主父偃，與之座談。談過之後，主父偃恭敬地告辭，董仲舒就拿起書本，去江都王處上班。

等董仲舒一走，主父偃立即從樹叢後跳出來，潛入董仲舒的書房，開始搜查起來。

他翻找的，是董仲舒寫的文章。找來篇打開，嗯，這篇寫的是貓貓狗狗，沒什麼政治隱喻，不夠分量。

再找，嗯，這一篇寫的是哼哼唧唧，更不值一提。咦，這一篇……

主父偃打開一篇，發現是個類似於奏疏的文體，主旨是論述皇宮所發生的火災。文章中，董仲舒瞎分析稱，這個皇宮火災的原因呢，嗯，是上天發怒了。那麼上天為什麼發怒呢？肯定是因為人世間的皇帝冤殺了好大臣，所以上天震怒，降下災禍。當時主父偃大喜：這篇文章好，等我給皇帝送去，董仲舒你死定了！

於是主父偃就盜走了董仲舒的白癡文章，披星戴月，櫛風沐雨，趕赴京師長安，又不知走了什麼門路，居然被他見到漢武帝，把盜來的文章獻上。

漢武帝打開文章一看，差點沒活活氣死。好你個董仲舒，你這不明擺著胡說八道嗎？說什麼皇宮失火，是因為朕冤殺了好大臣。朕自打登基以來，連放個屁都要向竇太后請示報告，朕能殺得了誰？朕不就是個夜走江湖，闖蕩黑道，玩了這麼幾年嗎？你竟然這樣誹謗朕，真是其心可誅。

氣炸肺的漢武帝，當即把董仲舒的得意弟子呂步舒叫了過來：「小呂你來，給你看篇天下奇文。」

漢武帝生平喜歡捉弄人，他遮去文章的作者，只給呂步舒看文章的內容。呂步舒看了，仰天長笑：「陛下，這是個大傻逼寫的，是篇誹謗陛下的反動文章。」

「哦？」漢武帝欣慰地看著呂步舒，「那擱你的意思？」

「滿門抄斬！」呂步舒大手一揮，「寫這篇文章的人，家裡的男的統統殺掉，女人全部貶為性奴，至於小孩子們，男的讓他當太監，女的嘛賣到妓院，讓她們世代被人蹂躪。」

漢武帝樂了：「好，你既然有如此要求，朕也不好不滿足你，那咱們就把你老師全家殺光。」

「啥？我老師？」呂步舒蒙了，「陛下，臣愚昧，不知此事和我老師有什麼關係？」

漢武帝這才把遮在作者名字上的手拿開：「呂步舒，你來看這篇文章的作者是哪個。」

呂步舒定睛細瞧，看清楚老師的名字，當時他「咕咚」一聲就趴地上了，伸手抱住漢武帝的大腿：「陛下，那啥，剛才我是胡說的，不是，陛下那啥，我老師呢，他年輕時大智大慧，後來去了江都王處，也不知江都王給他吃了什麼藥，結果我老師變傻逼了，智商跳水（陡降），竟然寫出這種垃圾文。陛下求您了，您就饒過我老師吧，他就是讀書讀傻了，應該對陛下沒有二心才對呀。陛下，臣和老師對陛下忠心不貳，唯天可表呀！」

漢武帝樂了：「呂步舒，你替誹謗朕的賊子求情，如果朕拿你抵罪，你又如何？」

「拿我抵罪？」呂步舒哭了，淚水嘩嘩的，「陛下，如果嚴懲小臣，能夠消得陛下雷霆之怒，小臣無怨無悔，畢竟小臣是沾了老師的光，受到老師推薦，才得以親近陛下，受到陛下恩寵的。」

「哼，咱們走著瞧吧。」

漢武帝臉色陰沉，踢開號啕大哭的呂步舒，轉身走了。

真正的敵人

漢武帝下令，將董仲舒抓起來，查清楚他反動思想的罪惡來源。

董仲舒被官吏打得半死不活，拚老命地承認自己的罪行，罪行越承認越多，最後只好判了個死刑。

這時候，呂步舒到處奔走，尋找聽說過董仲舒這個名字的人，央求人在聯名書上簽名，懇求漢武帝饒過董仲舒。又花盡家產，給所有認識不認識的人送禮，央求人家在漢武帝面前求情說話。而漢武帝呢，他其實也不在意董仲舒的死活，他關心的，另有其人。

等到董仲舒拖赴法場之時，漢武帝這才不疾不徐地發布赦免詔書。書呆子董仲舒死中又活，趴在地上拚老命打自己的嘴巴，叩謝天子不殺之恩。

一場風波過後，人人如釋重負。只有漢武帝的心中，越發的壓抑緊張。

他在想，這個董仲舒的罪惡思想，對江都王會不會有什麼可怕的影響呢？

江都王比自己大十二歲，又在七國之亂中立下戰功。可最後，這個皇帝是自己做了，江都王的心裡，怎麼可能服氣？

就在這時，匈奴來使，求和親。

「和親？和親好玩嗎？要不要乾脆徹底消滅匈奴？」漢武帝召開御前會議，讓大臣們暢所欲言，是和還是打，聽大家的。

會議開始，大家熱烈地爭論起來，理所當然地分成兩派。一派是主戰派，認為匈奴人都是餵不飽的野獸，我大漢帝國，豈能把皇家貴女嫁給他們？打打打，派幾個人出塞，把匈奴人消滅乾淨，這才省心。

另一派是主和派，認為：打打打，打你娘個頭啊打，殺敵一萬，自損八千。匈奴人盤踞在塞外，逐水而行，循草而牧，連個固定的居住點都找不到，這仗你怎麼打？再者說了，大軍遠征塞外，後勤運輸就需要十倍以上的人力，這就意味著整個大漢帝國都要行動起來，進入戰爭狀態。可大漢帝國有這實力嗎？所以說，打是無知妄徒的胡言亂語，還是和親才妥帖。

聽大家議論不休，漢武帝喃喃低語道：「朕的心意，是不管三七十二一，先打個熱鬧再說。可如果打起來，江都王這王八蛋，突然抄了朕的後路，怎麼辦？」

「啥？陛下你說啥？」群臣停止議論，問道。
「唔，朕是問你們，江都王家裡，有公主沒有？」
「公主？」
眾臣面面相覷，不知這話從何說起。半晌，才有人回答道：「啟奏陛下，江都王的兒子劉建，倒是生了個女兒，名叫劉細君。」
「劉細君？」漢武帝的眉眼舒展開來，「這名字真好聽，詩意盎然。你們看，朕就讓劉細君出使，和親匈奴如何？」
「這個……」大臣怯怯地道，「可是劉細君才剛剛五歲，太幼齒，怕是匈奴人不答應。」
「啊，劉細君才五歲？」漢武帝樂了，「那就等她長大，再嫁到塞外，這一次咱們依然是老法子，去宮裡找幾個醜宮女，冒充皇家公主，給匈奴人送去就是了。」
此言一出，所有人都知道，漢武帝真正忌憚的敵人，不是匈奴，而是江都王。未有反跡，卻遭疑忌。江都王一家，恐怕是難保了。

土豪的心願

漢匈和親，作為一項基本國策，順利地進入了執行期。不想正執行期間，又發生了新的變數。這個變數，來自於雁門郡馬邑縣的一個大土豪，名字叫聶壹。
聶壹其為人也，孔武有力，足智多謀。身為土豪，心憂天下。這是因為他身居雁門邑，往裡走是大漢帝國，往外走就是匈奴，倘若漢匈交兵，對聶壹的個人生活，影響最大。

於是聶壹就想：「嗯，有沒有個好辦法，一次性的，嗯，砂鍋裡搗蒜，把匈奴人統統消滅乾淨呢？如果匈奴人消滅乾淨了，雁門郡就再也不會有戰爭，我們聶家就可以世世代代幸福地生活下去，豈不美哉？」

理想很豐滿，但現實太骨感。匈奴人來去無蹤，飄忽不定，他來殺你，一找一個準，你去找他，那難度可就高了。

正當聶壹鬱悶無策之時，忽然聽到漢匈和親的消息，當時聶壹興奮地一拍大腿：「機會來矣！」於是聶壹立即去拜訪大行令王恢。

大行令，是漢景帝時代設置的一個奇怪官職，主要職能是彈壓少數民族兄弟的不服不忿。而大行令王恢，也非易與之輩，他本是邊塞的一名小吏，由於主張對不臣者動用武力，因而脫穎而出。當聶壹找來時，王恢其實也是剛剛抵達邊塞，他這一路上好不辛苦，是從台灣海峽一帶，風馳電掣地狂奔而至的。

來自於台灣海峽，那是因為盤踞於福建武夷山、直到台灣海峽的閩越藩國，悍然對漢帝國發出不服的聲音，向盤踞於番禺、臣服於漢國的南越國發起戰爭。南越國緊急向宗主國求救，於是漢國遣大行令王恢，統率大軍，翻山越嶺、漂洋過海，去找閩越王打群架。

這邊漢國的軍隊正行之際，閩越國那邊卻出了亂子，屬臣們私下裡商議說：「你看咱們的大王，是不是缺心眼了？你個破閩越國才多大一點，也敢跟人家漢國叫板（挑釁）？等漢國的軍隊打來了，贏上個一仗兩仗，咱們還是有把握的。可問題是，此後的漢國軍隊，就會如螻蟻般絡繹不絕，無休無止地殺來。打到最後，咱們國家這麼點人，肯定會被人家打光的。」

「既然如此，咱們不如……宰掉國王算了。」

閩越屬臣商量妥當，趁閩越王不備，突然衝上前去，按倒閩越王，拿刀子吭哧吭哧狂砍，成功地把閩越王的腦殼給砍了下來。

然後閩越屬臣，把閩越王的腦殼，給漢軍送去，說：「你們漢軍來打我們，就是因為大王他不識趣，非要跟你們叫板。現在我們已經殺掉了大王，你們還有必要再打嗎？」

看著閩越王的腦殼，當時王恢就樂了，曰：「戰爭，是很簡單的事兒，只要出動大軍，浩浩蕩蕩摧枯拉朽，敵軍就自然而然被消滅了。」

輕易擺平閩越王國，立下不世戰功，大行令王恢信心滿滿，立即掉頭，瘋了一樣往北部邊疆狂奔。他剛剛趕到雁門郡，土豪聶壹就來了。

聶壹說：「大人，你來得正好，草民有個建議，你看咱們，把匈奴人斬草除根，殺乾淨如何？」

王恢道：「戰爭，是很簡單的事兒，只要出動大軍，浩浩蕩蕩摧枯拉朽，敵軍就自然而然被消滅了。可是現在問題是，匈奴人在哪兒？」

聶壹：「匈奴人到底在哪兒，我也不知道。不止是我不知道，就連匈奴人自己也說不上來，因為他們過的是幕天席地的遊蕩生活。」

王恢：「你看，誰也不知道他們在哪兒，這仗還怎麼打？」

聶壹笑道：「雖然不知道他們在哪兒，但我們可以把匈奴人引出來。」

王恢：「引出來？拿什麼引？」

聶壹：「當然是拿財物來引。」

王恢：「你當匈奴人傻呀，你拿財物一引，來來來，他們就來了？」

聶壹：「他們肯定會來的，此時漢匈剛剛和親，正是匈奴人對我們最信任的時候，錯過這個好時機，就沒第二次機會了。」

王恢：「……聽起來貌似有點可行性，可派誰去把匈奴人引來呢？」

聶壹：「派我去。」

「你？」

「我！」

對匈奴開戰

獲得了勇士型土豪聶壹的支持，大行令王恢立即上了徹底消滅匈奴的建議疏。

武帝攬疏大喜，但他雖然年輕，也知道兵凶戰危，就命王恢入朝，與公卿們召開御前會議，商議此事。

會議開始，王恢率先發言。

王恢說：「戰爭，是很簡單的事兒，只要出動大軍，浩浩蕩蕩摧枯拉朽，敵軍就自然而然被消滅了。我的意思是說，與其養虎為患，留著匈奴人不斷地禍亂邊塞，不如乾脆點、痛快點、徹底點、爽快點，麻利地解決了他們。」

聽了王恢的話，投降派主將韓安國，越眾而出：

「王恢，你有多缺心眼，說這種無知的妄語？你的本事，跟高祖劉邦比如何？可是當年，高祖劉邦遠征匈奴，被匈奴困於白登道，整整七天七夜，沒糧草沒水喝，可憐的高祖天天喝自己的尿，那叫一個慘。

「王恢，你比當年的呂后如何？可是匈奴單于寫來書信，悍然調戲呂后，聲稱要呂后陪他上床睡覺啪啪啪，可呂后也只敢回信說：我是個老太婆了，啪啪不動了，你消消火，別生氣，等我給你送幾個漢室的美貌公主。那叫一個窩囊。

「王恢，你可知道，高祖時代，只能送公主給匈奴人。惠帝時代，也曾送過公主，文帝時代，他娘的送給了匈奴四個公主呀。到了上一朝景帝時代，同樣是憋氣窩火，給匈奴人送了三個公主。王恢，但凡有一點辦法可想，我們大漢帝國，至於這樣屈辱，送公主給他們糟蹋嗎？」

王恢失笑道：「戰爭，是很簡單的事兒，只要出動大軍，浩浩蕩蕩摧枯拉朽，敵軍就自然而然被消滅了。」

韓安國氣笑了，罵道：「日你娘王恢，你沒聽到嗎？昔年高祖劉邦，不也曾出動大軍浩浩蕩蕩嗎？可臨到最後，被摧枯拉朽的，卻是咱們自己。」

王恢：「戰爭，是很簡單的事兒，只要出動大軍，浩浩蕩蕩摧枯拉朽，敵軍就自然而然被消滅了。昔年高祖之所以未能摧枯拉朽，非戰之罪，只是因為高祖不應該去塞外找匈奴，而應該坐在家裡，等匈奴人自己送上門來。」

韓安國搖頭：「王恢他神經了，大家不要理他。匈奴人缺心眼呀，他自己給你送上門來？」

王恢：「戰爭，是很簡單的事兒，只要出動大軍，浩浩蕩蕩摧枯拉朽，敵軍就自然而然被消滅了。」

這時候漢武帝按捺不住了：「王恢，少扯你那套摧枯拉朽自然而然，快點說匈奴人憑什麼會自己送上門來！」

王恢：「因為有聶壹。」

漢武帝：「捏姨？啥叫捏姨？捏誰的姨？」

王恢：「回陛下，聶壹不是捏姨，乃雁門郡土豪是也。我們可以派他去匈奴那裡，給匈奴人送財物，把匈奴人引出來，然後咱們只要出動大軍，浩浩蕩蕩摧枯拉朽，敵軍就自然而然被消滅了。」

韓安國：「胡說，胡說，這完全是一個瘋子的臆想，根本沒有可行性。」

王恢：「陛下看如何？」

漢武帝：「朕看……反正咱們閒著也是閒著，要不試試？」

針對於匈奴的漫長戰爭，就這樣兒戲一樣，通過了御前工作會議，正式開始了。

這一天是公元前一三三年冬十月。

首戰告敗

雖說戰端的開啟是吊兒郎當兒戲式的，但帝國體制決定了，戰事一日開始，就會進入一個嚴肅認真的階段。這場針對於匈奴人的誘殲戰，從上一年的冬十月開始布置，直到次年的夏六月才完成，整整布置了八個月。

漢帝國派出五員大將——

頭一名，投降派主將韓安國。此人一出，就知道事情要壞菜。這老韓明明是反對戰爭的，卻非要把他排在戰場上頭一名，這明擺著是瞎胡鬧。

第二名，飛將軍李廣，為驍騎將軍。

第三名，太僕公孫賀，為輕車將軍。

第四名，大行令王恢，為屯將軍。

最後一名，太中大夫李息，為材官將軍。

這是中國歷史上最搞笑的陣容。五名統帥中，主張投降的有，主張戰爭的有，飛騎射敵的有，舞文弄墨的有，就連四六不靠的也不缺。這麼一支軍隊擺出來，遇到敵軍，不被人活活打死才怪。

這五名統帥，也沒個先後順序，誰也不服誰，誰也不搭理誰，總共帶了車騎步卒三十萬，擠成一團，全躲進了馬邑道旁的山谷裡。就等匈奴人一到，大家一窩蜂殺出去。

伏兵到位，土豪聶壹出馬了。

聶壹單人匹馬，闖入莽莽塞外，遇到牧人就打聽：「嗨，你知道大單于在什麼地方嗎？我找他有點小事。」就這樣東打聽西打聽，居然真的被他把大單于找到了。

大單于在腥氣烘烘的氈包裡接見了他，問：「你是誰？」

聶壹：「我是雁門郡土豪聶壹。」

大單于：「你找我幹啥？」

聶壹：「是這樣，我們漢國呢，竇太后死了，小皇帝奪得權力，就要推行新政，專門整治我們這些有錢的土豪。我生氣呀，憤怒呀，你說我招他惹他了？他這麼欺負我？」

大單于：「欺負死你活該，這事跟我沒關係。」

聶壹：「是沒關係，但我要想報仇，就得借助大單于的力量。現在是這麼個情形，我已經於馬邑安排了人手，隨時可以斬殺縣令破關。但你說我殺個縣令，破關而出幹什麼呢？希望大單于你也能夠湊個熱鬧。咱們這樣分工，我來斬殺縣令，打開城門，大單于你就催師而入，到時候城裡的金銀財寶，和數不清的美女，統統都歸你了。」

大單于：「我是個和平主義者，最討厭你這種戰爭販子了，請你從我身邊滾開，別髒了我的眼睛。」

聶壹：「哈哈哈，說大單于是和平主義者，瞎子才會相信。你就別試探我了，我是真心的。」

大單于：「真的真心？」

聶壹：「假的我就是個混蛋！」

大單于：「要是這樣的話，那咱們就玩玩？」

雙方約好，聶壹返回來。馬邑城中早就給他準備了幾名囚犯，「喊裡喀喳」，把死囚們的腦袋砍下來，懸掛在城頭上。然後聶壹登城，對城下跟來的幾個匈奴斥候大聲喊道：「嗨，這就是縣令和縣丞們的腦殼，我已經全砍下來了，你快點叫大單于帶人來，快。」

斥候急急回去報告，大單于立即率了十萬匈奴戰士，潮水一樣地向馬邑湧來。越過邊塞，穿行武州，前方距離馬邑，已經是不足百里。

忽然間大單于勒馬，揮鞭指向馬邑方向，哈哈大笑道：「吟鞭東指即天涯，你他媽的當我傻！敢誘老子進圈套，以後當心你全家。傳我軍令，大軍掉轉方向，馬邑方向有伏兵，咱們找個沒有伏兵的地方，舒展一下筋骨。」

匈奴大軍半路上突然掉轉方向，轉向雁門，途中有一座路亭，大單于一揮鞭：「與吾把這座破亭子拿下。」

匈奴戰士湧上前來，頃刻間把路亭拆成平地，守護在路亭裡的漢國尉史，被匈奴士兵揪著頭髮，拖到了大單于面前。

「哈哈哈，」大單于看著尉史，「你認得我嗎？」

尉史：「你好像是……大單于耶。」

大單于：「然也，你是想死，還是想活？」

尉史：「當然是要活命。」

大單于：「想要活命，就得拿點情報來換，明白嗎？」

尉史：「明白明白，實告大單于，漢軍在馬邑旁邊的山谷裡，埋伏了三十萬的伏兵。」

大單于哈哈笑道：「我就說嘛，一路上行來，途中不見一個鬼影，遇不到個人也看不到牲畜，明擺著是有問題，果然有伏兵。」

於是大單于封提供漢軍情報的尉史為天王，十萬大軍，掉頭「轟轟隆隆」地回去了。

設伏失敗，被大單于窺破先機，知風遁走。制訂這個計劃的大行令王恢，可就慘了。

尋找替罪羊

輕啟戰端，卻畫虎成犬。馬邑道設伏失敗，三十萬大軍無功而返。再想到此後必將戰禍頻仍，漢武帝氣得差點沒瘋掉。

這都怪王恢，不是王恢，好端端的平安漢國，怎麼會落到個日夜不寧、戰禍不斷的場面？

可問題是，雖然建議是王恢提出來的，但卻是經過御前會議商議，由漢武帝本人拍板認可才進入執行階段的。倘若以此問罪於王恢，不唯是王恢不服，天下人也會搖頭。

那就只能給王恢再找個別的罪名了。

這別的罪名也不難找。漢武帝憤怒譴責王恢：「王恢，你手中有三萬人馬，尾隨追趕匈奴，為什麼不發起進攻？為什麼？」

為什麼？王恢詫異地上疏解釋：「我是有三萬人馬不假，可問題是，我是一支孤軍呀，後面幾支軍隊都沒跟上來，如果輕率發起攻擊，那我這三萬人，可是一個也回不來了。」

「胡說八道，明明是你畏敵如虎，不敢開戰。」漢武帝乾脆不講理了，把王恢交付廷尉，要斬殺王恢出氣。

可王恢不肯束手就擒，就派人攜一千金，去找漢武帝的親娘舅，丞相田蚡，對田蚡說：「王恢，帝國棟樑也，馬邑道失策，不是他的過失呀，怪就怪那個大單于，太精怪了，他竟然能夠看出前方有伏兵，這事誰又能料得到呢？求求丞相主持公道，讓陛下息怒，不要殺王恢。」

田蚡為難地說：「錢，是我的親爹呀，我這人沒別的毛病，就是見了錢走不動道。可是眼下這件事，實在是太大了。再傻的人也會知道，此番激怒匈奴，後面就是無休無止的征戰，不知多少人要輾轉死於溝壕之中。這麼大的事兒，事關帝國存亡安危，皇帝他肯定是要找個人擔責的。不找你王恢，難道陛下他還能責怪自己嗎？」

來人道：「丞相，你的意思是，這錢你不肯收？」

田蚡：「收收收，見錢不收，王八蛋才幹得出來這事！可是我收下，也在皇帝面前說不上話呀。有了，你把錢給我放下，等我去後宮走一趟，讓王太后出面，勸說陛下息怒。」

於是田蚡真的去了後宮，找漢武帝的生母王娡。王娡這個女人，玩宮鬥，暗中算計女人，她是一流的高手，但真要說到陰暗的權術，她還差得遠。

腦子不夠用的王娡，真的聽了弟弟的話，來勸漢武帝：「皇帝呀，馬邑道之事，好像怪不得王恢呀，皇帝你幹嘛要殺人家呢？」

話未說完，漢武帝就炸了，當場吼叫起來：「不怪他怪誰？難道還能怪朕嗎？媽媽，朕說你有多缺心眼？聽了朕那死要錢的蠢舅舅的話，連這事也敢勸？你知道馬邑道之敗，意味著什麼嗎？意味著我們大漢帝國，從此再無寧日，無休無止的戰爭，從此開始，只要稍有個閃失，咱們的帝國就徹底完蛋了，朕就是亡國之君，你也會被匈奴人捉到草原上去，被肆意蹂躪！

「戰禍開啟，史官是要寫在書上的。後世的人，都要問問，是誰惹來了這場塌天的戰禍。如果不追究王恢，那就意味著這一切，都是朕的責任！

「可是，朕能認錯嗎？朕要是認了錯，天下人還肯再服膺朕嗎？還有那些虎視眈眈的藩王，都會借此發難。倘若國內有戰事，咱們就是腹背受敵，你這個皇太后，還能再坐上幾天？等待你的命運，就是如戚夫人一樣，被人剁去手足，扔進茅坑裡，活活地被屎尿浸死！」

王太后被嚇呆了：「哎喲俺的娘，真有這麼嚴重？」

「哼，你尋思呢？」漢武帝扔下最後這句話，轉身走了。

漢武帝走後，舅舅田蚡躡手躡腳地從紗帳後走出來，也不敢跟王太后打招呼，悄無聲息地溜走了。

回去後，田蚡就把漢武帝的話告訴了王恢的家人。王恢聽到這些，就在監獄裡自殺了。

而田蚡，他臉色慘白地坐下來，心裡想：看起來這個操蛋的大漢帝國好像活不長了，那趕緊，趁老子手中還有權力，把以前得罪過我的仇家統統弄死，先讓老子玩個爽快再說。

可問題是，自己的仇家好像已經全弄死了，現在這節骨眼上，上哪兒再弄幾個新仇家來呢？沒有仇家也不要緊，那就慢慢找吧，總有看他不順眼的人出來的。

百姓與國家無關

田蚡很快就找到了新的仇人——天下百姓！

就在漢武帝惹了匈奴、逼死大行令王恢的第二年，具體的時間是公元前一三二年，武帝二十四歲。黃河突然改道，浩蕩的洪水，從頓丘方向轉向東南，水流所至，無數百姓流離失所，頓作魚鱉。不久，濮陽河道決堤，洪水捲向巨野。前方有十六個縣郡，頓時化為澤國。飢民嗷嗷待哺，報急的奏章流水般來到朝廷。漢武大帝舉重若輕，當即拍板，派大臣汲黯，率士兵十萬前去抗洪：「朕給你們的旨意是：嚴防死守，不得讓洪水越過雷池半步！」

丞相田蚡聽到這個決定，心裡一動，拿小眼睛偷偷地掃描漢武帝的臉，嘿嘿，明擺著，陛下他似乎無意抗洪。

田蚡怎麼會得出這麼個怪結論？天下遭災，百姓遭難，對漢武帝沒有半點好處，他為什麼卻又無意抗洪救災？

先說田蚡是如何得出這個結論的——漢武帝派出的抗洪救災總指揮官汲黯，此人大大有問題！

汲黯有什麼問題呢？

汲黯這個人，屬於萬石君石奮類型的怪物，一張臉千變萬化，就是靠臉吃飯。早年他擔任祕書，那時候的祕書叫謁者，祕書汲黯天天板著張苦逼臉，看到他的人都大驚而退，以為發生了什麼天大的恐怖事件。

漢武帝很欣賞汲黯，擢升他為主爵都尉，適逢東越國相互攻擊，請求宗主國裁決，漢武帝就派汲黯去視察。回來後，他報告說：「陛下休要擔心，東越人都是原始人，天性喜歡打來打去，臣建議就讓他們打吧，全都打死了才好呢。」

嘿，這個回答，讓漢武帝好不歡喜。然後河內郡又失火，漢武帝再派汲黯去視察，回來後報告說：「啟奏陛下，火災才燒了一千多家，許多百姓還沒燒死，建議陛下開心地玩吧，管這鳥事幹什麼？」

這些沒有絲毫人性，純粹的反人類之語，至今一字一句地寫在史書中。但汲黯也不是一點人事不幹，他途經河南，發現當地大旱，就自作主張開倉放糧，活生民無數。而大漢帝國的國律，是百姓愛死不死，懶得理會的，汲黯擅自開倉，拯救生民，按律當斬。但漢武帝喜歡他這種詭異的雙重人格，就赦免了他。

如此詭異的一個人，漢武帝竟然派他去抗洪救災，所以田蚡一眼就看穿，漢武帝根本沒有救災的真實意願。

果如田蚡所料，汲黯抵達濮陽，將河堤決口堵住之後，不久新的奏報傳來：「報，汲黯大人堵住的缺口，又決堤了。」

「啊，怎麼又決堤了呢？」漢武帝假裝懵懂，「這水勢來頭不小啊，你看看剛剛把缺口堵住，竟然又決堤了。咦，舅舅呢？丞相在哪裡？這麼大的事情，你不出來說句話嗎？」

田蚡在心裡詛咒漢武帝：「你明明是自己不想救災，卻又想像王恢事件一樣，想找個人來替你說這些話，好把責任推到別人身上。」心裡又一想，管他娘的，老子幹的就是這個髒活，這種缺八輩子大德的陰毒事，老子不幹，誰他媽的還樂意幹？

於是田蚡越眾而出：「陛下少安毋躁，那啥，黃河決堤這事，決堤就決堤吧，老百姓淹死了，是他們自己活該。陛下還是少操這個閒心吧，國家大事更要緊。」

漢武帝大怒：「舅舅，百姓的生死，難道不是國家大事嗎？」

田蚡笑道：「百姓跟國家有個毛線關係（沒有關係）？他們不過是暫時居住在這片土地上，是暫住而已，國家大事跟他們沒半點關係。」

漢武大帝端詳著田蚡那張臉：「哦，朕明白了，舅舅家在黃河的北邊，如今遭災地區是在黃河南面，所以你反對救災對吧？」

田蚡心裡暗罵：「說你胖你還喘上了，你自己明明不想救災，卻非要把這屎盆子扣老子頭上，老子也只能認了。」於是嬉笑道，「陛下差矣，讓老百姓去死，這話怎麼能算反人類呢？老百姓根本不算人類，咱們倆才是人類。」

「哈哈哈，」漢武大帝欣慰地大笑，「舅舅所言極是，極是，百姓只是草民，確實不能算人類。那咱們就不管這事了，國家正事要緊。」

史載，從此漢武帝對水旱之災，置若罔聞，不予理會。

此後的史家，憤怒地指控大壞蛋田蚡，指田蚡是個無行小人，因為他的緣故，漢國拒絕治理水旱災竟長達數十年，不知多少百姓遭受劫難。這個指責是對的，但卻責錯了人。

漢武帝是帝國一把手，救災或是不救災，憑他一言而決。而田蚡不過是個善於窺伺別人臉色說話的小人，如果漢武帝有心救災，田蚡絕不敢出言制止。但漢武帝根本不想救災，所以田蚡才會出言勸止。

那麼，漢武帝緣何坐視百姓淹死餓死而不予理會呢？

答案只能猜測，但即使是猜測，也是異常殘酷！

──如果我們一定要為漢武帝的反人類之舉，尋找個冠冕堂皇的理由，最大的可能是，漢武帝要為行將爆發的漢匈大戰，準備充足的戰爭人手！

殘酷資源整合

從地緣政治學的角度上來看，對中國，或許匈奴人遠比漢民族有著更充足的權力主張。

說起這匈奴人，其來歷杳不可考，他們是來自於中亞草原的游牧者，周初時稱為鬼方，繼稱為嚴狁，後又稱為犬戎。我們能夠在古希臘史學家希羅多德的《歷史》中發現他們那飄忽無定的影子。據希羅多德記載，一支斯基泰人的小股武裝力量，於公元前七五〇年間進犯俄羅斯南部的烏拉爾河，並尾隨其後追逐逃亡的當地居民息姆米里人，結果這夥追擊者卻因為迷失了方向而進入了亞述王國，並以他們那強大的武力，為亞述王國帶來了長達一個世紀之久的噩夢。

此後，這夥異鄉人在亞述王國遭受到了毀滅性的軍事打擊，其主要軍事首領盡悉陣亡，他們被迫翻越了高加索山，逃回到了亞細亞。這些印歐族裔的野蠻人，所到之處帶來的是無邊的恐怖。從迦帕朵西亞到米底亞，從高加索到敘利亞，他們的騎士無所不在，當他們蜂擁而入進入鄂爾多斯北部的時候，中華帝國的諸侯邦國，面臨著前所未有的危險。

這些印歐族裔的武士不無驚訝地發現，他們來到了一個天然的棲息寶地，在這片土地上，對於中亞草原的遊子是不設防的。倘若他們願意，完全可以從歐洲的萊茵河畔策馬，一路俯衝抵達渤海之濱。

早在春秋戰國時代，這些印歐騎士就對中華帝國發起狂烈衝擊。所以孔子曾說：「微管仲，吾披髮左衽。」意思是說：「管仲啊，他是一個偉大的人，如果不是他發起尊王攘夷運動，號召天下諸侯對抗那些恐怖的印歐騎士，中華帝國早在春秋時代就滅亡了。」

當西漢時代的中國，徘徊於封建與集權兩種制度之間的時候，長城外那些早已忘卻自己來歷的斯基泰人的後裔，正在雄心勃勃地策馬迎風。從亞述王國時代開始，他們已經在這裡居住了兩千年之久了，西漢王朝那紛繁如雨的內部衝突與殺戮，激起了他們的萬丈雄心。

楚漢相爭時代，給了這些異族人以機會，而且他們也沒有浪費掉這難得的契機。當劉邦稱帝長安的時候，就立即感受到了來自於塞外的那冽冽森寒。為了掃除後患，劉邦不惜親自出征，結果困於白登，險些有去無回。

到了呂雉亂政，匈奴人更加肆無忌憚，他們甚至以書信挑逗呂后，而呂后唯有苦笑，居然是一籌莫展。

然而漢武帝的到來，徹底摧毀了他們的夢想。

甚至也摧毀了他們的未來。

即使是窮兵黷武、險些將西漢王朝拖到亡滅境地的漢武帝都沒有想到，他甚至間接地摧毀了遠在地球背面的無數個古老帝國。

不是漢武大帝英明神武，而是他那缺德帶冒煙，看別人過舒服日子就全身不爽的邪惡天性，使得他成為了中華歷史上獨一無二，能夠擔承重任，於兩個民族的殘酷對決中完成最艱難的資源調度，徹底擊潰匈奴，並為漢民族贏得數千年之久生存空間的不二人選。

簡單說，這場殘酷的戰爭，雙方都需要調度無窮無盡的資源，哪方面在資源調度上面力有不逮，就會徹底喪失機會。

而戰爭資源調度這幾個字，寫起來四平八穩，但卻是字字血、行行淚。在這幾個字後面，隱藏的是無數黎民百姓的絕望哀號，隱藏的是無數百姓的累累白骨。

——戰爭，是人類的天然屬性，同時又是最反人類的。因為人類的天性追求安逸，追求幸福。而戰爭，卻意味著毀家滅國，背水耗戰。很多情形下，戰爭打的不是哪方面英明神武，而是哪方面更不想活了，一意求死地糾纏不休。但沒有人願意捲入這徹底的絕望之中，這就需要如漢武帝這種人，強行把所有人拖進來。

在未來的民族空間競爭中，漢武帝，他必須要完成這樣一件工作——讓那些天性追求安逸的人，不得不硬著頭皮上戰場；讓那些天性求生的人，不得不去輾轉死於溝壕。無論有多少文學作品美化戰爭，但其反人類的殘酷本質，是無法改變的。

而竟然是漢武帝這種人完成了這項工作，擊敗匈奴，為漢民族贏得永世榮譽，所以後人世世代代感謝他，他也因此成為了獨一無二的漢武大帝！

那麼，他又是如何完成這項殘酷工作的呢？

後續的戰爭中，有這樣一個細節。

漢武帝，他在戰爭資源枯竭的情況下，號召廣大青年行動起來，去西域邊陲，去祖國最需要的地方去，去塞外開疆拓土，建功立業。許多逃亡的罪犯紛紛響應這一號召，跑來領受出使符節，自行招募人馬組成使節團，赴西域搶劫燒殺——這些亡命之徒大多數一去不回，死於西部那漠漠風沙之中，但也有許多人，或是擊潰了邊塞的小部落，或者是溝通了更多的邦屬與中國建交。等到這些人撈得盆滿缽滿回來之後，漢武帝就祕密派人，唆使他們行作奸犯科之事。一旦他們墜入法網之中，漢武帝就將他們的家人全部下獄，準備滿門抄斬。除非，這些人願意再赴邊陲，以建功立業換取家人的性命，那就另當別論了。

「封狼居胥山，禪於姑衍，登臨瀚海」。至今思之，仍然令人蕩氣迴腸。任何時候回顧瀚海黃沙，都能夠讓人感受到那豪氣衝霄漢、壯志凌雲天的雄渾氣魄。

但這輝煌而宏大的史詩事業，是需要付出慘烈代價的！

一個民族為了自己的生存空間，需要付出多少，需要多少忠義志士的血和淚，遠超出後人的想像。

「可憐無定河邊骨，猶是春閨夢裡人」。為了自己的民族，他們所付出的不唯是生命和鮮血，還有那永遠也無法訴諸他人的淚水與委屈。

也只有心如鐵石、陰毒蔫兒壞（暗中使壞）的漢武帝，才有可能完成這樁不名譽的偉大壯舉。

而這就意味著，漢武帝不唯是要對匈奴異族宣戰，同樣也對天下百姓宣戰。他必須以殘忍邪惡的手段，摧毀百姓的平靜生活，讓他們求生不得，求死不能，再借助殘暴的權力體制，強行把天下百姓送上戰場。如此無止無休的糾纏，最終徹底擊崩匈奴人的心理底線，為漢民族贏得戰爭。

當這場空前的民族大對決開始，所有的人，都淪為了漢武帝手下的無生命單元，要為他那殘暴而偏激的個性，付出犧牲。

——很可能，這就是漢武帝拒絕救助遭遇水災的天下百姓的原因。他是在為行將到來的慘烈戰爭，準備人力資源。他必須要保證，當戰爭爆發，帝國必須要有充足的生之無趣的百姓，能夠被他強拖到戰場上去。

即使他不曾這樣想過，但他，的確是這樣做的。

權力的美食

帝國進入戰爭預備期，人性突然變得殘忍暴戾，最先察知天下之變，是盤踞在信息尖端的漢武帝和丞相田蚡。

這就意味著，他們兩個最不喜歡的人，要倒楣了。

先動手的是田蚡，他精心選擇了自己的下刀目標，魏其侯竇嬰淪為犧牲。

說起竇嬰這個人，唯有讓人歎息連連。他是死掉的竇太后的堂姪，但因為忠心維護皇家權力，惹怒了竇太后，將他開革出竇氏族門，不再認可他。自始至終，竇太后都將其視為對手，打擊起來不遺餘力。

失歡於竇太后，卻又未能獲得漢武帝的賞識，這是竇嬰最大的悲劇。

漢武帝剛剛即位時，就以儒家學者趙綰、王臧為先鋒官，高舉獨尊儒術的思想戰旗，向竇太后的黃老陣營發起攻擊。但攻擊失敗，趙綰、王臧下獄自殺，而擔任丞相的竇嬰和出任太尉的田蚡，統統被解除職務。

但田蚡是漢武帝的親娘舅，漢武帝對他有求必應。所以田蚡雖然沒有任何官職，卻天天坐在漢武帝的身邊，行使著沒有明確職務的丞相實權。而竇嬰就慘了，竇太后不認他，漢武帝不搭理他，總之是落得個兩頭不是人。

於是，昔日依附在竇嬰門下的勢力之輩，紛紛改換門庭，投靠了田蚡。

而田蚡以前也曾是竇嬰家裡的僕役，在竇嬰腳下受過無數的骯髒氣。所以田蚡呢，得勢之後，就越看竇嬰越不順眼，一直想找個機會，整治一下竇嬰。

這時候竇嬰門下，從者星散，只餘下一個叫灌夫的莽漢，與他相依為命。

灌夫，本姓張，他的父親曾經是西漢開國功臣灌嬰的家臣，因而改姓灌。灌氏家族，俱是戰場上能拚能打的猛漢。七國之亂時，灌夫的父親擔任校尉，而年輕的灌夫則率了千人追隨父親橫行沙場。交戰中，灌夫父親戰死，按說灌夫應該扶棺歸鄉，但灌夫慷慨激昂地表示：「爹死事小，皇權事大，我要為爹報仇，親手斬殺吳王首級以謝君恩。」

然後灌夫真的披上鎧甲，就要出戰。軍中人多以為他神經不正常，不肯追隨他，只有兩個人，還有灌夫家的幾十個奴隸，手提刀斧向著吳軍的陣營衝鋒。這夥人瘋了一樣殺入吳軍之中，直殺到大旗之下，追隨灌夫的兩個人和所有的奴隸，統統被吳軍殺死，只有他一個人平安歸來。

灌夫因此戰而成名，漢景帝很欣賞這種直心眼的漢子，就讓他做了中郎將。但灌夫是個不管不顧的暴脾氣，沒多久就因為暴力行為太嚴重，觸犯刑律而丟了官。

此後，灌夫搬家去了長安，前前後後做過些無關緊要的官職，到了漢武帝時代，他終於闖出了大麻煩。

有一天，灌夫和竇太后的弟弟喝酒，喝著喝著，灌夫就喝高了（喝多了）。喝高了的灌夫，是六親不認的，管什麼竇太后的親爹還是弟弟，不管不顧，他揪過對方，劈頭蓋臉就是一通暴打：太后弟弟算個鳥。直打得竇太后的弟弟半死不活，哭喊救命。

史書記載稱，漢武帝喜愛灌夫這種莽漢，害怕竇太后殺了他，就讓灌夫去北方的燕國做國相——但另一種可能是，漢武帝掩護灌夫逃走，目的只是為了讓竇太后抓不到毆打弟弟的兇手，存心給竇太后添堵（心煩）而已。

灌夫不唯是脾氣暴烈，他的人品也很成問題。史書上說，他家資豪富，食客數百，就在田園中修築堤塘，引水灌溉農田。他的族人與賓客恃仗他的勢力，橫行不法，為非作歹，讓潁川地方飽受蹂躪。

因為憎恨灌夫，潁川兒童唱起一支兒歌：潁水清，灌氏寧；潁水濁，灌氏亡。意思是說，等到潁水渾濁的那一天，就是灌氏滅族之日。

公元前一三二年，黃河氾濫，潁水突然間變得混濁起來。

豪門齷齪

潁水突然變得混濁，但灌夫毫無知覺。這時候的他，因為失去權勢，結交的達官貴人越來越少。而竇嬰則是家中門客星散。結果這兩個人，一個想找幾個門客裝點門面，一個想找個有背景的人抬高自己，就順理成章地走到了一起。

竇嬰與灌夫，相互援引借重，情同父子。

有一天，灌夫來找田蚡。田蚡對他說：「你來得正好，我正要去竇嬰家裡拜訪，串個門聊聊天。」

灌夫大喜，說：「那我馬上去告訴竇嬰，讓他準備一下。」

田蚡說：「好，你去吧，我到時候就會過去。」

灌夫來到竇嬰家裡報信，竇嬰喜不自勝，認為田蚡肯來家裡作客，一定是漢武帝回想轉意，想重用自己了，就張燈結綵，買酒買肉，忙亂了一整天。

可到了約定的日子，竇嬰在門口苦苦等待，等到了太陽快下山，也看不到田蚡車駕的影子。竇嬰很納悶，就對灌夫說：「丞相他是怎麼了？說好的來家裡作客，怎麼還沒到？」

灌夫火了，說：「丞相這個王八蛋，真不是個東西，說好的卻又不來，做人可以這樣不要臉嗎？侯爺你在家裡等著，我去催催他。」

灌夫到了田蚡的府上，進去一看，嘿，田蚡正在榻上睡覺呢。當時灌夫心裡就有火，問：「丞相大人，不是說好了去魏其侯家裡吃飯的嗎？你怎麼在家裡睡上了？」

哦，這事啊，田蚡拿手一拍腦門：「你看我這記性，把這茬兒給忘了。那咱們現在走吧。」

於是兩人登車前行，但是田蚡故意走得極慢，讓急性子的灌夫心裡越發地火大。

不管怎麼說，灌夫總算是把田蚡請來了，竇嬰如釋重負，立即入席開喝。喝了一會兒，灌夫起來跳舞，邊跳邊唱：「大風起兮，日你娘，我是猛士兮，替陛下守四方。」歌舞過後，灌夫向田蚡招手，「丞相，來來來，你也跳一個。」

「跳你大爺！」田蚡是小人得志，自重身價，最恨灌夫這種不知輕重的莽漢嘴臉，故意把臉扭過去，不搭理灌夫。

灌夫氣壞了。回到座位，他端起酒觥，咕嘟咕嘟一通猛灌，眨眼工夫就把自己灌高了。酒一多，灌夫天不怕地不管的本性就暴露了出來，他開始罵罵咧咧：「什麼人呀這是，說好的來喝酒，到了時候他不來，卻在家裡睡大覺。睡睡睡，睡你娘個頭呀，睡死你！老子瞧得起你，才讓你跳個舞，你他媽的跟老子裝逼不跳，你牛什麼牛？不就是你外甥是皇帝嗎？有什麼了不起？惹火了老子，老子打不死你？」

聽灌夫大罵田蚡，竇嬰嚇壞了，急忙堵住灌夫的嘴，強行把灌夫拖走。回來後連連向田蚡請罪：「丞相息怒，息怒，灌夫他這人沒壞心眼，就是見不得酒，一喝多了連親娘老爹都罵，丞相大人千萬不要計較。」

田蚡哈哈大笑：「魏其侯呀，我田蚡是那麼小心眼的人嗎？」竇嬰：「果然是丞相肚子裡行船，丞相你大人大量，佩服，佩服。」

這件事，就這樣波瀾不起地過去了。到了第二天，田蚡派了個叫籍福的門客來找竇嬰。籍福問：「魏其侯，你家在城南，是不是有片良田？」

竇嬰說：「是呀，是有那麼一塊地。」

籍福道：「是這樣，丞相大人田蚡托我給你帶句話：你那塊地，閒著也是閒著，不如送給丞相大人吧。」

竇嬰氣壞了，當場質問道：「田蚡他什麼意思？我家的地，他想要就要？他做了丞相就無法無天了？」

這時候灌夫不知從什麼地方鑽了出來，指著籍福破口大罵道：「籍福，你這個狗腿子，現在是田蚡的門客，就來替你家主子咬人。可你別忘了，你以前是在竇嬰家裡做門客，有了新主子，就翻臉不認舊主子，你說你還是人不是人？」

「你這人怎麼這樣？這事跟我沒關係，我就是傳句話。」事情沒辦成，籍福悻悻離開。

官場鬥

回到田蚡府上，籍福把事情告訴田蚡，害怕田蚡責怪自己辦不成事，就說：「丞相大人，反正竇嬰年紀已經不小了，也活不了多久，不如再等幾天，等竇嬰老死了再說？」

等個屁呀等！田蚡火冒三丈：「籍福，你早年是竇嬰家的門客，現在給我跑腿，我們兩人的事情，你最清楚。你還記不記得，竇嬰的兒子殺了人，是誰救了他？是我呀！我為竇嬰幫了不知多少忙，如今就是要他一塊地，他憑什麼不給？」

對了，還有灌夫，你說這事跟他有什麼關係？他跑出來罵本相？田蚡說，「你灌夫不仁，就別怪我田蚡不義。不好意思，看老子向皇上奏你一本。」

次日，田蚡上殿：「陛下，臣有本奏。」

漢武帝：「舅舅，你發什麼神經？有話快說。」

「是這樣，」田蚡奏道，「那誰，灌夫家在潁川，他搶男霸女，搶奪田產，當地百姓怨聲載道，苦求天子開恩，主持公道。」

漢武帝打斷他：「舅舅，你扯這沒用的幹什麼？別忘了你是當朝丞相，打擊豪強，主持公道，這是你職責以內的工作。」

「臣，領旨。」田蚡喜形於色，立即出殿，帶人殺奔灌夫的家中，「灌夫，出來，你的事兒發了。」

「發你娘個頭啊發，」灌夫走出來，「田蚡，你牛氣烘烘舞刀弄劍，帶這麼多人來，想幹什麼？」

田蚡一指灌夫：「與吾拿下。」

灌夫樂了：「嘿，田蚡你個小樣的，憑什麼拿我？」

田蚡：「灌夫，你在潁川橫行霸道，搶男霸女，已經是天怒人怨，我身為帝國丞相，不得不為黎民百姓申冤。灌夫，你如果敢拒捕，就死定了。」

「我本來沒罪，拒什麼捕呀？」灌夫笑道，「田蚡，你是不是活膩歪了（活得煩了）？竟然敢來惹老子？你忘了你曾在淮南王劉安面前說過的話嗎？」

「我說什麼了？」田蚡茫然。多年前說過的話，他早就忘了。

可是灌夫記得。

就聽灌夫厲聲道：「田蚡，陛下剛剛登基的第二年，淮南王劉安入朝，你迎接他於霸上。當時你對他說，皇帝剛剛繼位，沒有皇嗣，看起來皇帝也沒生育能力，一旦皇帝短命咽氣，這龍椅之上，除了他淮南王，別人誰還有資格坐？」

「你……」田蚡急了，「灌夫你血口噴人，我對陛下忠心不貳，根本沒有說過這話。」

灌夫冷笑：「說過還是沒說過，這事要弄清楚還不容易？只要田蚡你跟我到廷尉處，再叫來當時在場的人核實，哼，你就知道自己該當滅門了！」

「胡說，你胡說！」田蚡急了，衝上去打灌夫，「王八蛋灌夫，我招你惹你了，你這樣陷害我。」

這時候兩家的門客一擁而上，把兩人架開，七嘴八舌地勸道：「兩位大人息怒，息怒，眼下這情形，是丞相大人揪住了灌夫的小辮子，灌夫也咬住了丞相大人的陰私，你們兩個是一條繩上的螞蚱，一旦事情鬧大，跑不了你也蹦不了他，誰也落不得個好。不如……不如大家坐下來喝頓酒，相逢一笑泯恩仇，如何？」

「喝喝喝，喝死你們！」田蚡怒而登車，轉身戟指灌夫，「灌夫，你給老子聽好了，以後我不找你的麻煩，你也少來管老子的事兒，要不然的話……哼！」

田蚡陷害灌夫一事，就這樣無疾而終。兩人雖然結仇，但因為彼此抓住對方的短處，誰也不敢輕啟釁端。

可不承想，沒過幾天，兩人的衝突就激化了。

比李廣更高明的武將

幾天之後，田蚡迎娶燕王的女兒為夫人，宮中太后王娡頒下懿旨，命所有的列侯和皇族，都去田蚡家裡祝賀。

王娡提出這樣的要求，是因為她終究是個無知無識的女人，只是因為生得美貌，才幸運地成為皇后直至皇太后。她並不懂得太后應該怎麼做，只能學著死掉的竇太后的法子。竇太后生前，始終將竇家利益放在最高處。現在的王太后，有樣學樣，也替她的家族樹立威風。

太后懿旨，誰敢不從？到場的列侯皇族有竇嬰、灌夫、太后王娡的另一個弟弟周陽侯田勝、開國功臣灌嬰的孫子灌賢，還有一名武將程不識。

就是最後這位武將程不識，這老兄出場，一口氣就結果了萬餘條性命。

說到程不識，就必須要提到西漢著名的飛將軍李廣。

飛將軍李廣，是歷史上赫赫有名的軍事將領，而程不識，知道他的人，只限於專業研究學者——但，兩人同是漢武帝時代的大將，都替漢帝國守護邊關。但程不識早早就封了侯，而李廣，拚死折騰一輩子，卻是竹籃打水，一無所獲。

李廣擔任驍騎將軍，鎮守雲中郡。程不識任車騎將軍，鎮守雁門郡。兩人帶兵打仗的風格完全相反，形成了管理學上的兩個極端類型。

李廣行軍作戰，不約束部隊，也不布陣，只是揀有水草的地方紮營，士卒們非常隨便，沒有硬性紀律約束，大家想幹什麼就幹什麼。但李廣把斥候派出極遠，敵軍未動，他這邊就已經得了消息，慢慢準備也來得及。

所以，跟隨李廣的士兵，安逸，輕鬆，所以士兵們都願意跟著李廣。

程不識則不然，他在行軍時隊伍整齊，紮營時講究個平時多流汗，戰時少流血，公文辦理則是頻繁忙碌，經常從深夜忙到天亮。士兵們跟著程不識，每天累得半死，又不得自由，所以士兵們都不樂意跟著他。

那麼這兩種治軍風格，哪一種更高明呢？

當然是程不識！

跟隨程不識的士兵，雖然天天被折磨得半死，但因為軍紀嚴明，小心翼翼，與敵交戰時，沒有友軍打側攻，沒有必勝把握，決不輕出。而李廣則喜歡輕兵犯險，經常在戰場上弄出爆炸性的消息，贏就贏個驚天動地，輸就輸個短褲光光。有時候輸得太慘，不唯是隨行的士兵統統死光，連李廣本人都會被匈奴兵捉走。幸好李廣這個人，他雖是戰將，但個人風格更像現代特工，縱然被敵軍捉走，也能成功地逃回來。

李廣的個人風格，大起大落，完全不確定。而程不識則老辣沉穩，風格穩健，雖然沒有什麼戲劇性，但遠比李廣的不確定性更符合管理法則。

東漢時的伏波將軍馬援，曾經說過：「學程不識，再差也差不到哪裡去，雖然未必能有大成功，但避免了大失敗，這就蠻對得起自己了。但如果學李廣，多半是畫虎不成反類犬，李廣的勝利沒學到手，大敗慘敗更超過李廣。」

雖然如此，但程不識這種穩健，因為缺乏了戲劇性，也就缺少了刺激性，因此為後人所不知。而李廣的大起大落，卻是精彩紛呈，弄得史官不得不天天蹲在李廣的門外，搜集他的點點滴滴寫進書裡——只是因為，李廣比程不識，更契合人類追求刺激的天性。

總之吧，今天這場盛宴，程不識身為列侯，有資格參加，而李廣卻遠在門外，賭氣觀望：「你娘的，你們這些肥頭大耳的雜碎，喝酒也不說帶上老子，欺負老子沒有封侯，哼！」

竇嬰赴宴途中，去找灌夫：「老灌，你怎麼還在家裡待著？走走走，宴會就要開始了。」

灌夫說：「老竇，我看我就別去了吧？前個兒我剛剛和田蚡打了場架，今天偏偏又是他的婚禮，你說我去合適嗎？」

竇嬰說：「大家同朝為官，就是個糊弄天子混口飯吃，好端端的打什麼架呀？再說那天不是已經和好了嗎？何況列侯與會，是太后的懿旨，你要是不去，反倒讓太后生氣。」

好說歹說，竇嬰成功地把灌夫拉上了。

他真不該強拉上灌夫。

這一去，他們再也沒機會回來了。

鬧酒罵座

宴會開始，大家各自就榻，跽跪而坐，一邊喝一邊聊起天來。酒過三巡，田蚡站起來給大家敬酒：「感謝諸位來參加本相的婚禮，哈哈哈，本相都這把年紀了，沒想到還有機會睡個如花似玉的小公主。總之，本相不會說人話，你們乾了，本相隨意。」

所有人起身離席，齊聲道：「感謝丞相大人，我等恭敬不如從命，喝喝喝，誰不喝就是王八蛋養的。」

田蚡敬過了酒，竇嬰就在心裡尋思：「嗯，丞相是當今皇上的舅舅，又是今天的主家，他敬完了酒，接下來就該輪到我了。我可是太皇竇太后的堂姪，說到地位尊貴，這裡誰也比不了我。」於是竇嬰站起來：「諸位，我敬大家一觥酒，大家給個面子，喝了這觥。」

不承想，只有幾個和竇嬰有私交的人站起來離席，其餘的客人全當竇嬰是放屁，理都不理。

竇嬰受了冷落，怏怏坐下，臉上好大的不自在。

灌夫一看，不行，這事得他出頭了。於是灌夫怒氣沖沖起來：「我老灌，打個通關，不喝酒的，就是不給我面子，我老灌跟你沒完！」

打通關開始，前面幾個客人害怕灌夫發飆，都站起來，賠著笑臉，把觥裡的酒飲盡。

下一個客人，周陽侯。

他是丞相田蚡的弟弟，當然也是後宮王太后的弟弟。

灌夫陰沉著臉，捧著酒觥站到周陽侯身邊。

周陽侯不理他，自顧唱歌，灌夫忍住氣，打斷周陽侯的自娛自樂：「周陽侯，給個面子？」

「哦？」周陽侯拿手遮住酒觥，「今兒個有點多，先不喝了。」

「你這個人怎麼這樣？」灌夫怒急，扭頭衝田蚡喊道，「丞相大人，你弟弟他不喝，你不說管管他？」

田蚡眼皮都懶得抬：「他愛喝不喝，關老子屁事。」

你們……通關打到周陽侯處，周陽侯不喝，這酒就沒法再往下敬了。灌夫感覺到自己遭受到了奇恥大辱，他的內心幾乎是崩潰的，顫抖著回到座位上，心裡充斥著火山爆發般的憤怒。

剛剛坐下，忽然看到開國功臣灌嬰的孫子灌賢，正在和程不識眉開眼笑，交頭接耳：「老程我給你講個笑話，有個女人，丈夫出遠門了，忽然外邊有人敲門……」看到這情形，灌夫的憤怒終於爆發了：「灌賢，你個兩面三刀的小人，你給老子站起來！」

灌賢大驚：「我招你惹你了，你衝我又吼又叫的？」

灌夫吼道：「灌賢，咱們兩家走得最近，我還不瞭解你？平時你是怎麼說程不識的？你說程不識狗屎不如，聽到程不識的名字，你都噁心得要吐。可現在你摟著程不識的脖子說情話，他媽的人前一套背後一套，你還算不算一個爺們兒！」

就聽「哐」的一聲，田蚡重重把酒觥砸在案上：「灌夫，你太過分了，都是本相把你慣壞了！你竟然當眾折辱程將軍，程將軍何許人也？他是與飛將軍李廣齊名的大將，本朝的擎天支柱！你羞辱程將軍，就是羞辱李將軍，你必須要向李將軍道歉！」

田蚡對灌夫的指責，直接扯到了飛將軍李廣身上，這不貼邊的指控讓灌夫狂性發作，大吼道：「他媽的，老子就是不服，你們憑什麼欺負老子？老子也是在戰場上，一刀一槍殺出來的，怕你們個鳥?!」

眼見事情鬧大，賓客們紛紛起身：「丞相大人，我家裡還有點小事，先走一步了呵。」見眾賓客害怕退席，田蚡更怒：「來人，與本相扣下灌夫，他不道歉，就休想離開！」

一群武壯的家奴衝上前來，強行扭住大吼大叫的灌夫。這時候兩家的門客慌了神，急忙居中調節：「消消氣消消氣，你們兩位消消氣。灌夫，今天的確是你不對，你快點給丞相大人道個歉！」

灌夫大吼：「老子沒錯，憑什麼道歉？要道歉也是他向我道歉！」

門客籍福急了，上前用力按灌夫的脖頸：「灌夫你他媽的，都這節骨眼上了你還鬧，還不快點跪下磕個頭。」可是灌夫犯了驢脾氣，打死就是不肯。

事情弄僵，田蚡命人將灌夫摁倒捆起來，叫來負責刑案的長史說：「你都看到了，今天列侯皇族來我府上歡宴，是奉了太后的懿旨。灌夫他鬧酒罵座，就是汙辱皇太后，此乃大不敬之罪，必須嚴厲追究。」

這一次，田蚡打算斬草除根，徹底清除後患。他把灌夫下在特殊監獄中，並讓捕吏去捉拿灌夫的家人門客。這樣一來，灌夫就無法說出他對淮南王劉安說過的不臣之話了。

帝國金殿大辯論

灌夫被田蚡扣下入獄，急壞了竇嬰。

他說：「灌夫，沒心眼的莽漢也，他就是為了維護我，才落到這個地步，我豈能置之不理，袖手旁觀？」

家人卻哭著攔阻竇嬰：「你醒醒吧，行不行？現在咱們竇家已經沒勢力了，人家田蚡是皇上的親娘舅，皇上對他的話是言聽計從啊！何況灌夫這事，根本不怪你，怪只怪他一喝多了，就六親不認亂罵人。你可千萬不要出頭，否則只怕全家人的性命難保呀。」

竇嬰無奈，說：「好，好，我聽你們的，這事兒咱們不管了。」

好說歹說，總算勸下了竇嬰。

可等到半夜，家人睡下之後，竇嬰赤腳爬起來，連夜給漢武帝寫了奏摺，托人送入宮中。

漢武帝真的收了他的奏摺，立即叫他祕密入宮。終於見到了漢武帝，竇嬰哭得老淚縱橫，他說：「陛下呀陛下，灌夫真的沒什麼壞心眼，就是個喝多了耍酒瘋，他好歹也為帝國立過戰功，又是一等一的猛將，就請陛下赦免他吧。」

漢武帝道：「竇嬰，你是國家的老臣子了，怎麼說出這麼混帳的話？咱們是什麼國家？是法治國家呀！凡事，要以事實為依據，以法律為準繩！」

漢武帝宣布：「明天，你上殿來，咱們舉辦一個公開、公平、公正的御前大辯論，你和田蚡當場質辨，再由群臣組成評委會，來裁決他們兩個究竟是哪個錯，哪個對。」

皇上心裡這是賣的什麼藥呀？竇嬰看不懂了。

竇嬰不知道，漢武帝給了他一個選擇，或者是滅族，或者是替換下田蚡當丞相。看就看他的悟性如何，能不能做出最有利於自己的選擇。

但是，竇嬰給搞砸了。

輸家是評委

次日，帝國金殿首屆公開辯論大賽，果如漢武帝所言，隆重舉辦了。

大賽雖然開始，灌夫已是罪犯，不能出場，就由竇嬰替他辯護，充當反方的一辯。而田蚡則親自出場，擔綱正方一辯。

竇嬰開始：「諸位，灌夫這人，你們都瞭解，他就是個暴脾氣，對陛下忠心耿耿，請大家支持他。」

田蚡：「錯，灌夫以下犯上，大不敬，大逆不道，理應滅門！」

竇嬰發現直來直去，沒有效果，卻主動採取攻勢：「田蚡，你身為丞相，不理國政，天天蠱惑陛下遊樂，你可知罪嗎？」

田蚡：「錯，天子就是要享受無邊富樂，吃喝玩樂有什麼錯？何況我交結的，都是鬥雞走狗與歌舞的藝人，這表明我沒有野心。而灌夫，他結交天下豪傑壯士，天天躲在小黑屋裡，煽陰風點鬼火，發洩對大好形勢的不滿情緒，這不可相提並論。」

然後田蚡的矛頭，轉向竇嬰：「還有你，魏其侯，你們勾連一氣，夜觀天象，日畫符咒，製造流言，到處奔走，窺伺於兩宮之間，一心希望天下大變。你們的心裡，到底隱藏了多少黑暗與邪惡，你敢抖摟（揭露）出來嗎？」

竇嬰：「……陛下你看他，他是滿嘴胡說八道啊！」

漢武帝陰沉沉地道：「好，我宣布，雙方辯論到此為止，現在請評委投票打分。你們認為他們兩個，誰對誰錯，誰是誰非？」

賽場評委共有三人，分別是：御史大夫韓安國，主爵都尉汲黯，以及內史鄭當時。

三人開始打分，先由韓安國開始。

韓安國說：「我認為，丞相是對的，魏其侯竇嬰也沒錯，兩人都對。」

汲黯說：「老韓你又搗糨糊，這事豈有兩人都對之理？明明是竇嬰有道理。」

最後一個鄭當時：「竇嬰對……不對……咦……陛下，臣棄權行吧？」

漢武帝勃然大怒，大罵鄭當時：「老鄭，你枉披了一張人皮，丟盡了你祖宗的臉。當年你祖上可是楚霸王項羽手下，也曾叱吒千軍。你年輕時，也是個不世出的俠客，仗劍千里，獨行天下，看到美貌的女子，當即斬殺其丈夫，按倒就睡。你少年威風哪去了？怎麼突然變得畏頭畏尾？」

傳旨，鄭當時膽小欺君，不敢公正言事，貶為詹事。

田蚡和竇嬰面面相覷。這是怎麼說的？咱們兩個生死辯論嗎？弄到最後，竟然把評委給貶職了，這也太扯了吧？

太后大鬧宮

怒氣沖沖的漢武帝吼道：「你們這些朝三暮四的小人，朕要像斬殺癩皮狗一樣，把你們統統殺掉。嗯，現在朕宣布：辯論大賽首場結束，選手可以下場休息，朕也要去後宮吃飯了。」

漢武帝轉入後宮去吃飯。

這奇怪的皇帝，他是何心理？為什麼要弄出這麼一場荒謬絕倫的御前大辯論呢？真正的原因，應該是漢武帝的耳目，已經把田蚡對淮南王說的話，報到了他的耳朵裡。田蚡身為他的舅舅，卻傳播流言說他陽萎，甚至盼望著他早死，並希望淮南王繼承大統，這對漢武帝來說，是絕對無法忍受的！

而且，漢武帝也已經獲得情報，瞭解到竇嬰和灌夫，都知道田蚡對淮南王所說的話，之所以御前公開辯論，目的只有一個——要讓竇嬰，當廷指認田蚡，要讓田蚡，無法再替自己狡辯。

可萬萬沒想到，竇嬰東拉西扯，有的說沒的講，單單就是不提這事。

所以漢武帝恨死了在場的那些人，因為他們都知道田蚡的不臣之心，卻誰也不敢當面說出來。鄭當時當場被貶，也不是他不主持公道，而是他到了這地步，還在替田蚡隱瞞。

漢武帝悶悶不樂地開始吃飯，突然宮監來報：「陛下，不得了了，太后她……她老人家生氣了，不肯吃飯，把碗筷全都砸了。」

怎麼會這樣？漢武帝心下雪亮，他之所以設置這場廟堂大辯論，就是劍指舅舅田蚡，可是生母王太后也對此心知肚明，害怕兒子弄死自己的弟弟，就派了人監視殿前的扯皮辯論，現在，太后是想用大鬧後宮的法子，迫使漢武帝收手。

漢武帝無奈，只好去後宮，跟母親賠笑臉。

見到漢武帝，太后王娡就厲聲質問：「皇上，你不把竇嬰、灌夫斬首問罪，卻讓他們在朝堂之上當眾詆毀丞相，此係何意？」

這個呀，漢武帝支吾道：「母親，這些人都是咱們的親戚，都是外家，原本是一家人啊，把話說開了有什麼不好？」

太后王娡把腳一蹬，撒起潑來：「可憐我老太婆呀，一輩子沒人疼啊。就只有這麼個弟弟親我疼愛我，所以別人處處給我們添堵，想害死我的弟弟呀。我還活在世上，他們就欺負進門裡來了，如果我死了，我全家還不得讓人欺負死呀，老天爺呀，你開開眼呀。」

漢武帝不為所動：「母親息怒，嗯，息怒。」他是個剛愎的性子，打定主意的事兒，誰說也沒用。既然他已經準備對舅舅下手，母親再哭鬧也是枉然。

知子莫如母，所以太后王娡早已為兒子準備了一鍋大菜。

萬石君石奮飄然入宮，求見漢武帝。

祕密毒殺案

漢武帝最恨臣屬們的小肚雞腸，私心作祟自作聰明。任何人對他說的話，他只信三成，另七成慢慢搜集證據，等待證實。

但萬石君石奮不同。

這廝是個臉色千變萬化的怪物，連在家裡和老婆上床做愛，都要先穿官服官靴，向上天稟報。他死心塌地，視自己為皇家權力的一條狗，對漢武帝不存絲毫的私心——即使有，他也會當面一字一句地說清楚。

所以漢武帝對石奮的話，是不打折扣地信任。

石奮稟報漢武帝：「陛下，老臣知道一句，就說一句。情況是，灌夫在潁川確有不法之行，天下人皆知。而竇嬰，則是權勢心太重，在陛下面前說一套，在背後又是做一套。此二人者，都有欺君之言之行。至於丞相田蚡，外面有無數的風言風語，說他曾對淮南王說：陛下沒有子嗣，倘若歸天，這皇權大統，必然由淮南王來繼承。但這句話，老臣也只是聽說而已，並沒有切實的證據。」

「嗯，現在沒有證據，咱們慢慢查嘛。」漢武帝笑了，「石奮，難怪你這只不倒翁，幾朝屹立不倒。你果然是不欺瞞不哄騙，有一句說一句。保持你的風格吧，這樣才會有機會坐看那些表裡不一的偽君子們，付出他應有的代價。」

「傳旨，收灌夫宗族，滿門抄斬。」

「傳旨，收竇嬰宗族，滿門抄斬。」

「傳密旨，祕密調查丞相田蚡與淮南王的會面情況，把他們兩人會面時所說的話，要一字一句的，給朕復原出來！」

公元前一三二年，漢武帝二十四歲，滅灌夫滿門。次年冬，滅竇嬰滿門。

竇嬰、灌夫家族被滅後，丞相田蚡突然患上了奇怪的疾病。他扭曲在榻上，呈現出跪姿，不停地向什麼東西叩頭，兩眼、額頭高熱，口中喃喃地不斷謝罪。請來的所有大夫，全都說不清這是怎麼回事。

就有人建議：「嗯，丞相大人這情況，好像是被陰鬼纏上了，還是找個有陰陽眼，能夠看到鬼界的人，來給瞧瞧吧。」

家人找來個靠吃陰陽飯的術士，術士進屋，遠遠一瞧，掉頭就走，家人急忙攔住：「你別走呀，說清楚是怎麼回事再走。」

術士道：「不是我不說，只怕我說了，就會被你們送到陰鬼界去。」

田蚡家人道：「不要緊，你就是幹這個的，說出來我們也不會責怪你，你就說吧。」

「好，那我就說了。」術士道，「丞相大人他根本不是病，而是身邊有兩個鬼，一個是竇嬰的鬼魂，一個是灌夫的鬼魂。這兩冤鬼手執鞭子，正不停地毆打丞相，一邊打還一邊罵：讓你陷害我，讓你陷害我，我要活活打死你，以雪冤仇。」

是這樣啊，家人驚呆了。

幾天後，田蚡莫名其妙死去。

史書記載稱，田蚡和竇嬰、灌夫前後腳死去。他死後，漢武帝手執手下人報上來的情報，恨聲說：「哼，舅舅背叛我，竟然在淮南王面前咒我早死，他如果還活著，我必將他滿門抄斬！」

從這些情況看起來，田蚡很像是被人使用了不明毒物，毒殺身死。但究竟是他自己畏罪而服毒，還是另外有人下的手，這就不好說了。

但如果田蚡真的是被毒殺的話，兇手必是漢武大帝。他有著太充足的作案動機：舅舅背叛了，必殺不可，但母親又阻攔不讓，祕密毒殺，清除不臣，不失是個省心省力的法子。

我們知道的是，在行將爆發的酷烈戰爭之前，漢武帝正大刀闊斧，清除他眼前所有看不順眼的人，清除所有的障礙。灌夫、竇嬰與田蚡之爭，不過是漢武帝居後挑起，借機將他們全部掃平的開端而已。

漢武帝要幹大事，幹事就不能分心。在這個時代，讓他分心就是錯，就會死無其所。

下一個是誰呢？

武帝的眼光，慢慢轉向後宮：

親愛的阿嬌，現在該你了。

後宮巫術

阿嬌在屋子裡團團亂轉，不停地流淚啼哭。

皇上不再喜歡她，而是寵愛歌女衛子夫，這讓阿嬌怒火中燒。她幾次想下手，弄死衛子夫，可是漢武帝心思縝密，早已把衛子夫保護得妥妥當當，阿嬌始終找不到機會下手。

想個什麼辦法，弄死衛子夫那賤貨，讓皇上重新再愛自己呢？

阿嬌生平最恨動腦子。她想找的，也是不費腦子的方法。

幸好這個法子真的有——巫術！

巫女楚服，飄然入宮：「皇后，找咱來有啥事呀？」

阿嬌道：「我給你錢，給你很多錢，你替我咒死衛子夫那賤貨，讓皇上回心轉意。」

楚服笑道：「我當什麼大事呢，不過是紮小人。皇后，你找塊桃木來，刻個木人，再想辦法把仇家的生辰八字弄到手，刻在小木人的背上。然後呢，你每天燒香三次，把小人埋在地下詛咒，你所有的詛咒，都會應驗。」

「太好了，我馬上就做。」

阿嬌興沖沖地開始動手。終於把小人刻好，埋在地下，阿嬌開始閉上眼睛詛咒。正詛咒著，忽聽「橐橐」的腳步聲，漢武帝微笑著走了進來：「皇后，好久不見，最近忙什麼呢？」

「忙……陛下，你可來了……」阿嬌亢奮不已，急忙迎上前去。

可是漢武帝怫然變色：「阿嬌，你在幹什麼？擺弄巫蠱之術詛咒朕嗎？你好大膽！」

阿嬌大駭：「陛下，你聽我解釋，臣妾不是詛咒陛下，真的不是。」

漢武帝：「別解釋了，朕有眼睛，看得可是清清楚楚。來人，把皇后移交給……移交給誰呢？對了，就移交給那個喜歡審問老鼠的酷吏張湯，朕很想知道，這個酷吏會用什麼殘酷的法子，折磨我親愛的皇后。」

張湯，是西漢第一邪惡酷吏。他小時候，家裡的肉丟失了，父親懷疑並責打他，於是他掘開地面，挖出一窩老鼠，對老鼠進行了嚴刑逼供。然後又在鼠穴中找到吃剩的肉，搜集齊全了證據，寫好判詞宣判，就把老鼠給活剮了。

張湯審案，雷厲風行，最大的特點是善於羅織株連。這也是漢武帝讓張湯負責此案的主要原因。很明顯，還有些隸屬於阿嬌一黨的人，武帝嚴重不喜歡她們。

這些人超過三百多人，都在這次事件中，由張湯興起大獄，遭受到誅殺。不知道張湯是怎麼折磨阿嬌的，竟然攀扯進如此之多的無辜者。

說好的金屋藏嬌，最後卻是酷刑折磨，漢武帝不懂愛，阿嬌縱然是長淚縱橫，也無濟於事了。

皇后阿嬌，在酷吏張湯的折磨之下，認罪。

皇后認罪之後，漢武帝龍顏大悅：「這就對了嘛，朕就喜歡你這個直爽性格，有錯誤就承認。不要怕承認錯誤，過而能改，善莫大焉。」

傳旨，廢去陳阿嬌皇后之位，打入冷宮，不久瘐死。

到這時候，漢武帝舒展一下筋骨，心說：「總算全弄清爽了。」

可以動手了吧？

戰幕拉開

公元前一二九年，漢武帝二十七歲。

這一年，廢后阿嬌的生母，長公主劉嫖憂死。死前她淚流滿面，開始懷疑是不是什麼地方不對。自己費盡心機、絞盡心智地宮鬥，最終扶漢武帝登基，可最終的結果，卻是如此殘酷局面。生平第一次，她終於發現自己好愚蠢。

然後她就蠢死了。

這一年，匈奴侵入上谷，殺掠百姓官吏。

漢匈百年大戰，終於在這個既定的時刻，徐徐拉開戰幕。

第六章——

戰天下

骫髒布局

從上次馬邑道設伏失機，到匈奴人大舉入上谷，已經過去四年了。

可以說，這四年以來，漢武帝每天枕戈待旦，清除異己，時刻都在等待著匈奴人的到來。

為了這場戰役，他做了兩項可圈可點的工作。

第一是徵收車船稅，為戰爭這個無底洞準備軍費；

第二是開渠運糧，準備用來轉運戰爭時期的糧食。

而匈奴人遲至四年後，才突然想起來報復馬邑道事件，那是因為他們對馬邑道伏擊事件，原本就未做過理性評估。塞外長風，躍馬黃沙，漢民族在他們眼裡，不過是一群待宰的羔羊。總之他們此後不再相信漢人，隔三岔五，心情太壞或是心情太好，他們就會殺入中原劫掠一番。

敵意，已不可化解，只能用鋼刀尋找最終的答案。

上谷事件發生後，漢武帝立即下令，命衛家軍進入戰爭狀態，追擊匈奴。

這是繼馬邑道戰役失敗後的第二戰，其特點仍然沿襲了馬邑道的愚蠢思維。漢武帝希望能玩個奇謀妙計，「晄」的一下，把匈奴主力引出來，悉以誘殲。所以這場戰役，又稱關市誘敵奇襲戰役——就是利用邊關貿易，引誘敵軍出現的意思。這不假思索的陳舊腦筋一擺出來，我們就知道這場仗前景不妙。

這一仗的另一個心計是，名臣宿將統統負責打擦邊球，輕師險入，以保護從未上過戰場的衛青及他所率衛家軍。

是地地道道的衛家軍，以昔日平陽公主的踏腳墊衛青為車騎將軍，兵出上谷。這是主力軍，任務是掠殺匈奴小部落的平民。

戰局的設計是這樣的：

漢國派出四位將軍，各統騎兵一萬，各走各的路，各打各的仗。但每位將軍所出關隘的地理險要指數不同，決定了他們前方遇敵的風險概率也大不相同。

車騎將軍衛青，率一萬軍，出最東方的關隘上谷。而上谷之後，橫亙著五台山，就算是打死匈奴大單于，他也不會挑這險要之地進攻漢國。所以衛青的風險指數為零，勝利指數為一。

由東向西排列的第二位將軍，是騎將軍公孫敖。此前他的簡歷，是在長公主劉嫖派家奴劫殺衛青時，他率人將衛青奪回。他率一萬軍，兵出代地。代地居兩山之間，是匈奴大隊人馬喜歡往來的路徑。走此路，遭遇匈奴正規軍隊的概率是一，但遭遇主力還是小股游擊隊，這個不確定。所以公孫敖的風險指數及勝利指數，是一半對一半。

再向西，是名將程不識鎮守的雁門。程不識老辣歷練，用兵穩重。這意思是說，沒有絕對性把握，他是不會出關打仗的。這也同樣意味著，雁門關外，是匈奴大隊人馬馳騁的天然牧場。出此關，遭遇匈奴大隊人馬的概率，是百分之百。如果兵力足夠，全師而歸是正常的；如果兵力不足，全軍盡歿才算正常。

漢武帝將傳奇的飛將軍李廣，從雲中調到雁門，只給了李廣一萬騎兵，讓李廣來啃硬骨頭。考慮到士兵人數嚴重不足，李廣的勝利指數為零，風險指數爆表。

最西邊一路，就是原本李廣鎮守的雲中。由於飛將軍之名，匈奴人繞雲中而不敢近。漢武帝以衛青的大姊夫公孫賀為輕車將軍，統師一萬，兵出雲中。他的勝利指數不確定，但風險指數也絕不會高。

現在我們來畫一個簡單的圖示，力求從戰鬥布局中，看出漢武帝心裡的小九九。

從東向西，依次是：衛青出上谷，公孫敖出代地，李廣出雁門，公孫賀走雲中。

在這個部署中，兩端是低風險區域，居中的李廣和公孫敖，承受著匈奴軍臣單于的全部壓力。

老實說，這個布置，是很昧良心的。最安全的仗，由衛家軍來打，飛將軍李廣要啃硬骨頭，卻沒有援軍打側翼，可想李廣的心裡，是多麼的彆扭。

這一仗，實際上根本不是為了打匈奴，而是為了增加衛青的經驗值，以便讓他迅速成為西漢時代的明星戰將。

戰局也未出所料，衛青居五台之險，穩贏大賺。於匈奴人稀薄之地，長驅直入，大追大殺，被他殺到龍城，擊斬並俘虜匈奴七百多人。

最西邊的公孫賀也很幸福，他兵出雲中，在大草原上溜達一圈，鬼影也沒見到一個，說了聲：「李廣運氣不錯嘛，守在這風平浪靜的地方，倒也自在。」到了約定時辰，公孫賀就晃悠晃悠地回師了。

衛青和公孫賀兩人幸福，就意味著公孫敖和李廣慘了。

匈奴武裝遍布中亞草原，公孫賀竟然沒碰上一個，這就表明，匈奴主力，就在公孫敖和李廣的前方。

敗局之將

果不其然，公孫敖部正行之間，忽見前後左右，地平線的盡頭一條黑線，那黑線越來越濃重。當時公孫敖就叫了聲親娘，喊一聲：「逃，趕緊逃，我們中彩了，遭遇到匈奴主力人馬。」

從戰況上來分析，公孫敖不幸所遭遇的，應該是匈奴左賢王，又或是右谷蠡王。即使不是這兩個部落，也是實力相差無幾的其他部落。估算橫亙在公孫敖前面的匈奴兵力總數，不會少於四萬人。所以這次遭遇，並無戰鬥可言，只有追殺與亡命。

公孫敖的區區萬名騎兵，掉頭狂奔。可是匈奴人來得好快，只聽得翎箭破空，漫飛如雨，漢軍士兵中箭的慘號聲，在天地之間淒響徘徊，公孫敖的耳邊，充斥著是地獄一樣的絕望悲鳴。閉著眼睛，公孫敖心中只有一個字：逃！逃！快他娘逃！逃得快還有人生可言，逃慢了，這個美好世界，就跟他沒關係了。

幸虧公孫敖的戰馬好，兼以匈奴人狂砍逃得慢的漢軍，也懶得跟公孫敖計較，終於讓公孫敖拚死逃出重圍。到了安全地帶，回頭看有多少人逃了出來，看清楚後，公孫敖絕望地閉上了眼睛。

他率領的一萬多名騎兵，有七千多人或是被射殺，或是被匈奴人俘虜，逃得性命的，不足三成。就連剩下來的這三成，也人人掛彩，個個受傷。他們人算是活著回來了，但魂卻已經嚇飛，不堪再戰了。

神勇飛將軍

如果公孫敖認為自己運氣不好的話，那飛將軍李廣，他的運氣簡直是糟透了。

李廣出雁門，他遭遇的，應該是匈奴大單于，軍臣單于的主力人馬。

細想一下，李廣不遇到軍臣單于，才是怪事。因為雁門守將程不識用兵極為保守，輕不出關。雁門之外對匈奴人來說，等同於最安全的地方，而且水草最豐美，軍臣單于不選擇這裡棲居，才是怪事。

軍臣單于的主力人馬，騎兵不會少於六萬。所以李廣遭遇的，絕對不止這個數字，至少有一支規模性部落，配合軍臣單于，對李廣玩了個殲滅戰。

具體戰事不得而知，但史書描述這場戰役，是從李廣所率士兵統統被匈奴消滅，只剩下飛將軍一個開始。

部隊被殲滅，李廣立即施展他飛將軍的絕技，想逃出生天，可是越逃前面的敵人越多。匈奴人來勢洶洶，數十名匈奴騎士包圍了李廣。吼叫聲驚天動地：「抓活的，大單于有令，活捉這名漢將。」十數名匈奴戰士，從馬背上橫空跳起，落下來時，把個飛將軍，如小雞雛般扭成一團。

李廣被俘，匈奴人問他：「你叫什麼名字？怎麼這麼能打？」

李廣回答：「我就是飛將軍李廣。」

「你是李廣？」匈奴人大喜，「我們大單于有令，不可殺你，一定要和你交朋友。你快點投降，咱們回去喝酒。」

李廣說：「投降這事不急，慢慢商量如何？」

慢慢商量，也不是不行。匈奴士兵拉過來兩匹馬，在兩馬中間拉了道網，把李廣放上去，然後興高采烈地回師。

——這個小細節，勾勒出當時的武器精密度。漢匈大戰時期，漢軍的戰馬，已經有了馬鞍，但沒有腳蹬。而匈奴人屬於蠻族，還不明馬鞍是何物，打仗時騎在光溜溜的馬背上。所以李廣被俘後，只要假稱他不會騎光溜溜的馬，就給匈奴人增加了押送他的難題。

也虧匈奴人腦子活，居然想到了兩馬中間拉網繩的妙法。但這又等於是增加了李廣的逃脫指數。走了有十來里路，李廣突然大叫一聲：吾來也！凌空躍起，落下時騎在一個匈奴騎士的脖頸上，用力一扭，扭斷匈奴士兵的頸子。將屍體踢落馬下，李廣奪過匈奴士兵的弓箭，策馬狂奔。

厚道的匈奴士兵氣得七竅生煙，破口大罵：「李廣你是人不是？怎麼說謊騙人？你不是說你騎不了光馬嗎？看你現在跑得多快？」趕緊再追趕，可這一次，卻是無論如何也追不上了。

李廣喜氣洋洋地回來，早有廷尉迎接。一道重重的鐵枷，「咔嚓」一聲，鎖在李廣的頸子上。陣前失機，全軍覆沒，這是要追究刑事責任的。李廣鬱悶扭頭，嘿，旁邊鎖著的，赫然是同樣吃了敗仗的公孫敖。

公孫敖對李廣說：「老李，這次咱們輸慘了，衛青那邊不過是殺掠了七百匈奴百姓，可咱們這邊，卻一次折損近兩萬戰士，接近於三十比一呀。陛下他一定快要氣死了。」

氣死就氣死吧，李廣說：「我這麼能打，可到現在還沒封侯，又找誰說理去？」

公孫敖說：「你還封個屁侯呀，這次咱倆死定了。按律法，咱們敗陣失機，是要斬首的呀。」

「唉，」李廣仰天長歎，「他娘的，好不容易掙了幾個活命錢，這次又被缺大德的陛下，全都收回去了。」

史載，公孫敖與李廣臨陣失機，按律斬首，但兩人盡賣家產，繳納了足夠數量的贖金，統統被廢為庶人。

只有衛青，斬敵七百，被封關內侯。

這一仗下來，漢武帝的內心幾乎是崩潰的。隨便一場小接觸，漢軍與匈奴的陣亡比例就是三十比一。接下來的漫長戰爭，可想而知是多麼的煎熬。

構戰連連

上谷慘敗之後，匈奴人精神大振，看死了漢武帝，不間斷地騷擾漁陽。漢武帝無奈，以老軍頭韓安國為材官將軍，屯守漁陽。

到了韓安國出場，就知道漢武帝手中的戰備資源，是多麼的短缺。早在竇嬰與灌夫兩家滅族之後，韓安國代理丞相。有天他替漢武帝引導車子，不留神從車上跌下來，當場跌斷了腿，成為了跛子。

連年邁的跛子，而且是投降派的主將，都派到了戰場上去，可知漢國這邊，是多麼的缺乏將才。

韓安國去邊關不足一年，就遭遇到了一場大洗禮。

秋季，大雁南飛，兩萬匈奴騎兵也隨之入境，殺遼西太守，掠邊民兩千。然後潮水也似的匈奴騎兵，將韓安國的營壘團團圍定，白天猛攻，夜晚放火，嚇得韓安國老淚縱橫，心裡不停地罵漢武帝祖宗：你說這漢武帝，好端端的幹嘛非要惹人家匈奴人，看看，現在人家打上門來，你說該咋辦？

漁陽未了，匈奴人再入雁門。名將程不識不打無把握之仗，堅守不出，匈奴人殺掠千人而退。

漢武帝大罵韓安國：「你是怎麼搞的，嗯？怎麼會讓匈奴人鬧成這樣，嗯？」

韓安國憂恐成疾，不久身死。

連韓安國都死了，漢武帝這邊更沒人手，於是重新啟用飛將軍李廣。

上一次，李廣雖然全軍覆沒，但他以不可思議的身手逃回，贏得了匈奴人的欽服。此人復出，由他鎮守的右北平一帶，匈奴人頓時沒了蹤影。

漢武帝終於醒過神來了——他的智慧在增長，已經成為了一個深思熟慮的軍事家——明擺著，指望著小聰明掃滅匈奴，似乎希望不大，要想徹底解決問題，就必須，按照戰爭的規律來。

——大兵團作戰！

——重錘砸螞蟻！

——不信砸不扁你！

殺敵一萬，自損八千。

所謂戰爭，不唯是對敵人的戰爭，也意味著，對自己的戰爭。

戰爭，意味著敵我雙方的艱難消耗——比的不是誰狠，而是，誰死得更慢一點！

戰爭規模開始升級，從萬人的隊伍，開始變成了幾萬人的隊伍、十萬人的隊伍。為報復匈奴對漁陽的騷擾，漢武帝以衛青統三萬騎兵，出雁門，將軍李息替他打側翼。這一次衛青掠殺匈奴兵民近千人——這仍是場丟人現眼的敗仗，單衛青就有三萬人，卻只掠殺敵人兵民不足千。這等於是三十個漢軍騎將，抓回一個匈奴百姓。可知這場仗不過是場形象工程，是用來偽造勝利，鼓舞士氣民心的。

這是漢匈第三戰，戰漁陽。

此時的戰爭，仍然停留在嘗試與接觸上。漢武帝的疑忌，仍然是封王。攘外必先安內，攻敵必先清己。不知死活的封王，迅速地進入死亡期。

俠之大者，殺男霸女

第一個中標的封王，當然是漢武帝最放心不下的江都王，八阿哥劉非。

實際上，漢武帝對劉非的警惕，絕非是多疑。劉非此人，好勇鬥狠，他是個天生的大力士，又喜歡招納四方豪傑。而且，此人是個天生的軍事家。漢武帝馬邑道設伏失敗，劉非就知道大戰不可避免，當即上書，要求出塞攻擊匈奴。

漢武帝如何肯答應？始終保持著對劉非的高度警惕。到了公元一二八年的冬季，劉非患病身亡，漢武帝這才長鬆一口氣。

史家稱，劉非是正常死亡。但與劉非前後腳，魯共王劉余、長沙定王劉發，先後暴斃。三個封王在短時間內先後死亡，此事極是蹊蹺。

更蹊蹺的是，這時候有主父偃與徐樂入朝，他們將擔承著打擊封王的思想理論創新工作。但這兩活寶顯然沒有領會領導意圖，他們的奏摺洋洋灑灑，離題萬里，談論的竟然都是如何打擊民間豪強。

被這兩個書呆子一攪和，中國歷史上名頭最大的俠客郭解，悲劇了。

郭解，函谷關東著名俠客，生平搶男霸女，無惡不作——說到這搶男霸女，無惡不作，就得岔開話題，解釋一下俠客的原始意義。

俠者，夾人也。試想一個大活人，被活活夾起來，那叫多麼的痛苦？所以古之俠客真正的本行，就是折磨人、羞辱人。

比如說大俠郭解，他生平是個暴脾氣，走在路上，誰要是不小心看他一眼，不好意思，他就會立即殺掉你全家。起初郭解殺人，多少還能找出個理由，但他殺的人多了，人人害怕他，郭解卻殺上了癮，只能找點不是理由的理由，以滿足他殺人的嗜好。

曾有一次，有個儒生到當地，坐在酒館裡閒聊，聽郭解的幾個門人正在激情洋溢地讚譽郭大俠：「說起那郭大俠，那可是了不起的大英雄、大豪傑。誰家的女人美貌，他按倒就睡；誰家的男人看他一眼，拔刀就宰。正所謂男兒行千里，微軀敢一言，砍頭不過風吹帽，該死該活屌朝上，寧可床頭抱美死，何曾吹落北風中？此誠大丈夫也。」

儒生在旁邊聽得彆扭，忍不住插嘴說：「照這麼說，郭解其人，不過是個睚眥必報的凶徒，一個心理變態的殺人狂而已。這種人，有什麼好稱道的呢？」

郭解的門人聽了，一聲不吭站起來走了。不一會兒，郭解的弟子門人大批殺至：「剛才是誰公然誹謗郭解郭大俠？是不是你？我叫你誹謗，叫你再誹謗……」當場將儒生亂刀砍死，然後割下了儒生的舌頭。

弄出人命來了，地方官不能不過問。於是有司把郭解叫去，問：「老郭，你跟領導說句實話，那個儒生，是不是你殺的？」

郭解哈哈大笑：「有沒有搞錯？我老郭何許人也？當世大俠也！你說，現在我老郭，還用得著自己動手殺人嗎？」

有司問：「那到底是誰殺的，可不可以把兇手交出來？」

郭解一攤手：「兄弟，你這就難為我了。試想殺人這種事，誰會無緣無故地承認？就算是我的弟子門人幹的，可他們自已不承認，我也沒辦法是不是？」

地方官歎息一聲：「算了，以後不要鬧這麼大動靜了。」這事就這麼過去了。

但是主父偃和徐樂這兩活寶入朝，又把這起舊案翻出來了。

起因是，主父偃上疏，奏請把關隴豪強，全部遷到茂陵居住，一來充實京城，二來息免禍端——後面這句話的意思是：遷居是傷筋動骨的事兒，豪強搬了家，多半就會遭受慘重經濟損失，從此豪強淪落為屌絲，縱然是想興風作浪，也力有不逮了。

漢武帝是個高明的管理者，最喜歡的就是折騰別人。看別人閒著，他就不痛快，對此建議讚不絕口，當即批准。於是遷各郡國及家財在三百萬以上的人家，悉數到茂陵。而大俠郭解，就在官方公布的遷居名單上。

但是郭解俠名天下，自然會有人替他說情。

來替郭解說情的，是漢武帝的小舅子衛青。

衛青對漢武帝說：「陛下，那啥，名單上出了點差錯，那個郭解，他家境貧寒，就是個善良厚道的老百姓，咱們就把他的名字抹去吧。」

漢武帝哈哈大笑：「衛青，你忘了朕剛剛登基那幾年，淨幹些什麼了？

「朕當時夜走江湖，縱橫天下，難道還沒聽說過郭解郭大俠的名頭？更何況，他一介平民，竟然能通過你的關係，把門路走到朕這兒來，這是普通百姓能幹得了的事兒嗎？」

說到底，衛青終究是個腳踏墊起家的粗人，不懂官場規矩。如果他悄悄找到負責遷居的官員，把郭解的名字抹去，神不知鬼不覺，漢武帝也未必能夠發現。可他直接去找漢武帝，反倒讓漢武帝對郭解產生了濃厚的興趣。

這一感興趣，就把郭解的門人虐殺儒生舊案，又給翻了出來。於是朝廷召開御前工作會議，對虐殺儒生一案進行重審。審理中，獄吏出身、曾有過海上牧豬經驗的大臣公孫弘，發表了決定性觀點。

公孫弘說：「郭解這個人，殺的人也太多了點。而且他殺人的理由，都是些不是理由的理由，甚至走在路上，有人看他一眼都要殺。說到儒生這個案子，的確不是郭解殺的，但卻是他的門人下的手。這表明郭解已經形成了勢力龐大的黑社會性質的犯罪團夥，非嚴打，不足以明綱紀。」

漢武帝：「此言甚得朕心，傳旨，大俠郭解，滅其族！」

捕吏與軍士衝入郭解宅門，郭解的門客及徒弟，頓時各施飛簷走壁的絕技，逃向四面八方。大俠郭解被執，與家人同時斬首。

殺了郭解滿門，漢武帝剛剛輕鬆一點，忽然看到站在堂下的主父偃和徐樂，滿臉炫功的表情。武帝頓時醒過神來：「不對，弄岔了，朕找你們這兩活寶來，搞理論創新，不是打擊民間豪強，是那個啥，喂，我說你們兩個，到底聽明白沒有？」

主父偃能夠扳倒董仲舒，不是一般的有心計，一聽漢武帝的話，立即醒過神來：「啟奏陛下，臣有個新的理論創新。」

漢武帝問：「怎麼個新法啊。」

主父偃：「這個新理論，叫推恩令。」

推恩令？漢武帝眼睛一亮。

皇家都是變態佬

推恩令，的的確確是漢武帝時代的一項重大理論創新。

此前，諸侯封王，例由嫡長子襲承侯位或王位，次子或庶出，是沒有這個資格的。但漢武帝擔心諸侯與封王們的地盤太大，勢力太強，主父偃提出推恩令，要求封王們把自己的封國，切割成小塊，是個兒子就給一塊。由此前的嫡長子承襲，改變成了大家統統有份。

推恩令，意味著封國的滅頂之災。此前大面積的土地，被迫切割拆分。而其中任何一個小封王出點麻煩，漢武帝就會趁機收回土地，這導致封國的地盤與勢力，越來越小，越來越不成氣候。

伴隨著推恩令下達的，是祕密緝查封王們的劣行。燕王劉定國，成為第一個挨刀的肥豬仔。

燕王劉定國，超級變態的色情狂是也。他是燕康王劉嘉的兒子，主要事蹟有：與父親的姬妾通姦，並生下一個兒子；又搶奪弟弟的妻子，做了自己的姬妾；此外他還和自己的三個女兒通姦。總之，什麼事不是人幹的，他就專幹什麼事。

把家裡雌性的生物全部睡過，劉定國神清氣爽，又出門殺掉了肥如縣令郢人。

郢人無罪被冤殺，他的弟弟們上書告狀。主父偃少年時曾經遊歷過燕國，沒有受到尊重，於是他大肆宣揚此事，公卿盡知，於是紛紛要求漢武帝出面管管劉定國。

於是漢武帝同意公卿們誅殺劉定國的建議，劉定國聽說了之後，就自殺了。

燕國被撤銷，改設為郡。

劉定國的變態罪行，無疑是應該千刀萬剮，但當時的諸侯封王，無一不是變態邪淫之徒，真要把這些封王們的齷齪事抖摟出來，劉定國絕對不是最變態的。漢武帝偏偏挑著他下手，其實就是為了完成一次行政區劃的變革，目的是為漢匈大戰騰出充足的戰略轉寰空間。

劉定國被定點清除，不是因為他變態，而是燕國是抵禦匈奴南下的第一道防線。而此前燕國政令不一，導致營救漁陽不利，所以漢武帝就考慮，把燕國去國改郡，統一號令。至於燕王劉定國，不管他變態與否，總之死定了。

就在這一年，邊塞衝突升級，匈奴再犯上谷和漁陽，殺掠邊民千人。

漢國採取了正義的報復行動，衛青與李息三出雲中郡，擊匈奴樓煩並白羊兩部。樓煩王與白羊王聞風而走，漢軍殺掠數千。

這是漢匈第四次武裝衝突，戰役地點轉向了現今內蒙古自治區的杭錦後旗，沿黃河西岸南進，目標是奪取匈奴人的河南地區。一切都表明，更大的戰爭風暴即將到來，漢武帝已經有點等不及了。

可萬萬沒想到，主父偃這廝，他年輕時遊歷燕齊，未曾受到想像中的尊重，於是滿腦子小人得志的報復欲望。根本不知道，他初次入朝扳倒董仲舒，二次打擊燕王成功並使其滅國，這些事情的發生，並非是他主父偃有什麼不凡之處，而是他的建議，恰好與漢武帝為戰爭的部署卯上了紋路。

但主父偃根本沒留意到邊塞衝突的嚴重性，認為自己徹底摸透了漢武帝的心理，興致勃勃地挑選了齊國，作為下一個打擊目標，要報少年時代的怨仇。

帝國亂倫奇案

細說起來，主父偃開始時，也不是非要滅亡齊國不可。他當時想的是，老子現在有地位了，身分尊貴了，是皇帝身邊頭號大紅人了，你們那些曾瞧不起我的封王們，也該認清形勢，巴結老子了吧？

於是主父偃派人去找齊王劉次昌，說：「主父偃，天下智識之輩也，是如今皇上倚賴的中流砥柱。齊王你失歡於陛下久矣，何不娶主父偃的女兒為后，讓主父偃做你在朝中的內應，重新贏取陛下的歡心呢？」

齊王劉次昌說：「唉，你說婚姻這事呀，唉，這事，本王正與自己的姊姊通姦，我姊是個愛吃醋的暴脾氣，最恨本王劈腿別戀……哎喲不是，說漏嘴了，本王的意思是說，這個事情嘛，茲事體大，須得問問母后才行。」

齊王的生母姓紀，史稱紀太后。聽說主父偃想把女兒嫁給兒子，紀太后樂了：「你拉倒吧，誰不知道主父偃家裡那傻丫頭，正宗鄉下柴禾妞（上不了台面），一身的鄉氣，連腳丫子縫裡的泥都沒洗乾淨。就她？憑什麼嫁給我兒子呀？我兒子可是龍子龍孫，丟不起這個人！」

說親失敗，主父偃怒極，怒曰：「齊王呀齊王，你無情，就不能怪老子無義了。不好意思，你和你姊姊通姦的事情，必須要曝光了。」

於是主父偃去找漢武帝，說：「陛下呀，那啥，現在朝裡都已經嚷動了，齊王他不自重呀，竟然和自己的姊姊通姦。可是齊王不缺女人，他姊姊更不缺男人，可他們偏偏關起門來，玩肥水不流外人田的變態遊戲，這可是整個皇家的恥辱呀，陛下你不能不管。」

「唉，」漢武帝好奇地看著主父偃，「嘿，我說你個王八蛋，現在匈奴大舉進攻，火燒眉毛，朕憂慮於心，你還跟朕整這事？算了，朕弄明白了，你這人就這點出息，天塌地陷你也沒感覺，就是一聽姊弟通姦，你就興奮得全身顫抖。既然你對亂倫通姦有專門愛好，那也好辦，乾脆你去齊國好了。朕就委任你為齊國的國相，替齊王整理整理門戶吧。」

打發主父偃去齊國，是因為漢武帝發現，主父偃其人雖然已經做了高官，卻不改屌絲的見識。他根本無意替天子分憂，對漢匈大戰毫無感覺，一門心思地只想掀開齊王的被窩，要在揭人私隱中尋找無盡的快感。

武帝殺機已起，主父偃卻絲毫沒有察覺。他興沖沖地奔赴齊國，到達後第一件事，就是把宮中的太監抓來，嚴刑拷打，逼問齊王與姊姊通姦的細節：

「說，你說不說？快說齊王他們姊弟倆搞了幾次了？都在什麼地方搞？是誰先主動的？具體過程究竟如何？若敢有一字隱瞞，就活活打死你。」

太監被打得哇哇慘叫，不得不按主父偃的要求，詳細敘述齊王與姊姊通姦的過程。主父偃急忙拿筆記錄，因為太過於亢奮，鼻尖淌汗，手腳顫抖，寫出來的字像鬼畫符。

鬧出這麼大動靜，齊王想不聽這個壞消息都不可能了。知道自己逃不過去了，齊王作出和燕王一樣的選擇，乾脆自殺了。

齊王沒有子嗣，他自殺，就意味著齊國也滅亡了。

主父偃連滅燕齊兩國，威名大震，諸侯封國怕死了他。為防止他接著對自己下手，漢武帝的七哥趙王劉彭祖先發制人，上疏漢武帝，指控主父偃收受賄賂，欺瞞聖上。

漢武帝就等著這個奏摺呢，當即命捕吏擒拿主父偃，嚴刑拷問他的罪行。

卻不想，主父偃這廝小時候吃苦出身，那是相當的硬氣，縱然是嚴刑拷打，他最多只招認自己收取了點賄賂，但否認齊王自殺與他有關係。

主父偃不認罪，這事就不好辦了。

於是漢武帝找來年邁的公孫弘，問：「主父偃寧死不招，看來只好放了他？」

公孫弘道：「陛下，你開什麼玩笑？只有錯抓的，哪有錯放的？主父偃這廝入朝以來，當面欺君，背後壓臣，不知幹了多少壞事。曾經有大臣對他說，『主父偃，你太過分了。』你猜主父偃怎麼回答？他說，『不好意思，我主父偃，遊學四十餘年，一事無成啊，舅舅不疼姥姥不愛，我是被嫌棄的主父偃。到了一把年紀我才出人頭地，難道我就不能快意恩仇，活得痛快點嗎？你們誰也別勸我，就讓我倒行逆施，好好地禍害一場吧。』陛下你聽聽，他這說的是人話嗎？」

漢武帝聽樂了：「這個主父偃，果然另類。那好吧，他愛招不招，先把他滅門了再說。」

主父偃之死，開了漢武帝誅殺謀臣之先河。此後，絡繹不絕的智識能臣，只要稍有過失，就會立即被滅門。說起來，都是主父偃的人品太渣，導致了漢武帝時代大規模能臣身死門滅的悲劇。

就在主父偃開刀問斬的時刻，匈奴陣營突然爆發騷亂，數萬人向著長安城狂奔而來。其中夾雜一人，蓬頭垢面，滿面絡腮鬍子，手上腳上都是老繭，一張決絕的臉，滿是風霜刀痕。

他走入長安，頓時淚流滿面：「漢國，我回來了，終於回來了！」

有人認出了他，驚呼道：「這不是那個誰，那個十三年前，出使大月氏的張騫嗎？」

北國胭脂之愛

張騫出使西域，事發於公元前一三八年。

那一年，漢武帝雖然登基，但權力卻掌握在後宮的竇太后之手，武帝無論什麼決策，事先都要向竇太后報告申請。再加上後宮謠言紛紛，暗指漢武帝是陽萎大帝。所以那一年漢武帝心理壓力巨大，主要工作日程，就是個遊山玩水，禍害農田時被捕吏追趕，或是夜宿客棧險遭老闆暗殺。

儘管漢武帝一點正經也沒有，但當時的漢國卻在緊鑼密鼓地為漢匈大戰做準備。許多在此前的戰爭中被俘虜的匈奴人，都在漢國這裡受到重視，有專人細心地搜集匈奴方面的情報。還有許多匈奴俘虜漢化了，加入漢軍作戰。

一個偶然的機會，漢王朝從俘虜口中獲知，傳說在西域有個國家，叫大月氏，大月氏的國王被匈奴單于殺掉，還拿他的頭顱做成酒器。月氏人忍受不了匈奴人的奴役，就向天山北麓奔逃，途中又遭受到了一個烏孫國的攻擊。

俘虜說：「大月氏矢志報仇，但力有不逮。」

這個消息，讓漢王朝看到了希望，倘如果能夠聯合大月氏，夾擊匈奴，則此役必然勝算在握。於是漢王朝徵召勇士，出使西域。一名身手不凡的小郎官張騫，越眾而出，願擔此任。

張騫雖然有勇氣，但他從未到過塞外，傳說中的大月氏究竟在何處，根本無從尋找。幸好有名早年被漢軍俘虜，又漢化歸順的胡人堂邑氏，是天生的射箭高手。堂邑氏家中有個家奴，人稱堂邑父，他願意充當嚮導。

於是以張騫為首，再徵募悍不畏死的亡命徒百餘人，組織了一支外交武工隊，一路西行進入了河西走廊。這支外交武工隊走後，就再也沒了消息，時日久長，所有人已經把這事兒忘了。

直到十三年後，匈奴爆發內亂，張騫才有機會重返故國。只不過，去時所率的一百多人，悉數埋骨沙塵，回來的，只有張騫和堂邑父兩個人。

原來，張騫百餘人，一進入河西走廊，就遭遇到了匈奴騎兵，被當場拿下。

張騫一行，被押送到了匈奴人的大本營——這個地方，就是現在的內蒙古自治區呼和浩特市。

親自審問張騫的，是老上單于的兒子，軍臣單于。

軍臣單于問：「你們提刀弄槍，風風火火，闖入我國境內，想打架嗎？」

張騫急忙解釋：「不是，不是，我們是平民，非戰鬥人員。我們進入貴國，不是有意的。」

軍臣單于：「不是有意的，你們還來了，要是有意那還了得？說，你們到底來幹啥？」

張騫：「我們是路過而已，絕無敵意，請允許我們通過，謝謝。」

軍臣單于：「我問你們去哪兒！」

張騫：「我們去大月氏。」

軍臣單于：「大月氏？你們去那麼偏遠的地方幹啥？」

張騫：「走親戚，串個門。嗯，你懂的，中國人就是喜歡串門子走親戚。」

軍臣單于：「別扯蛋了，你叫張騫是不是？我問你，你對女人怎麼看？」

「女人……」張騫感覺頭大，「還能怎麼看？用眼睛看唄。」

軍臣單于哈哈大笑：「眼睛不瞎就行，出門右轉，你的老婆正等著你，保護好她，別讓她被別的男人搶走。」

「啥玩意兒？」張騫大驚，「我老婆怎麼會在你們這裡？」

出來一看，外邊果然有個女人，北地胭脂，皮草束身，兩頰泛紅，眉目含春，低頭道：「張騫，從現在起，我就是你的妻子了，請你愛我，保護我，永不離開我。」

張騫：「這樣……不好吧？」

軍臣單于出來，在後面怒氣沖沖地道：「這麼好的姑娘給了你，你還有啥抱怨的？趕緊進婚房吧，再矯情就割了你的蛋蛋。」

史載，張騫出使西域，途中被匈奴扣留，給他個匈奴老婆成家。於是張騫就歇下心，踏實過起幸福的小日子。他出使西域一十三年，其實前十年就是和匈奴妻子在一起，生了小孩，生活平靜到了蛋疼（無聊至極）的地步。

十年過去了，軍臣單于對張騫的監視，就有些鬆懈了。這天早晨，張騫起來，對老婆說：「親，你在被窩裡躺著，我去替你買早點，帶幾張奶皮子回來。」說完他出了門，門外早有堂邑父在等待，兩人立即向西狂奔逃走，繼續履行他的外交使命。

這一逃，張騫就逃到了烏茲別克費爾干納盆地。

記載稱，途中飛沙走石，熱浪灼人，冰雪皚皚，寒風刺骨，人煙稀少，沒有水源，沒有食物，全靠了堂邑父射術如神，射點無害的小動物來吃。一同逃亡的隨行人員，多數餓死，埋骨黃沙。

當時的烏茲別克，盤踞著大宛國。大宛的汗血寶馬，舉世聞名。張騫見到大宛王，代表漢帝國承諾建交，請大宛送自己去大月氏。

這時候的大月氏，已經逃到了水草肥美之地，舒服日子過久了，早就忘了與匈奴人的仇怨，對張騫提出來的聯擊匈奴建議缺乏興趣。

無奈何，張騫只好回轉，回來時張騫繞道而行，生怕再被匈奴人逮到。可萬萬沒想到，匈奴人恰好剛剛統治了他繞行的地區，結果，他又落入匈奴人之手，被匈奴人罵了一頓：「張騫，你還是男人不是？你跟個男人跑了，撇下老婆不管，這是男人幹出來的事嗎？趕緊回家，向你老婆認錯，說不定人家還會原諒你。」張騫被送回家，與老婆孩子團圓了。

回家之後，老婆淚流滿面地抱住他，曰：「張騫，你祖宗的，你再拋棄我，你就不是你爹養的。」言未訖，忽聽外邊喊聲大震，原來是軍臣單于死，匈奴人爆發了大規模的內戰。

張騫趁機對老婆說：「愛妻呀，毒物不可食，險地不可留，夫妻在一起，咱們去旅遊。你趕緊起來，我帶你去個安全的地方。」帶著老婆和堂邑父，趁匈奴之亂，終於在離國十三年後，又逃了回來。

父子相殘

雖然張騫未能說服大月氏建交，但他仍然成為了漢國戰勝匈奴的最大武器。

因為他帶回來了情報。

相信漢武帝看了情報，當時應該是嚇了個半死。

他惹到了不該惹的大麻煩——當時的匈奴帝國，其統治區域，遠比漢國更遼闊！而這就意味著，匈奴的戰爭資源，比漢國更充足，無限的戰爭消耗下去，漢國是不占優勢的。

當時的西域，有三十六個國家，最出風頭的就是匈奴，擊月氏、破烏孫，三十六國中，有三十國淪為匈奴的附庸。就在漢武帝鐵下心來，與匈奴展開民族生存空間大決戰之時，匈奴所統治的區域，大體上來說，東至興安嶺，西達北海，南近燕代（所以漢武帝滅燕易郡，就是為迎戰匈奴作準備），雖然匈奴地區有大塊的沙漠和戈壁，但其國土面積，已經超過了秦王朝和劉氏漢王朝。

原以為對方只是些飄忽無定的小毛賊，不料揭開戰爭蓋子，才發現自己所面對的，是一隻超級巨無霸！

漢武帝有一種感覺，他面對的根本不是什麼戰爭，而是向著死亡地獄狂奔的末日大決賽！

再說敵軍的指揮官，漢武帝突然想找個沒人的地方，大哭一場。

據司馬遷記載，匈奴人的歷史延綿已久，已有千年之久。但直到戰國時代，匈奴人才姍姍來遲，和中華帝國產生衝突。

第一個進入中華帝國視線的匈奴首領，叫頭曼。按祖制，頭曼死後，單于位置應該由大兒子冒頓繼承。但是頭曼有個年輕妻子，生了個小兒子。嬌妻請求改立幼子為嗣，頭曼慷慨地答應了。於是頭曼派長子冒頓去月氏國做人質。等冒頓去了，頭曼立即向月氏展開瘋狂進攻，想讓月氏人殺掉大兒子。不承想，冒頓這廝端的有一手，他偷了匹好馬，竟然完好無缺地逃了回來。回來之後，冒頓說：「爹，你想殺了我是不是？那就不好意思，我先動手吧。」

於是冒頓苦心訓練自己率領的萬名騎兵。他下令說：「我發號施令，只用一支響箭，我的響箭射向哪裡，你們就必須向那裡一起射箭。違令者，斬！」

冒頓先用響箭射小貓小狗，部屬立即亂箭齊發。

然後冒頓用響箭射向自己喜歡的好馬，有士兵猶豫不射，冒頓斬之。

冒頓又突然把響箭射向自己最寵愛的女人，有的部下不管三七二十一，咄咄咄亂箭狂射，把那可憐的女人射死了。還有人手持弓箭，猶豫不決。

冒頓下令，把猶豫不射者，斬殺！

此後冒頓響箭再起，無人敢不射。於是有一天，冒頓率眾來見父親，突然大叫一聲：親爹看箭！向父親頭曼射來響箭，霎時間，就聽翎箭破空之聲不絕，大單于頭曼，已然成為一隻大刺蝟。

親爹陷子，子殺親爹，這表明匈奴人的文明進程，距離中原還有段距離。

冒頓是位偉大的王者，他征服諸國，強大匈奴。最露臉的業績是將劉邦困於白登，只是因為事先約好的兩路援兵未至，冒頓擔心有詐，於是放劉邦出逃。劉邦逃出來時，察覺到冒頓兵力雄厚，心怯而去，從此不敢言戰。

劉邦死後，冒頓寫信給呂后，公然調戲。當時呂后怒極，找妹夫猛將樊噲說理。樊噲大吼：「太后休要擔心，少要害怕，待我……我不行，我現在家裡有點小事，讓猛將季布出馬，提冒頓人頭來見。」

呂后真的詢問季布的看法，季布一聽就急了，曰：「你娘的，太后你應該砍下樊噲的狗頭，咱們這些所謂的猛將，在匈奴人眼裡雜碎都不如，快別自討沒趣了。」

無奈何，送公主給匈奴人和親，就成了西漢立國以來的基本國策。但把自家女兒送到荒原塞外給野蠻人，這是誰家都不肯的。所以漢王朝，始終是憋著這麼一股子火，積蓄力量，準備與匈奴展開一場大決戰。

到了漢文帝時代，冒頓居然還活著。當時匈奴右賢王攻擊漢國，冒頓為此寫來書信，稱：「右賢王攻擊你們，是錯誤的。但這個錯誤，是你們引起來的，誰讓你們漢國不尊重我們右賢王來著？現在我重重懲罰右賢王，罰他出國旅遊，去西域走一走，散散心，遛個彎。至於你們漢國，最好再送幾個公主來，這事就不跟你們計較了。」

當時漢文帝接到信，氣得半死，當場就要宣布戰爭。大臣們急忙攔住：「陛下不可，萬萬不可呀，那啥，匈奴人最近剛剛擊敗大月氏，正是風頭最勁的時候，咱們惹不起人家。再送幾個公主過去吧，畢竟咱們這邊公主不缺。」

無奈之下，漢文帝回信給冒頓，稱：「朕知道，右賢王就是個暴脾氣，入侵邊境小事一樁，罰他出國旅遊太嚴重了，還是原諒他吧。公主馬上送到，請笑納……」文帝的書信，大概就是這麼個意思。

總之，胡漢和親，後人稱之為民族大團結，但當時卻滿是屈辱，滿是血淚。冒頓單于死後，其子稽粥繼位，稱老上單于，繼續欺負漢帝國。

國不愛我赴匈奴

老上單于的名字叫稽粥，可是稽粥這個詞，到底是什麼意思？兩千年來，無數學者想破腦袋，也想不出個名堂來。

正是這位老上單于稽粥，他猛攻大月氏，斬月氏王，用月氏王的頭顱作酒器。月氏闔族悲情，遷國遠走。

老上單于時代，正逢漢文帝要送公主來和親，並派宮監中行說伴行。

中行說，是漢匈大戰中極為重要的人物，是個太監。漢文帝派他去，他請求說：「陛下，求求你，我連蛋蛋都割了，生之無趣，你還要讓我去塞外莽原，太不人道了吧？求陛下收回成命，放過我吧。」

文帝說：「中行說，不要問國家割了你幾枚蛋蛋，要問你還欠國家多少次獻身。派你去，你就得去，朕金口玉牙，你敢抬槓嗎？」

中行說氣得半死，說：「漢民族，你們割了我的蛋蛋，又拿我當動物送人，然後還希望我再忠於你們嗎？」

到了匈奴那裡，中行說就把中國這邊的資訊情報，向老上單于和盤托出，從此成為老上單于身邊的頭號智囊。遂有文帝年間，匈奴人十四萬人入寇，先鋒部隊殺至雍甘泉。

此地，距離長安不足三百里。當時長安城中，人人驚恐，登高遙望西方明亮的火光，心中皆有不祥之感。

漢文帝氣得直哭，寫信給老上單于，請求再次和親：「要幾個公主你開口，別再打朕了。朕求你。」

老上單于欣然回信，又問文帝要了幾個公主。結果文帝這一朝，竟然給匈奴那邊送去四個公主，這是中國歷史上最高的紀錄。

老上單于死後，兒子軍臣單于繼位。這是個有魄力的單于，他琢磨著，咱們匈奴人，在塞外待的時間有點長了吧？要不要打下長安城，嗯，搬進漢國去住呢？

說幹就幹，軍臣單于放棄和親政策，轉為靠實力說話，向漢國大舉進攻。漢文帝唉聲歎氣，就死掉了。

文帝死後，漢武帝的爸爸景帝繼位。由於景帝太不是東西，做太子時一棋盤拍死吳王世子，結果與吳王劉濞結下死仇。即位時根本沒心情理會匈奴這事，一門心思地與吳王死磕（作對到底）。

軍臣單于趁此良機，遣使勾連吳王濞，準備兩面夾擊，幹掉漢景帝。不承想漢帝國終歸是強勢帝國，七國之亂輕易掃平。於是就輪到軍臣單于悲催（不稱意）了。

軍臣單于的領導能力，明顯弱於父親稽粥，比爺爺冒頓更差。軍臣單于在位時，匈奴帝國出現了大規模叛逃熱，一撥又一撥的匈奴貴族棄國遠走，投奔漢國。

但冒頓單于時代打下來的江山，仍足以讓軍臣傲視天下。他始終牢牢地把握住權力，凌壓於漢景帝之上。結果，漢景帝時代，又給軍臣單于送去三個公主，所有這一切，都構成了漢武帝向匈奴宣戰的必然。

到了張騫從西域返回，他不無亢奮地發現，軍臣單于的領導能力，弱爆了。匈奴帝國內部的矛盾處於爆發的前夜，漢國的機會，來臨了！

戰局大逆轉

公元前一二六年，漢武帝三十歲，正值生命活力的巔峰。

這一年，張騫出使西域十三載歸來，為漢國帶來了漢匈軍事實力大逆轉的好消息。

這一年，匈奴帝國軍臣單于死了，按祖制習俗，傳單于之位於子於單。

可是軍臣單于是個差勁的單于，不懂得權力運作。再笨的人也知道，傳王位於子，首要就要先給兒子一個獨一無二的軍事實力，傳承才能順利進行。可是軍臣單于也不知怎麼擺弄的，當他死後，軍事實力最大的，竟然不是他兒子於單，而是弟弟左谷蠡王伊稚斜。

於是伊稚斜就說話了：「長子怎麼了？長子就道德高尚嗎？就有智慧嗎？就有領導能力嗎？長子繼承制，太落伍了。我們大匈奴，必須要與時俱進，跟上時代發展的腳步！來呀，大家與我一起操刀子，砍了我哥家的大小子。」

伊稚斜向於單發起突然攻擊，於單支撐不住，說：「我雖然生在塞外的野蠻家族，但我有顆嚮往文明社會的心，我看我乾脆移民漢國，做個文明人吧。」

於單率部從漢國狂逃，請求投降。就趁這亂勁，被困於匈奴中的張騫也帶著老婆和堂邑父，呼哧呼哧地一口氣跑回來了。

這突如其來的大事件，讓漢武帝樂得差點沒瘋掉。武帝雖然人品極渣，卻是名副其實的英明神武。他太清楚了，匈奴的內亂，軍臣單于的兒子前來投奔，標誌著漢匈兩國的實力大逆轉，從此而後，漢國就由防守轉為進攻，戰爭將在匈奴的疆域無休無止地展開，這就意味著漢國已經贏了一半。

傳旨，大赦天下，殺人的放火的，統統無罪，漢民族一起慶祝這難得的狂歡之夜。

漢武帝將投降來的於單封為涉安侯，這個稱號的意思是說：你來到漢國，就算是到家了。可奇怪的是，於單受封才幾個月，就突然死掉了。

排除人為因素，可能是於單的身體天生羸弱，不堪大任，所以叔叔伊稚斜才會霸氣地奪取權力。

事實證明，真的是這樣。

就在於單死亡的當月，匈奴戰士大舉犯邊，殺代郡太守恭，掠邊民千餘人。

秋天，匈奴再入雁門關，殺掠千人。

但漢武帝認為，這不過是疥癬之患，不足為慮。值此匈奴勢力衰減，正是大漢帝國拓疆的好時機。

武帝下令，在東方設立蒼海郡，北方修建朔方郡城。

老臣子公孫弘對這兩條策令提出異議，他說：「陛下，耗盡民力國財，只為了占據幾片兔子不拉屎的荒地，這值得嗎？建議陛下放棄這個想法，愛惜天下子民，不要再勞民傷財了。」

你存心找不自在是不是？漢武帝斜眼看著公孫弘：「傳旨，叫那個馬前潑水、羞辱前妻的人渣朱買臣來，讓他和公孫弘當廷辯論，替朕出口氣。」

馬前潑水的故事，有可能是真的，因為朱買臣這廝幹活不行，但卻有張利口，此人上殿，咣咣咣，一口氣向公孫弘提出十個問題。可憐公孫弘是個幹實際工作的厚道人，連朱買臣的話都聽不懂，居然一個也回答不了。

漢武帝樂了：「公孫弘，你還有何話可說？」

公孫弘道：「陛下，臣智商不高，但聽明白了北方有個難得的拓邊機會，東邊的蒼海郡，應該是陛下為防範萬一，在東方設置的堡壘。但臣以為陛下多慮了，東邊不會有問題，應該騰出全部資源，傾力對付北方。」

漢武帝：「聽起來也有道理。那就依你。」

次年，漢武帝三十一歲，巡視甘泉，研究攻擊匈奴之策。

這一年，匈奴分三路入境，殺掠邊民數千。

奇人公孫弘

北地匈奴的壓力陡然減輕，漢武帝的心思，又回落到對他權力最具威脅的封王身上。

上一次打擊封王，只滅了燕齊兩國，負責這項工作的主父偃，就和齊國同歸於盡了。這一次，漢武帝考慮，不再犯上次的錯誤了。不對，還是要按上次的思路來，找個該死的傢伙，讓他和封王同歸於盡！

找誰呢？

老臣公孫弘如何？

之所以選擇公孫弘，大概是因為，此人行事反常。

公孫弘，少年家貧，喜歡讀書，牧豬時削竹為簡，把書本的內容抄錄在竹簡上。他始讀《春秋》，改攻《詩經》，後來又轉型為《公羊傳》的研究大家，漢文帝時代就已經非常有名。

武帝時代，舉賢良方正，於是公孫弘再度出山。這次他的強硬對頭，一個是九十多歲的老學者轅固，另一個是董仲舒。

當時轅固俯視公孫弘，曰：「騷年，你既學《春秋》，就應該知道，做人要表裡如一。」

啊？轅固這話，是什麼意思？是在暗諷公孫弘表裡不一嗎？

不久，公孫弘的朋友高賀來投奔。公孫弘熱烈擁抱，然後弄了堆糙食，對高賀說：「敞開了吃，不要客氣。」

晚上留高賀在家休息，公孫弘弄來最粗糙的席子：「攤開來睡，別客氣。」

史載，當時高賀就炸了，曰：「公孫弘，做人可以這樣不要臉嗎？老子為什麼來投奔你？不就是想好吃好喝一頓嗎？你卻弄這麼堆豬食，這麼粗糙的席子，你那麼有錢，對朋友卻如此吝嗇，你說你活著還有什麼意思？」

「這個呀……」當時的公孫弘，說了句流芳百世的名言，「寧願遇到壞客人，也不要遇到老朋友啊！這世上的事兒，多半都是被老朋友破壞的！」

當時的朝廷，有點像個菜市場管理部門，呈開放態勢。公孫弘待友如豬的事蹟，很快傳開了，並被有心人報告到漢武帝面前。於是漢武帝鄭重地親抓此事，把公孫弘叫過去，問：「老公呀……不對，老公孫呀，朕給你的俸祿不少吧？聽人說你仍然吃糙糧、睡糙席，這是為何呢？」

「陛下，」公孫弘解釋道，「老臣也不是什麼高風亮節之人，就是品性如此。比如說，春秋時代的齊國晏嬰，他也是這樣。這是習慣，陛下，改不了。」

「改不了？」漢武帝大喜，「改不了好，朕命你為丞相。嗯，封平津侯。」

此前，丞相只是官員，不封侯。但從公孫弘開始，丞相史無前例地第一次封侯，漢武帝再次創造出一個新成語：加官晉爵！

公孫弘加官晉爵的第一件事，就是上疏，奏請禁止民間百姓持有武器。

凶險官場路

公孫弘上奏說：「十個強盜拉開弓，百名官員不敢近。所以說，武器是天下禍亂的根源，請陛下禁止百姓持有弓箭。」

「這個，可以嗎？」漢武帝皺眉。他不是反對這個建議，而是建議本身沒什麼可行性，漢匈大戰已經拉開戰幕，漢國這邊最缺的就是軍事人才，再禁絕武器，擺明很快會被匈奴打死。但百姓持有武器，確對暴力權力造成威脅。舉棋不定之際，漢武帝召文學名士上殿，與公孫弘展開大辯論。

結果，所有人都反對公孫弘的扯蛋，大家的意見是一致的：現在的社會環境，那叫一個亂，盜匪出沒，豪俠夜行，之所以還有一點秩序勉強維持，就是百姓家裡也有武器，強盜不敢招搖過市，可如果禁絕了天下武器，這世道可就是強盜的天堂了！

當上丞相，第一條建議就不具可行性。公孫弘感覺好不沮喪，於是就想：要不，我還是幹點擅長的工作？

再問自己，我擅長什麼呢？

好像……就擅長個……打擊報復！

公孫弘的目光，落在董仲舒的身上。

公孫弘和董仲舒，結怨久矣。

兩人同為當時的思想大家，公孫弘是《公羊傳》的高手，而董仲舒比他更高，一個獨尊儒術，就占據了思想高地。幸好董仲舒學傻了，不留神跌進神祕主義的泥坑，竟然嘰嘰歪歪，亂說皇宮失火是因為天下有冤情，結果被主父偃盜走文章，險些喪命。但他最終還是活著，這讓公孫弘大大的不爽快。

於是公孫弘上奏：「陛下，那個誰，膠西王他現在，有點倒行逆施呀，嗯，凶殘暴戾，殺害無辜。最近聽說膠西王又染上了殺官的癮，已經殺了多名官員。所以臣建議，把董仲舒送膠西王那裡去，讓膠西王殺掉，以抒臣願。不是，臣的意思，是讓董仲舒去膠西王那裡，管著膠西王點。」

董仲舒大急，衝了出來：「陛下，公孫弘要害我，我不要去膠西王那裡，膠西王殺人不眨眼，我真的好怕。」

漢武帝大喜：「董仲舒，你不要怕。走吧走吧，朕也覺得丞相的建議蠻好。扛起你的鋪蓋卷，老董你快去吧。」

你們怎麼這樣！悲憤的董仲舒，扛起鋪蓋卷踏上死亡之路。可有趣的是，他到了膠西王之處後，並沒有遇到危險，很受膠西王的尊重。

對於公孫弘來說，這是他在搞董仲舒。但這項工作，恰好切準了漢武帝的脾胃——漢武帝任其為相，目的是為了搞封王！公孫弘是想拿膠西王搞董仲舒，而在漢武帝看來，這是用董仲舒搞膠西王，怎麼搞都爽快。

下一個，武帝熱切的眼睛，期待著公孫弘。

公孫弘把打擊的目標，鎖定在同事汲黯身上。

汲黯這個人，本來就極討人嫌。有一次他曾和公孫弘當面吵了一架，那一天，公孫弘就起了殺心，一直找機會想弄死汲黯。於是上奏說：「陛下，那啥，現在的封王們呢，品性太可怕了，有的喜歡殺人，有的喜歡放火，有的喜歡家族亂倫，有的喜歡變態遊戲，總之，必須要好好地管教管教他們。」

「嗯，」漢武帝問道，「怎麼個管教法呢？」

公孫弘道：「陛下，右內史這個職位，是專門負責管理封王的。那個誰，汲黯呢，脾氣古怪，性格詭異，非正常人也，派他去管理封王，正合適。如果封王們犯罪，咱們就殺汲黯好了。」

武帝樂了：「朕也是這麼認為的。好，就由汲黯負責整治封王吧。」

布置得當，漢武帝鬆一口氣，遙望大漠荒原：「那邊，該有好消息傳回來了吧？」

千里大斬首

公元前一二四年，漢武帝三十二歲。

春，漢帝國對匈奴發起軍事行動，並取得了首次實質上的勝利。

與前幾次無目標的攻掠相比，這一次是瞄準了漢國的大仇家右賢王。右賢王是匈奴貴族最高的封號，這傢伙，已經年紀很老了，但仍然對騷擾漢國邊境抱有無限的熱忱。他在漢文帝時代就曾嚇得邊民啼號夜哭，文帝不敢惹。

這一次，在獲得了充足軍事情報的基礎上，漢武帝要為爺爺文帝，報一箭之仇！

這是西漢時代第一次重騎兵兵團遠距離奔襲，也是第一次主次分明的戰略部署。這標誌著西漢軍事思想的成熟，漢武帝，從現在開始，因其擁有著無可爭議的成熟軍事思想，已經可稱為漢武大帝了。

漢廷行事，講究的就是重錘砸螞蟻，此次布置周密，精銳盡出。

來看看雙方當時的作戰序列。

漢軍這邊——

統帥：車騎將軍衛青；

將領一：游擊將軍蘇建；

將領二：強弩將軍李沮；

將領三：騎將軍公孫賀；

將領四：輕車將軍李蔡——他是飛將軍李廣的堂弟；

將領五：將軍李息；

將領六：將軍張次公。

總之，漢軍這邊是傾巢出動，所率騎兵總數，不少於十萬人。六員戰將，各統所部人馬，奉衛青號令，替衛青的主力清掃兩翼的敵軍。

再來看匈奴軍方面——

匈奴無備，沒有主帥。漢國十萬重騎，奔襲的是毫無防備的左賢王及右賢王兩大部落，部落人口約在八萬人。

那一夜，右賢王正在營帳中，與愛姬相對飲酒，根本不知道十萬眾的漢軍入境。

右賢王舉盞曰：「古人云，酒酒酒，邀朋會友。臨風不可無，對月直須有。公子入腹臉似桃，佳人入口腰如柳。美人，給老子爬到案桌上，把你的小蠻腰扭一個！」

愛姬說：「大王，你小心點。聽人說漢國那邊野心勃勃，窮凶極惡，正在醞釀對咱們發起恐怖的斬首行動，大王還是少喝些好。」

右賢王樂了：「愛姬呀，你屁也不懂。讓本王告訴你吧，這無邊的荒原大漠，就是天然的好戰場。漢軍不來則矣，有來必無回。他們人生地不熟呀，又沒有情報，找不到咱們的主力部隊決戰，也找不到回家的路。」

正說之際，忽聞外邊人喊馬嘶，間雜夾雜著瀕死者淒厲的長號。右賢王皺眉：「大半夜，吵什麼吵？還讓不讓人喝酒了？」

一名護衛疾衝進來：「大王，不得了了，漢軍突然出現，來勢洶洶，四面八方，把咱們部落給包圍了。」

「瞎說！」右賢王叱道，「難道漢軍是飛過來的？這麼浩瀚的荒原大漠，我軍豈會一點消息都沒有？」

「是真的，」護衛說，「這應該是漢軍掌握了我們的情報，來的全都是主力騎兵，不少於十幾萬人。」

「這麼多？」右賢王樂了，「愛姬，快到懷裡來，本王帶你戰略轉移。」

愛姬跳入到右賢王的懷中，被右賢王用衣甲裹緊，出帳上馬，率了精銳騎兵數百人，破開漢軍的包圍圈，衝向了自由。

右賢王率精銳突圍，餘下來的可就慘了。右賢王的副手右賢裨王等十多名匈奴貴族，連同部落男女一萬五千人，還有牲畜百萬頭，大半夜裡嚇得四處亂跑，號啕大哭，統統被漢軍拿下。

「哈哈哈，」衛青揮鞭一指，「所有的匈奴人聽好了，你們現在是我們漢軍的奴隸了，馬上收拾行李，跟我們走，漢國那邊的奴隸拍賣會，正缺貨源呢！」

十萬漢軍走成正方形，押著一萬五千匈奴俘虜和百萬頭牲畜，興高采烈地回來了。邊走邊唱：這一仗，打得真漂亮，恰似猛虎下山崗，嚇跑了匈奴的右賢王，抓來了好多的牛和羊。

戰報飛也似的到了漢武帝的案頭。漢武帝縱跳而起：「日你娘，終於打了個真正的勝仗，用不著再拿小規模衝突忽悠了。朕真是太開心了！

「傳旨，授衛青為大將軍，衛青家裡三個正吃奶的娃娃，統統封為列侯。」

衛青上疏：「陛下恩重，衛青不敢受，這次勝利，是陛下的英明指揮，與三軍指戰員們的不畏強敵、敢打敢拚換來的，衛青豈敢居功？」

武帝頒旨：「朕怎麼會忘了將士們的辛苦？此次出征的將領，統統都封侯。」

聽到衛青家裡連吃奶的娃娃都封侯了，始終沒機會的飛將軍李廣，仰天長歎：「日你娘陛下，你太偏心眼了，遇到必敗的仗就讓老子上，有打勝仗的機會，就不帶我玩了。唉，老子好可憐呀！」

匈奴王伊稚斜獲報，嚴厲譴責了漢國無恥的侵略行徑，並表示：「匈奴帝國決不會任人欺凌，不會放棄報復的權利。」

漢國的邊防進入高度警戒之中，從春天警惕到夏天，也沒什麼動靜。又警戒到了秋天，警戒得神經快要斷裂，終於繃不住了，放鬆一下，忽聽滿天翎箭破空之聲響起，匈奴人來了。

匈奴萬餘鐵騎入代郡，殺都尉朱英，掠邊民千餘人。

漢武帝把戰報仔細研究了一番，樂了。敢情那匈奴王伊稚斜，還沒有完成戰爭的資源整合，根本無餘力反擊。

那正好，趁這工夫看看封王們有什麼動靜。

封王們的動靜，已經鬧得很大了。

美女間諜夜入京

江都王死後，漢武帝最不放心的，就是淮南王。

武帝和淮南王，早就結了仇。早在他登基之初，親娘舅田蚡就對淮南王說：「陛下一個小屁孩，還沒有子嗣，又沒生育能力，如果他掛了，那淮南王你就是當仁不讓的皇帝了。」從此漢武帝知道淮南王有不臣之心，始終死盯著他。

江都王死時，漢武帝特意賜了淮南王一根拐杖，意思是說：「老傢伙，你老也老了，也該歇歇了吧？」

不知道淮南王劉安，是怎麼解讀漢武帝發出的訊息，他的回應是，給漢武帝這邊送來個美貌的女間諜。

這個女間諜叫劉陵，是淮南王劉安的親生女兒。她不僅美貌聰慧，而且氣場極大，書本翻爛，腹有珠璣，視天下老爺們兒蔑如也！劉陵野心勃勃，想幹一番轟轟烈烈的大事業，她對父親說：「父王，你這個破淮南王有什麼好玩的？不如讓我去長安，潛伏在敵人內部，搜集情報，配合父王對劉徹低智商集團發起正義的攻勢。犁庭掃穴，摧枯拉朽，到時候奪得天下，父王你做個皇帝，豈不美哉。」

劉安笑道：「女兒呀，咱們家人我最清楚了，就是個智商太高。你去長安，我是非常放心的。這樣吧，你多帶幾輛車，家裡的金銀珠寶，你能帶多少，就帶多少，帶得越多越好，可以讓你在長安城中更好地活動。」

可萬萬沒想到，美女間諜劉陵到了長安，就落入皇太后王娡的圈套，把淮南王一家玩得關起門來哭了好幾夜。

話說，皇太后王娡早年入宮之前，已經嫁給平民金王孫，生了個女兒。結果被母親臧兒胡攪，又入宮和漢景帝生了漢武帝。景帝在世時，王娡不敢說自己還有個女兒。但等景帝死了，兒子武帝登基，王娡才告訴兒子：「皇上啊，媽媽跟你說，你現在當皇上了，可你的姊姊，還在民間被人欺負呢！」

「啥？我還有個姊姊？」當時漢武帝大驚，立即帶著人馬，衝出皇宮，一直找到姊姊家。突然來了這麼多人馬，當時把個同母異父的姊姊，差點沒嚇死。漢武帝親切地抱著她說：「好了姊姊，從現在開始，弟弟保護你，誰敢欺負你，咱們就宰他全家。傳旨，封同母異父的姊姊，為修成君！」

兒子愛護家人的態度讓太后王娡心神大慰，然後她開始享受幸福的家庭生活，女兒修成君也已經有了女兒，太后把外孫女兒抱起來：「哎喲喂，這孩子天生是個美人胎子，趕緊給她找個婆家嫁了，快點。」

那年月的人，就是性子急，孩子還在吃奶，家人就忙著找婆家了。

皇太后王娡心想，我的外孫女兒，一定要嫁個帥哥，顏值低，憑什麼娶皇家貴女？趕緊找找，誰家生的男孩最帥氣呢？

正琢磨這事，美女間諜劉陵悄然進宮：「太后安好，我給太后帶兩件可心的禮物，盡點孝心。」

太后：「你等等，你娘是哪個？」

我娘？美女間諜劉陵蒙了：「我娘她……」

太后：「先甭管你娘是誰了，我就問你，你家世子，和你是不是一個娘生的？」

劉陵：「應該是吧？」

太后：「是就好，劉陵，你是我見過最美貌的少女，你弟弟和你一母所生，應該也是帝國排名第一的帥哥，現在哀家正式決定，我外孫女兒，就嫁給你弟弟了。」

劉陵慌了神：「不是太后……我弟弟他還……正吃奶呢。現在談婚論嫁，未免早了些。」

太后得意地道：「你這不是廢話嗎？我外孫女兒也正吃奶呀，讓他們兩個慢慢吃，吃飽長大，正好成親。」

劉陵傻了眼，只好溜出宮來，寫密信給父親：「父王好，女兒潛伏敵營，深入虎穴，已經取得重大突破，茲俘獲皇太后外孫女兒一名，等她嫁到家裡，你可以慢慢地嚴刑拷打。」

偉大的豆腐神

派了女兒去朝中做間諜，結果給弄回來個兒媳婦，這事可把淮南王劉安愁壞了。

說起淮南王劉安，其人乃中國歷史上極有趣的異類，他的特點是好奇心重，逮什麼都敢嘗試。他醉心於長生不老，潛心煉丹，終於丹成。開鼎端起來一品嘗，我靠，這哪是丹藥，這是豆腐。

淮南王劉安，他在煉丹過程中，發明了豆腐和豆漿。這兩樣東西從此成為中國人民的主食，至今當地人民仍奉劉安為豆腐神。

說劉安是個豆腐神，其實他更像個逗逼（滑稽）神。此人最擅長幹出逗逼之事，經常讓修史者笑到爆。

話說到了皇太后的外孫女兒嫁過來的日子，淮南王劉安，鄭重地與兒子進行了談話。

劉安說：「兒子耶，明擺著，你老婆是來咱家做臥底的，而且她一定還身負統戰工作，說不定會把咱們家誰給策反了。」

劉安的兒叫劉遷，是個暴脾氣的壯小伙，最大的特點是智商低，聽了就問：「父王，那依您之意呢？」

劉安道：「現在的問題是你，兒子，先說你愛不愛你媳婦？」

劉遷道：「扯蛋，父王您有沒有搞錯？咱們皇家聯婚，從來都是亂點鴛鴦譜，這個媳婦我一輩子都沒見過面，認都不認識，怎麼可能愛她？」

不愛就好辦。劉安指點道：「兒子，等你結婚後，你就堅決不搭理她，不和她同床，不進她房間，她熬不下去，感覺沒面子，自己就走人了。」

「好嘞。」劉遷依父親的話行事，「與王太后的外孫女兒成親之後，就不搭理她，每天快活無比地與愛姬美妾睡在一起。」

新王妃好生沒趣，就打報告給皇太后，申請離婚。這時候皇太后也察覺劉安一家逗逼傾向明顯，就讓外孫女兒回去，擇夫另嫁。

老婆離婚了，太子劉遷更沒人管了，他嗜武學劍，天天到處找人比武。聽說朗中雷被劍術高超，就把雷被找來，非要擊敗雷被。

雷被，大名鼎鼎，他是淮南王劉安倚重的八公之一。劍術無雙，神勇無敵。但他本事再大，哪裡敢惹少主劉遷？拚命躲閃，他越躲，劉遷越來情緒，一不留神沒躲過去，雷被只一腳，把劉遷踢得像斷線風箏一樣飛上半空。

這下劉遷不幹了，滿地打滾，連哭帶鬧，非要殺了雷被不可。雷被知道淮南不能再待了，躲藏起來，上書要求去邊關抵抗匈奴。但劉遷不允許，必殺雷被而後快。

雷被終究是學武之人，就易妝逃離淮南，逃到長安，上書呼冤。

漢武帝看到雷被的冤情狀時，正值衛青擊匈奴右賢王功成，武帝龍顏大慰之時。朝中無事，百官窺伺武帝心思，知道漢武帝勢必滅除淮南王一家，就紛紛上奏，強烈要求嚴懲淮南王。

但武帝心思縝密，知道此事不可操之過急，就先命中尉段宏，去淮南試探一下。

段宏到時，劉遷命武士持刀提槍，護衛在淮南王劉安身前，單等段宏哪句話說得不順耳，先殺段宏，然後直接扯旗造反。

段宏是個大滑頭，察覺到情勢緊張，就笑呵呵地打了個過場：「哈哈哈，王爺好，小臣說來宣旨，實際上就是太想王爺了，來和王爺敘敘舊，哈哈哈。」讓淮南王抹不開面子，下不了手，然後段宏匆匆回來了。

正準備對劉安下手，突然間邊關報急。漢武帝匆匆下令，削去淮南兩個縣，其餘事全不追究，避免激反劉安，要騰出精力來對付匈奴。

兩個縣被削去，地盤縮小。淮南王劉安哭了。他說：「我這麼善良，這麼仁義，又發明了豆腐和豆漿，這是多麼偉大的功業啊。可是劉徹他不說褒獎我，卻反過來削去我兩個縣，這個做人，可以這樣無恥嗎？」

不可以的！

恰好衡山王劉賜奉旨入朝，途經淮南。

這個劉賜，跟所有的封王一樣，每天就琢磨造反，一心想當皇帝。這些封王們造反，共同的特點是動靜大動作小，還沒什麼動作，但誰都知道他們在造反。目前，淮南王劉安與衡山王劉賜，此二人勇奪造反榜前兩名，是競爭最激烈的對手，所以長時間以來，兩人關係極差。

但是劉安主動邀請劉賜來府中作客，他說：「敵人的敵人，就是朋友。咱們兩個都想造反，就應該聯合起來，有反一起造，搞死漢武帝。」

衡山王大喜，曰：「此言甚合孤意，那咱們兩家就結成戰略合作夥伴關係好了。」

雙方結盟之後，劉賜上書，說自己身體不適，正忙著造反……不對，怎麼把這句也寫上了？趕緊抹去，就說等身體好了，一準入朝。

漢武帝接信，心中恚怒已極，打定主意，等邊關局勢稍緩之時，必以雷霆手段，回報這些封王的造反熱情。

漢匈漠南會戰

公元前一二三年，漢武帝三十三歲。

這一年流年不利，開春邊關就爆出戰局逆轉的恐怖消息。

所以漢武帝要做的第一樁事，就是宣稱漢匈漠南戰，再次取得了輝煌成果，匈奴人是山羊尾巴，短到了不能再短。匈奴一天天爛下去，我們一天天好起來，匈奴人的末日，到來了——值此戰局逆轉，不趕緊撒謊，就不好混下去了。

「傳旨，大將軍衛青，兵戰匈奴，再立奇功，斬殺匈奴士兵萬人，賜衛青黃金千斤。」

大赦天下——這是漢武帝第二次大赦天下。很明顯，戰場上急缺士兵，那些喜歡殺人的嗜血狂徒，關在監獄裡是最大的人力資源浪費，要想辦法，把他們統統弄到邊關戰場上去。

至於衛青所獲得的微薄賞賜，可知這些戰役明顯是虛報了。倘如果衛青真正斬首萬級，殺十個敵軍，才獲得一斤黃金的賞賜，這活兒誰還愛幹？

追究這次戰局大逆轉的禍首，就是因為漢武帝太偏心眼。應該是上一次衛青擊右賢王，俘一萬五千之眾，而匈奴那邊，隔了快一年才象徵性地來了萬把人，騷擾了一下而已。所以武帝感覺匈奴沒什麼後勁，就掉以輕心，又玩起了壓制別人，讓小舅子衛青唱主角的偏心戲。

漠南會戰，是漢匈雙方正規兵力首次大碰撞，也是漢武帝與匈奴大戰以來，軍隊組織最嚴密的一次。其戰略目的，是在上次全殲了右賢王部落後，轉而尋找匈奴單于本部及左賢王部，捕捉戰機，予以全殲。

這次大會戰的雙方作戰序列，極有講究，值得回味。

漢軍方面——

統帥：大將軍衛青，統六員上將；

將領一：中將軍，公孫敖；

將領二：左將軍，公孫賀；

將領三：前將軍，趙信；

將領四：右將軍，蘇建；

將領五：後將軍，李廣；

將領六：強弩將軍，李沮。

漢軍總兵力，十萬重甲騎兵。

匈奴軍方面——

統帥：大單于伊稚斜；

將領一：左賢王；

將領二：匈奴相國。

匈奴總兵力，估計不少於七萬人，單于本部兵馬四萬，左賢部三萬。

這一次，衛青率六名將軍，從定襄出擊。武帝寵愛衛青，到了令人髮指的地步。他把所有的美味全都餵給衛青，不給別人留點殘渣。大隊的騎兵主力由衛青統帥，只給替他清掃側翼的右將軍蘇建和前將軍趙信，留了三千來人。而最能打的飛將軍李廣，故意被派在後面，就是怕李廣表現太好，搶了大將軍的表現機會。

——但話說回來，仗這麼個打法就對了，所謂集中優勢兵力，全面殲滅敵人。在戰場上形成局部優勢，古來兵法的要義，就在於此。總之，有戰爭就會有犧牲，淪為犧牲品的兩翼部隊，就成為了戰爭勝利的必然代價。

幾路兵馬大進，居中的主力安全無虞，而側翼隨時會與敵軍主力相逢，壓力不是一般的大。但衛青只能從軍事規律出發，容不下悲天憫人。結果很不幸，負責側翼的蘇建和趙信，不偏不巧地與匈奴大單于本部兵馬相遭遇。

趙信是諸將之中最知兵的，眼見匈奴方面煙塵滾滾，聲勢浩大。看人數應該是在七萬以上，就知道逃跑已經來不及了。當即下令，就地紮營，輜糧築陣，四面迎敵。這一招果然管用，匈奴潮水般湧上，打了一整天，竟爾無法破陣。

這時候大單于伊稚斜縱馬而來，遙望漢陣，頓時皺眉：「不對呀，這招是咱們匈奴人的打法，漢人不會玩的呀。去個人問一下，漢軍那邊的統兵大將，是哪一個？」

一個騎兵縱馬上前：「喂，先別射箭，問一聲，你們的統兵大將是哪個？」

漢軍回答：「蒙天子恩寵封翕侯，前將軍趙信是也！」

「趙信？」伊稚斜搖頭，「放屁，漢軍那邊，從來就沒有叫什麼趙信之人，此人必是我匈奴族裔，讓他出來大家認一認。」

匈奴人就高喊：「趙將軍，請你出來，我們大單于有話要說。」

趙信出來，以袖遮臉：「有話，你們就說好了。我大漢軍魂，有死而已，何懼爾匈奴宵小之輩？」

「少來了！」匈奴人起哄，「趙將軍，你拿衣袖遮住臉，可是一個娘們兒上了戰場？怕我們大家一擁而上強暴了你是不是？」

「胡說八道！」趙信一怒，不由得露出臉來。匈奴人看清楚，頓時哈哈大笑起來：「什麼趙信趙將軍，你原來是……是……是誰來著？好久不見你，名字給忘了。喂，你啥時候跑漢軍那邊去了？」

趙信大恚：「你們管不著，老子願意給匈奴幹，就給匈奴幹，願意給漢軍幹，就給漢軍幹，這是老子的自由。」

「管不著才怪！」伊稚斜策馬上前，「趙信，你原來是我的兄弟，不管你是什麼原因叛逃的，都是我的錯。因為我是大單于，一定是我什麼地方對不起你。你如果不回來，我會下令進攻，但決計不允許任何人傷害你，因為你是我的兄弟。如果你回來，我的酒杯給你用，我的姊姊給你睡，因為你是我的好兄弟！」

「不是……」趙信蒙頭了，「大單于，你說把姊姊給我睡？這也太誇張了吧？」

伊稚斜道：「不誇張，反正我姊姊現在整天閒著，誰睡不是睡？」

「別逼我，你讓我再想想。」趙信策馬回去，心裡亂成一團。

正如伊稚斜所斷，他的確是匈奴人那邊的一個部落首領，與漢軍交手失利被俘，就順理成章地轉入漢軍陣營。因為軍事天資出眾，封翕侯，官拜前將軍。可在漢武帝眼裡，什麼前將軍飛將軍，都不過是讓小舅子衛青立不世戰功的犧牲品。衛青自統主力走正中，立了功全是衛青自己的。其他戰將替衛青掠陣，一旦遭遇匈奴，重者戰死，輕者兵敗，根本沒個打勝仗的機會。

而現在，匈奴王掏心窩子給你，連姊姊都給你睡，你還抬什麼槓？

歎息一聲，趙信歸國，率所部跟伊稚斜回去了。

他突然投降，與他搭檔的右將軍蘇建，就慘了。

武帝大賣官

右將軍蘇建，是地地道道的漢人，匈奴大單于的姊姊也不是太多，趙信睡了蘇建就睡不到，所以沒人招降他。他只能拚了老命地衝殺拚逃。

蘇建遭遇的，是匈奴左賢王部落，兵力不少於三萬。而蘇建這邊不過千人出頭，雙方兵力配比是三十比一，這場仗根本就沒法兒打。

結果，左賢王長刀一揮：「大家伙兒操練起來，殺個痛快的。」蘇建的一千來人，就這麼被殺光了。

幸虧蘇建有真才實學，竟然是單人匹馬，狂逃奔回。

見蘇建回來了，議郎周霸興奮地對衛青建議：「大將軍，今天咱們吃了大敗仗，陛下肯定要找隻替罪羊出來，不如殺了蘇建，讓他替罪吧。總之呢，大將軍出師以來，始終都是殺匈奴人，還沒殺過自己人，何妨今日開個先例？」

衛青說：「拉倒吧，你屁也不懂！陛下之為人也，是個徹頭徹尾的王八蛋……不不不，我的意思是說，陛下他英明神武，仁慈推恩。只有一樣，陛下要獨裁專權，最恨別人自行其是。蘇建不是不可殺，替罪羊也不是不找，但這是陛下的活，咱們可千萬別去陛下的槽子裡搶食，否則會死得很慘。」

蘇建被打入囚車，押回長安。

漢武帝說：「蘇建，身為帝國大將，卻臨陣失機，隻身逃回，理應處斬。但他娘的，這一戰帝國就損失了兩員大將，趙信被伊稚斜的姊姊給勾走了，他可是個有天資的軍事天才啊！如果再殺蘇建，我們這邊就沒人了。」

傳旨，貶蘇建為平民，萬一戰局不利，說不定還要再起用他。

然後漢武帝研究戰局：情況好像有點不大妙。情報說，趙信回到匈奴，就被大單于封為自次王，又娶了大單于的姊姊，所以趙信死心塌地地開始為匈奴人賣命。他建議大單于，將匈奴人馬遠遷，遠離邊境，如果漢軍輕師遠入，則攔腰一擊，必可盡殲漢軍精銳於大漠之間。

戰況的發展，明顯對漢軍不利。而且朝野議論紛紛，俱言漢武帝太寵愛衛青，這次兵敗，就是因為兵力布置失當，才導致趙信逃歸、蘇建全軍盡沒的。

聽到這些風言風語，漢武帝發表了重要講話。

漢武帝說：「有人說，漠南之役，是場大敗仗。趙信叛逃，蘇建盡歿，是因為軍陣布置失策，他們兩人所率兵將太少。朕在這裡可以負責任地告訴你們，這完全是胡說八道，是別有用心的詆毀。蘇建、趙信他們帶的人還少嗎？整整三千之眾呀！他們敗逃，就是因為對朕缺乏足夠的忠心，你看那個誰，那個霍仲孺，他原來是個縣吏，後來去我大姊平陽公主府上打工，結果這個王八蛋，他偷偷把我二姨子給上了……誰是我二姨子？當然是皇后衛子夫的二姊衛少兒呀……哎喲，說多了，皇家那點齷齪事兒，全被你們這些刁民聽去了。總之吧，我二姨子自從與霍仲孺相愛，雖然他們沒有領證，但有了愛情結晶，生了個孩子，叫霍去病。

「現在呢，霍去病已經長大了。朕說，去病呀，你看宮裡這麼多的公主素著，找不到老公，憋得嗷嗷慘叫，朕給你個老婆好不好？你猜人家霍去病說啥？這孩子說，匈奴未滅，何以家為？說完他操起刀子，就上了戰場。就是上一次，他只帶了八百騎兵，孤軍遠入大漠，替他舅舅衛青打策援。結果如何呢？霍去病以一軍之力，斬殺匈奴大單于他的祖父輩籍若侯產，斬殺並擒獲匈奴士兵兩千餘人，還俘虜了匈奴國的相國、當戶多人。

「傳旨，票姚校尉霍去病，擊殺匈奴，勇冠三軍，封為冠軍侯。還有個上谷太守郝閒，其人名字叫好閒，其實好忙，他四次上了戰場，每次封賞都把他漏下了，可是他無怨無悔，這次也封為眾利侯。」

漢武帝剛講完，就見大司農越眾而出：「啟奏陛下。」

漢武帝：「什麼事？」

「那啥，」大司農奏報道，「陛下，咱們屢次對匈奴用兵，每次一動就是十數萬眾。目前支出立功將士的黃金，就已經是二十多萬斤。我方的戰馬，死得已經七七八八，有十幾萬匹戰馬去了戰場或是被打死，或是被匈奴人搶走了。兵甲糧草的支出，就不用統計了，總之現在帳面上是紅字滿遍，國庫裡空空蕩蕩，簡直成了跑馬場。陛下，這可咋辦呀？」

大仗還沒打，這邊國庫就已經空了，戰爭果然是個花大錢的營生。漢武帝鎮定自若：「幸好朕英明神武，早就想出來神妙的辦法。」

「傳旨，從現在開始，犯罪界人士只要掏錢，就可以免於刑罰。有錢，你就可以任性殺人。還有，爵位開始拍賣，一級武功爵開價銅錢十七萬，這爵位買了可不白買，凡是購買武功爵至第七級千夫的人，可以優先出任低級官職。」

此項國策一出，買官之人洶湧而至，當日國庫收黃金三十多萬斤。

漢武帝樂了：「哈哈哈，賣官鬻爵，歷來都是昏君幹的好事。朕拚到這地步，全看最後能不能滅了匈奴。滅了匈奴，朕怎麼做都有理，倘若輸了……」

漢武帝的凌厲眼神，轉向封王：

「如果輸了，那你們也請先走一步。」

做個安靜的美男子

公元前一二二年，漢武帝三十四歲。

有記載稱，漢武帝這一年巡幸雍中，路上遇到一個怪物，萌萌噠，很可怕又很萌，誰也不知道這貨是什麼，都知道東方朔見多識廣，於是急叫東方朔過來科普（解釋）。

東方朔過來一看，就樂了，曰：「陛下，這裡是昔年秦國的大監獄，無數人在獄中冤死，此物乃天下冤氣所化，名字叫怪哉。」

漢武帝說：「可這怪物擋住路，怎麼過去呀？」

東方朔道：「陛下，豈不聞世路難行錢做馬，愁城欲破酒為軍？這鬱悶之人，向來是要借酒澆愁的。只要拿酒一澆這怪物，它就自然滿足了。」

於是武帝命人拿酒來，往那怪物身上一澆，就見那怪物歡天喜地的樣子，體形越縮越小，最後縮入地下，消失了。

但上面這個故事，並沒有收入正史。正史中，收錄的是個差不多的段子。

段子稱，三十四歲的漢武帝巡幸雍中，祭祀之時，逮到一隻五隻腳的異獸，異獸的頭上，還生有一支獨角。

——其實就是頭畸形牛！

這條消息一放出去，正在膠西王處做國相的董仲舒，就有點驚恐，急忙去見膠西王：「王爺，你可知陛下散布這奇怪的消息，是何用意？」

膠西王道：「本王也納悶，劉徹這廝神經兮兮，究竟是什麼意思？」

董仲舒道：「王爺，這已經是陛下第二次散布五足異獸的消息了。還記得上一次陛下散布這個怪消息之後，誰死了嗎？」

膠西王問：「誰死了？」

董仲舒：「上一次這消息發布之後，江都王劉非死了！」

膠西王大驚：「莫非這一次，陛下又要……」

董仲舒：「王爺當心隔牆有耳，咱們不說話，咱們就做個安靜的美男子，靜靜地看著陛下玩人。」

卻說淮南王劉安身邊，有八個望氣之士、煉丹高手。他們的名字分別是：蘇非、李尚、左吳、田由、雷被、伍被、毛周、晉昌。此八人者，又稱八公。傳說，淮南王發明豆腐和豆漿，就是和這八個高人一道煉丹時，意外的發明。

但這八個人中，雷被是劍術高手，因為惹毛了世子劉遷，已經叛逃到漢武帝那邊去了。雷被跑了，還有個伍被。伍被是最有智謀的，所以淮南王將造反的大任，交給了伍被。

但伍被卻說：「王爺，求你了，還是煉丹更妥當些，煉不好，最多吃個肚皮爆裂。可你現在根本沒有造反的基礎，還整天發白日夢，當心你全家滅族呀！」

淮南王生氣了，說：「伍被，你跟本王不是一條心對不？難怪丹藥老是煉不出來。來人呀，把伍被的老爹老媽，全部抓進監獄裡，防止伍被叛逃。」

淮南王只顧和伍被較勁，沒承想門外有個兒子，把這一切都看在眼裡了。

這個兒子，是淮南王搞了個婢女生下的，名叫劉不害。生母地位低賤，劉不害自己腦子也不太好用，所以淮南王不喜歡他，世子劉遷更不把劉不害當成弟弟。所以劉不害很悲憤，看到父王與智囊伍被爭吵，劉不害大悟：原來俺們家要造反。

於是劉不害匆匆回房間，把這事告訴了自己兒子劉建。

劉建聽了，心思一動，就立即寫了封祕信，指控世子劉遷造反，派人送往朝廷。

——為什麼劉建告密，說造反的是劉遷，而不說淮南王呢？

這是因為，淮南王是劉建的爺爺，如果指控爺爺造反，那要滿門抄斬，自己也會被砍頭。可如果只告發世子劉遷，劉遷卻是自己的叔叔，正統的王位繼承人。倘朝廷宰了劉遷，這淮南王之位，豈不就落到自己頭上了？這是劉建心裡的小九九。

這孩子很蠢，而且他萬萬沒想到的是，這封密告信，不唯是端了自己的窩巢，還把江都王的繼任者，也一塊給端了。

話說漢武帝收到劉建的密告信，大喜，立即吩咐廷尉出發，去鎖拿淮南世子劉遷。

劉安得道，雞犬升天

廷尉已經動身，淮南王這邊，還在進行激烈的爭辯。

爭辯什麼呢？

爭論如何造反。

原來，淮南王一心想要造反當皇帝，但這個反怎麼個造法，他自己說不上來，只好強迫智囊伍被想出法子來。

伍被苦口婆心，勸導良久，沒有效果，只好獻上一計——偽造皇帝玉璽，以及各級官員印信。先派刺客投奔大將軍衛青，淮南這邊一發動，刺客先殺衛青，屆時武帝身邊無人統兵，天下唾手可得矣。

淮南王大喜，立即著手偽造印璽。忽然間他又想起一事：「不對，伍被，我讓你出主意，是說我要發動百姓從軍，替本王征戰天下，可百姓不答應怎麼辦？」

「這個事呀，」伍被建議道，「王爺不妨先散布消息，造謠說皇帝要遷富戶入長安，激起淮南人對皇帝的不滿。然後呢，再把朝廷派來的所有官員，統統殺掉。再派個人，穿著士兵服裝，手裡拿著文書，大聲喊：南越造反了，大家趕緊行動起來，保家衛國。等大家行動起來，組織編隊，你就拉著隊伍，殺奔長安，反正大家也不認得路，豈不美哉？」

「妙計！」淮南王撫掌稱讚。正稱讚之際，廷尉已經來到。淮南王慌了手腳，先把淮南國相叫來，正要殺，忽然又想到朝廷派來的官員不止一兩個，只殺個國相，不起作用不說，反而後患無窮。猶豫之際，只好先讓國相走了。

此時淮南王的希望，寄託在世子劉遷身上。這劉遷勇冠三軍，武藝高強，又是個暴脾氣。此番廷尉來拿他，他豈有束手就擒之理？必然是怒極而反。正想之際，忽然有人跑來報告：「報告王爺，世子聽說朝廷來拿他，嚇得心理崩潰，自殺……未遂！」

「什麼？」當時淮南王差點沒氣死。你說這個劉遷，往日裡你的凶悍呢？你的勇冠三軍呢？你不服不忿非要打遍世間高手的尿性呢？嚷得驚天動地，而你身邊的武裝力量並不弱，只聽說朝廷拿你，你他媽的竟然嚇得自殺了，而且還沒死成，這叫什麼事呀！

原來，這劉遷不過是個炕頭上的光棍、繡花的枕頭，往日裡恃仗著父親的權勢，什麼大話都敢說，看誰都不順眼，但就怕見真章。只是聽說朝廷來拿，就嚇得心理崩潰，畏罪自殺卻連自己都殺不成。

這意外的事件，讓淮南王陣營徹底崩盤。智囊伍被趁機逃走，舉報了淮南王。

淮南王走投無路，氣憤地說：「本王，就是死在這個色厲內荏的兒子劉遷之手，你不會自殺，爹教你。」「噗哧」一聲，淮南王自殺成功。

淮南王死了，但他永遠活在人民群眾心裡。雖然他天真蠢萌，卻為中國人發明了豆腐豆漿，這偉大的貢獻，是無與倫比的。這樣一位蠢萌的文明貢獻者這麼窩囊地死亡，是人民群眾萬難接受的。

於是，人民群眾果斷地修改了歷史，稱，當漢兵大舉擁來，欲擒殺偉大的淮南王之時，淮南王正在八公的簇擁下，於丹房裡悠然地煉丹。漢軍湧至山前，恰好丹藥已成，淮南王仰天長笑：「士兵們，你們遠來辛苦了。可是你們來遲了一步，我欲趁風而去，上天做神仙。」語訖，就見淮南王與八公冉冉升起，飛上了天際。

淮南王升天了，但丹藥的法力，仍然在起作用，就見淮南王居住過的房屋，以及家裡的雞鴨貓狗，一併與淮南王輕飄飄地升上天界。從此中國文化中又多了個成語：一人得道，雞犬升天。

智商是短板（弱點）

淮南王升天，他那沒出息的兒子劉遷，還有王后，被漢武帝下令統統斬殺。

漢武帝想留下舉報人伍被。但酷吏張湯火了，衝漢武帝大吼：「陛下，還要不要法律了？還講不講規矩了？伍被如果不殺，以後類此事件就會更多！」

「那依你，殺吧殺吧。」漢武帝從諫如流，於是伍被也被殺掉。

下一個目標，衡山王劉賜。

可以確信，從淮南王到衡山王，是有一隻無形的手在後推動。很難說清楚這隻手是什麼，不排除有人暗中推動，也不排除是權力規律使然。

作出這個判斷，是因為衡山王之事，與淮南王完全類似又恰好相反。

完全類似，是因為兩家事件，全都是兩個兒子爭位所導致。

恰好相反，淮南王是因為不喜歡庶子，而導致庶子告密，而衡山王則是因為不喜歡老大，想剝奪老大的繼承權轉給老二，老大怒而告密。

事情，是這個樣子的。衡山王不知緣何突發神經，上書朝廷，要求剝奪老大的繼承權，轉由老二承襲王位。老大聞知，怒不可遏，立即給漢武帝寫來封密信，指控老二私造兵車弓箭，暗示老二在造反，同時指控老二和父親的姬妾通姦。

可以發現，衡山王家的老大智商，與淮南王家的庶子同樣的低，低到了讓人欲哭無淚的地步——衡山王大兒子指控弟弟謀反，那他爹和他本人，豈能脫得了干係？

果然，漢武帝見密信大喜，立即命廷尉收老二。然後，廷尉按照漢武帝的暗示，對老二說：「老二呀，現在你被哥哥指控謀反，這可是大逆不道之罪呀。幸好咱們漢國的法律，給了你一條生路。親不親，路線分，只要你勇敢的舉報，大義滅親，朝廷也不是不給你生路的。」

老二比老大更傻，聞說自首可以免罪，舉報則可立功，立即瞪兩眼瞎舉報一氣。有的說沒的也說，結果網羅進來的人越來越多，搞到最後，老二發現，不舉報父親，已經過不了關了。

朝臣意識到衡山王已是死狗一條，立即群情激湧，強烈要求逮捕衡山王治罪。可憐衡山王與淮南王一樣，都有造反的心，但根本沒有造反的智商與能力，事發臨頭，也學淮南王自殺了。

連興兩起大獄，所有捲入案中之人，悉以滅族。誅殺人數有幾萬人之眾。

連殺幾萬人，漢武帝興猶未盡。

還要繼續殺下去。這次殺哪個呢？

漢武帝翻閱著兩案的卷宗：「咦？淮南王全家被滅族，是因為其庶子劉不害的兒子劉建告密引發的。劉建劉建，這個名字好熟悉呀，記得自己一直想殺劉建來著。可是他表現不錯，積極告密，所以就擱下了。且慢，這事不對呀，這個劉建，他是淮南王庶子劉不害的兒子，根本對自己沒絲毫的影響，自己怎麼會對他起了殺心呢？」

為什麼呢？

漢武帝想了半晌，恍然大悟！

對了，自己想除掉的，不是這個劉建。

另有一個封王劉建，長時間來被自己視為心腹大患！

江都王劉建！

變態大怪案

自登基以來，漢武帝就將江都王劉非，視為對自己權位最大的威脅。幸好劉非在漢匈大戰開始之初，就死掉了，漢武帝心理壓力頓減。

劉非死後，其子劉建繼位。

淮南王、衡山王雙雙滅國，滅殺劉建就提上了議事日程。

不可思議的是，江都王劉建的卷宗盡顯離奇詭異。簡單說來就是，劉建曾數次被人控告，證據確鑿，但漢武帝卻沒有治罪。而最後殺他之時，史書上卻不見控告之人。

劉建第一次被人控告，老江都王劉非還活著。邯鄲人梁蚡，要把自己的女兒獻給劉非，卻不想梁女被劉建遇到，不由分說就把梁女抱入自己的房間，強行霸占了梁女。

梁蚡對此劉建的行為，大為不滿。就到處對人說：「這個劉建，太不像話啦，他身為兒子，竟然搶父親的女人，真是太差勁了。」

劉建聽到傳言，就派人殺掉了梁蚡滅口。梁家人悲憤，就上書朝廷舉報。可恰好朝廷大赦，無論犯什麼罪都不追究，於是劉建這事就算過去了。

劉建第二次遭舉報，是他有個同父異母的弟弟劉定國。劉定國的母親非常希望讓自己的兒子承襲王位。她發現劉建與妹妹劉徽君通姦淫亂，大喜，就花錢雇請了一個叫荼恬的男子，讓荼恬出面舉報。

此案由廷尉查證處理。廷尉很盡責，對舉報人荼恬進行了嚴刑拷打：「說，是哪個讓你舉報的？你說不說？不說就打死你。」荼恬被打慘了，只好招出自己是收錢替人舉報。

於是廷尉判決：荼恬收錢舉報，斬首棄市。江都王劉建與妹妹通姦淫亂，屬於領導幹部的私生活，領導幹部也是人，也有七情六欲，何況劉建姦淫的又是自己妹妹，肉爛在自家鍋，跟別人沒關係，因此不予過問。

此外，劉建還是個變態大淫魔，他曾讓四名婢女上船，然後把船弄翻，當場就淹死二人。他還經常找藉口，懲罰宮裡的女人，懲罰的方式就是不允許她們穿衣服，強迫她們裸體擊鼓舂米。有時候他故意將婢女囚禁起來，不給食物，看她們活活餓死取樂。

後來劉建的淫暴越來越變態，他強迫宮女與狗或羝羊交配，想看看人獸交配後會生出什麼怪物來。

按理來說，劉建這些獸行，堪稱空前絕後了，在當時一定是民憤不小。但漢武帝無動於衷——漢武帝高踞權力頂端，對人性的濫觴見得太多，見怪不怪了。一個變態邪惡的江都王劉建，對漢武帝的權力不會有絲毫影響，武帝當然無心理會。

但，當淮南王、衡山王兩案之後，劉建感覺到末日來臨，對人說：「遲早會有詔獄下來，我怕活不久了。那什麼，趁著還活著的時候，把我想幹的事兒全都幹了吧！」

於是劉建把天子專用的旗號，插在自己的車上，招搖過市。此事迅速被人報到朝廷，朝官頓時齊齊上書，請誅江都王劉建。

於是廷尉出動，這一次可是玩真的了。劉建知道逃不過去了，也學淮南王、衡山王的樣子自殺了。

劉建雖死，大獄仍興，其子劉成光被殺棄市，許多人亦遭株連滅門。

但是漢武帝留下了劉建的一個女兒，劉細君！

此後，劉細君將被漢武帝遠嫁烏孫國，承擔胡漢和親的戰略使命。

遙望焉支山

一口氣掃滅三王，漢武帝再巡雍地。

這一次，他沒有放出遇到怪物的消息，而是遙望焉支山。

那邊，是匈奴。

是時候了，該發動一場大規模的軍事戰役了。

河西戰役！

第七章

官民貨幣大戰——

霍去病狂掃河西

坦白講，有關河西戰役的首役，在歷史上迷霧重重——漢武帝至少隱瞞了百分之九十以上的兵力及行動。但他究竟是怎麼做到這一點的，仍然無法解釋。

總之是疑竇重重，讓人無法釋懷。

簡單說，河西地區，又稱河西走廊。

為什麼叫走廊呢？

因為有兩座山，一座叫祁連山，另一座叫合黎山，兩山夾出一道狹長的地帶。早年的大月氏國，就在這天然的大走廊之中游牧。但有一天，匈奴人來了，摘下了大月氏國王的腦殼作酒器，於是大月氏人就哭著逃離了。

匈奴人占據河西，由休屠王管理武威地區，渾邪王部落占有了酒泉地區。這兩個地方是兵家必戰之地，誰奪得了這兩個區域，就等於控制了西域諸國。張騫出使西域一十三年，穿行的就這片敵占區。

前者，漢武帝不惜民力，耗盡國財，先以十萬之眾發起西河朔方戰役，右賢王攜愛姬被迫遠走。接著又是十萬大軍的漠南戰役，雖然這次戰役中趙信逃歸，局勢逆轉，但趙信建議匈奴王西走。結果，漠南之地，只有匈奴人的三支強勢武裝：

左賢王、休屠王與渾邪王。

奪取河西，不唯會對匈奴心理上造成嚴重傷害，而且會對西域諸國形成強勢威懾。這就是河西戰役必須要發動的原因。

目前，對於河西戰役的首役資料，全部來自於漢武帝下達的嘉獎令，這個信息無疑是單面的，而且高度不可信。

單只看看雙方的排兵布陣，就讓人蛋疼。

漢軍方面，統帥：驃騎將軍霍去病。

兵力：一萬人。

匈奴軍：休屠王、渾邪王、折蘭、盧胡王。

總兵力：不詳，但只是休屠王、渾邪王兩家就擁有騎兵十萬，單只是這兩家，就夠霍去病喝一壺的。

但最後喝了這壺的，卻是匈奴人。戰報上稱：驃騎將軍霍去病，從甘肅臨洮出關，殺奔蘭州，跨越烏鞘嶺，連掃匈奴五個部落王國。

而後，霍去病翻越焉支山——就是現今甘肅山丹縣內的大黃山，又稱燕支山——疾進一千多里，途中狂掃匈奴戰騎，斬殺了折蘭王、盧胡王，繳獲休屠王的祭天金人，俘獲渾邪王的兒子，活捉了休屠王和渾邪王的相國、都尉等，沿途斬殺匈奴軍八千九百多人。休屠王和渾邪王哭著逃走了。

這場戰役，顯然是因為張騫精確的軍事情報，讓霍去病得以乘虛而入，直搗敵巢。可以確信，縱然是張騫未參加此戰，但堂邑父肯定是參加了，不然的話，誰來給霍去病這支軍隊帶路呢？浩瀚大漠，萬一迷路了可咋整？

休屠王、渾邪王、折蘭王及盧胡王，雖然號稱有超過十萬以上的騎兵，但其實多不過是憨厚善良的老牧民，戰鬥力不堪一提。而霍去病正是知道這一點，才敢率一萬精銳突師而入。

實際上，這次戰役的總指揮是英明神武的漢武帝，執行者是少年英雄霍去病，但真正的方案策劃人，應該是張騫。

張騫在出使西域途中，不斷搜集情報，在腦子裡勾勒此次戰役的全景。對於盤踞在河西的匈奴四王的內情，他瞭如指掌。而匈奴帝國，相比之下明顯準備不足，大單于伊稚斜只想到了自己的本部兵馬，根本沒有漢武帝這邊協同作戰的概念，被霍去病一擊之下，斷其右臂，實屬情理事耳。

河西首役告捷，漢武帝精神大振，再接再厲，以飛將軍李廣、博望侯張騫為誘餌，犧牲這兩個可憐的英雄，吸引匈奴主力，而以霍去病統率大軍，狂掃河西，畢其功於一役！

迷路大王

二掃河西，漢軍兵分兩路。

第一路，餵給匈奴人的誘餌。

大誘餌：郎中令飛將軍李廣，統四千騎兵，餵給匈奴左賢王。

小誘餌：博望侯張騫，統一萬騎兵，也是餵給匈奴左賢王。

兩堆誘餌兵力總量，老弱病殘一萬五千人。

李廣和張騫，面對的是匈奴左賢王，其兵力不少於四萬人。臨戰之前，漢武帝索性偏心到底，士兵馬匹，霍去病有優先挑選權，他挑剩下不要的，才輪到李廣和張騫。所以霍去病軍中盡皆精銳，兵強馬壯，李廣和張騫只能呆站在一邊，悲哀地在心裡想：咱比不了人家呀，人家是親生的。

儘管李廣和張騫心裡悲哀，但仗這麼個打法就對了。

對就對在，戰爭這種事，講究個協同作戰，以其下駟，對其上駟，以其上駟，對其下駟。以李廣和張騫的老弱病殘，牽制左賢王的優勢兵力，進而達到讓霍去病統其精銳，盡殲頑敵的效果。——如果漢武帝在論功行賞時，講清楚這個道理，李廣、張騫也必然是心悅誠服。但漢武帝在論功時卻裝糊塗，指控李廣、張騫勞師敗績，這就玩得沒意思了。

再來看主戰場——

漢軍方面，統帥：驃騎將軍霍去病，盡統精銳。

將領：合騎侯公孫敖、司馬趙破奴。校尉：句王高不識、僕多。

兵力總數，不少於四萬人。

匈奴軍方面：休屠王、渾邪王、單桓王、酋塗王、遬濮王、稽且王、呼于耆王。

以上諸部，兵力總數，騎兵七萬人，但應該是誇大了，許多非戰鬥人員被統計了進來。

按照漢武帝的布置，此役，由飛將軍李廣、博望侯張騫，兵出右北平，不惜一切代價，阻止左賢王往援河西。而霍去病及公孫敖等，必須要以最快速度，於河西走廊、祁連山下，殲滅盤踞在河西走廊的匈奴諸部，徹底奪回河西。

公元前一二一年，漢武帝三十五歲，正值他生命的巔峰。他長身立於御案之前，大聲宣布：「河西戰役，開始啦！傳令信使策馬狂飛，把命令送至西北及右北平。」

大軍出發了。

主戰場，霍去病統眾，分別從甘肅環縣及臨洮出塞。進入河西走廊，合騎侯公孫敖同志有了一個不幸的發現：

他迷路了。

迷路了也沒辦法，只能到處尋找路徑。直到戰爭結束，可憐的公孫敖也沒找到自己的戰場。這已經是公孫敖第二次迷路了，從此他獲得了迷路大王的光榮稱號。

失去了公孫敖的配合，正合霍去病的心思。霍去病這邊，每個士兵不止配備一匹戰馬，跑累了立即換馬，行軍速度堪稱風馳電掣，就算是公孫敖不迷路，也追不上他，落伍是個必然結果。

霍去病疾速向前推進。

從寧夏的靈武渡口過黃河，向北狂奔，翻越賀蘭山，涉過浩瀚的巴丹吉林大沙漠，進至居延海地區。

然後，霍去病軍轉而由北向南，沿弱水疾行，到達了甘肅酒泉地帶。

再轉向東南方向，進至祁連山與合黎山之間的弱水上游。

前方，莽莽原野，星火點點，那是善良的匈奴人聚集區，他們隸屬於幾大匈奴部落。而霍去病，連綿疾行軍，繞到了匈奴人的背後。

殺啊！年輕的天才軍事將領霍去病，舉起他的長劍：

「男兒當報國，殺敵不顧身。浩然英風在，青史永留存。」

飛將軍被困

塞北戰場，飛將軍李廣帶著兒子李敢，率騎兵四千向塞北行進。所有人都心情沉重，此一次，不知幾人還能回還。

前行八百里，就見塵煙滾滾，彌天蓋地。匈奴左賢王統其部四萬人，不疾不徐來到。

「李廣，你死定了。」左賢王勒馬，說道。他是個典型匈奴人，大鬍子，抹了豬油固定形狀，不愛講衛生，但氣勢雄渾，霸氣凌厲。一雙眼睛如同野獸，死死地盯在李廣身上：「李廣，做人不要太無恥，你們漢人屢次三番，入寇我境，殺掠我民，今天是我為大匈奴的子民們，討還公道的時候。」

四萬匈奴騎士，不慌不忙散開繞行，將李廣的四千人團團圍困。十比一，真的死定了。

見匈奴戰士來勢洶洶，漢軍發出一聲巨大的抽泣，全都嚇哭了。

李廣見狀，哈哈大笑，說：「大家不要怕，左賢王這傢伙，再沒人比我更了解他了。你們好好看看他的大鬍子，那鬍子是黏上去的。」

左賢王氣得半死：「胡說，李廣你好端端的一個正常人，怎麼學會了編瞎話呢？」可是漢軍士兵聽了這個笑話，齊齊捧腹大笑，笑聲把左賢王的辯解淹沒了。

隨後李廣扭頭：「李敢何在？」

「孩兒在！」兒子李敢閃出來。

就聽李廣吩咐道：「與你十個騎兵，去敵軍陣營裡溜達溜達。」

「得令。」李敢率了十個精銳騎兵，縱馬衝入匈奴人陣營。匈奴士兵趕緊閃開，都清楚這十個人定非易與之輩，如果自己不識趣往前湊，先死的鐵定是自己。結果李敢在匈奴陣營兜了一圈，平安無事地繞回來了。

見此情形，左賢王歎息一聲：「完了，我軍銳氣受挫，這仗可有的打了。」

果如左賢王所斷，李敢累騎入敵營，大大地激勵了漢軍士兵的士氣。而後李廣又命士兵築成環營，四面迎敵，將交戰範圍大大縮小。匈奴人雖然數量在漢軍十倍以上，若是曠野裡展開激戰，不消一時三刻，就能將漢軍全數殲滅；可如今漢軍聚集，交戰範圍縮小，匈奴人馬雖然多，也派不上用場，只能是嗚泱嗚泱地連續衝擊，打譜要把漢軍打到累死。

李廣布下圓形陣，雙方打起疲勞戰。雙方先是箭仗，就是互相向對方嗖嗖嗖射箭。射了一會兒，身邊人稟報：「報告將軍，咱們的箭用光了。」

「箭用光了？唉，真是傷腦筋。」李廣說。

還有，士兵繼續報告：「咱們中至少一半人，都被匈奴人活活射死了。」

「這個……匈奴的箭法，蠻準的嘛。」李廣搔搔腦袋。圓形陣有個好處，戰場範圍小，敵軍人數縱然多，也派不上用場。但圓形陣還有個天大的壞處，就是經不起弓箭戰，漢軍這麼多人紮堆，正好是匈奴人的活靶子。

才剛剛交手，四千士兵就有一半被人射死，這仗還怎麼再打下去？

李廣絕望地遙望天際，博望侯張騫，你他媽的到底在哪兒？不會也迷路了吧？

自古英雄出少年

當李廣陷入絕境之時，霍去病的主力騎兵，已經疾衝入休屠王與渾邪王的軍隊大營。匈奴人萬萬沒想到，漢人的精銳騎兵，竟然會突然從他們的身後冒出來。休屠王和渾邪王，原本已被漢兵打怕了，提心吊膽地盯著前方，打譜望見漢軍騎兵的煙塵就落地飛走。豈料漢軍竟神出鬼沒，突然現於身後，匈奴戰士的心理，當時就崩潰了。主戰場上，匈奴騎兵號稱七萬，但最多也不過四五萬，此時大戰一起，遠處的匈奴騎兵立即衝入自家營帳，抱著老婆孩子狂逃，牲畜也不要了，先保住家人性命再說。

漢軍遭遇到的唯一抵抗，是休屠王與渾邪王兩人的精銳衛隊。這些衛隊是匈奴人中最強壯的，交手之下，殺死殺傷霍去病部下三千人，殺出一條血路，保護著兩王亡命逃走了。

——從這裡，可以比較一下李廣與霍去病的不同戰鬥值。李廣統四千人，被四萬大軍圍困，打了一整天，折損兩千人。而霍去病這裡有四萬人，被兩支亡命小隊就砍死三千人。可知霍去病雖然少年英雄，但戰鬥值相比於李廣，明顯弱多了。純係靠絕對優勢的兵力，才創造出天才名將的神話。

戰場上，漢軍士兵們有條不紊地展開了大屠殺，斬首三萬二百級，可憐的匈奴部落酋長遬濮王，也在混戰中被砍了頭。

餘者皆降。

霍去病清點俘虜，計俘虜匈奴之單桓王、酋塗王、稽且王、呼于耆王四王，俘虜的單于閼氏（妻妾）、王子計五十九人。

匈奴兵民，降者計二千五百人。

少年霍去病，仰天長嘯。這一年，他十九歲。

此戰結束，等於是徹底切斷了匈奴人北退之路，奪得河西走廊，將匈奴人的生存空間，擠壓到了瀕臨絕滅的境地。時過幾百年，匈奴人仍未從這次打擊中恢復過來，從此有一支悲傷的歌子，在匈奴人中世代傳唱：

「失我祁連山，使我六畜不蕃息。失我焉支山，使我婦女無顏色。」

天大英雄也枉然

支線戰場，李廣四千士兵，陣亡大半，箭矢也所剩無幾。

這時候，李廣下令，所有士兵皆張弓前列，但不要發射。李廣本人縱馬而出，手持超特大號的黃色強弓，專揀匈奴陣營中的將官射擊。翎箭所至，箭無虛發，一個接一個的匈奴將軍被射落馬下。

匈奴人大駭，攻勢頓時瓦解。

此時已黃昏，匈奴人停戰休息。漢軍士兵早已是心膽俱裂。李廣抖擻精神，談笑風生，給士兵們鼓氣，讓士兵恢復勇氣，好好休息，等天明再戰。

第二天，匈奴人繼續衝陣，漢軍陣營搖搖欲墜，始終處於要攻破但還勉強維持的危險狀態之中。就這樣煎熬、煎熬，無望的煎熬之中，終於看到遠方泛起裊裊煙塵。

博望侯張騫，他終於姍姍來遲。

李廣部下爆發出僥倖生還的熱烈悲呼。

左賢王手搭涼簷，觀察著博望侯張騫的士兵數量。他感覺，發狠攻擊，應該還是有戲的——但有一點，自己也會付出慘烈犧牲。搞不好，自己的部落就會因為犧牲太慘重，從一個大部落變成了小部落。

如此兩敗俱傷，不符合戰場上任何一個人的利益。

於是左賢王下令，以精銳騎兵斷後，徐徐退走。

李廣成功地完成了以弱小之勢，牽制敵軍優勢兵力的任務，和張騫退回漢國境內，靜等漢武帝處置。

漢武帝傳旨，霍去病少年英雄，赫赫戰功，食邑五千戶。與其同征河西走廊的幾員戰將，統統封列侯。

餘者，迷路大王公孫敖，失機延誤，當斬。繳納贖金貶為庶人。

博望侯張騫，失機延誤，按律當斬，繳納贖金貶為庶人——張騫出使西域一十三年的賞賜，又全被漢武帝收回去了。

飛將軍李廣，以弱敵強，力撐危局，但沒有俘獲敵人，功過相抵。沒賞賜也沒懲罰，回去繼續努力。

——這就是漢武帝的賞罰標準了：出戰將領，以掠殺敵眾斬首數量計功，被安排牽制敵軍的，活該你倒楣。之所以如此不公正，是因為漢武帝自詡天神，他的意志超越一切：他讓你成為英雄，給你個優勢兵力，想不當英雄都難；他不想給你機會，你縱是天大的英雄也枉然。

賞賜過後，漢武帝四平八穩地坐下來，現在他有充足的信心，掃滅匈奴，從此青史留名，成為古往今來第一大帝。

飲茶之際，早有軍情報將上來：「報，匈奴侵入代地、雁門，殺掠幾百人。」

漢武帝失笑：「匈奴人已經沒咒念了，這不過是垂死的掙扎。不過也難說，戰爭這種事，變數太多，說不定突然間一個晴天霹靂，戰局又逆轉了。」

說話間，這個霹靂真的來了。但不是漢武帝的霹靂，是宣布匈奴人末日臨近的大霹靂。

休屠王與渾邪王，誠請歸漢。

新的轉機

卻說那休屠王與渾邪王，雖然被霍去病兩次殺得屁滾尿流，已經無法再立足於河西走廊，但他們終究是匈奴人，絕無投奔漢朝的意識。

但匈奴大單于伊稚斜不甘，用力推了他們兩個一把，把他們推入了漢族人民溫暖的懷抱中。

事情之由，是因為休屠王與渾邪王接連敗績，尤其是第二次，竟然被霍去病連殺帶俘數萬人。大單于伊稚斜非常惱怒，認為應該殺掉此二人，以免其他匈奴部落也犯同樣的毛病。

不清楚休屠王與渾邪王，是如何獲知大單于要殺他們兩個的，總之是兩人一碰即合，商議說要想活命，唯有投奔漢朝一途。於是二人派出信使，就在邊境上攔截漢人：「哎，別害怕，你們別跑，我是休屠王和渾邪王的使者，不是來殺你們的，求你們給漢國皇帝捎個口信，就說我們家兩王有心棄暗投明，民族融合，拜託了。」遇到他們的漢人，當然沒資格見到漢武帝，就向邊境的守軍報告。

最先接到消息的，是大行李息。

李息知道，漢武帝這些年來，始終為匈奴戰爭所困擾，作夢都渴望贏得戰爭，獲得一個千秋萬歲名。而休屠王和渾邪王舉部來投，這意味著匈奴帝國徹底地崩盤，意味著匈奴半國來降，意味著在這場漫長的民族生存空間爭奪戰中，漢武帝率漢民族將取得無可爭議的勝利。

李息不敢怠慢，火速把消息報告給朝廷。

整個朝廷都被這個意外的消息驚呆了，因為過度亢奮，大腦陷入無思考的空白狀態。只有漢武帝面色冷峻，冷冷地坐在御座前：「哼，匈奴人的雕蟲小技，也敢拿到朕的面前顯擺，可是朕不是那麼容易上當的。」

「什麼？」群臣驚愕，「陛下，莫非這匈奴人詭計多端？是詐降？」

「難說！」漢武帝沉聲道，「誰不知道匈奴人奸詐異常？比如說上一次……上一次什麼事來著？對了，是趙信！趙信他一介逃奴，朕待他如何？恩比天高呀！可他說叛逃就叛逃，眉毛都不皺一下。所以呢，休屠王與渾邪王真心投降，也不無可能，但如果他們詭詐設伏，也是情理之中。」

群臣如夢方醒：「陛下英明，真是太英明了。你說陛下的腦子是怎麼長的呢？咋就這麼英明神武呢？我大漢帝國得此聖君，實乃萬民之福。」

漢武帝道：「休屠王與渾邪王，他們到底是怎麼說的？」

信使報告：「啟奏陛下，休屠王和渾邪王二人說他們輜重過多，老幼人口遷行緩慢，請求大軍直赴河西受降。」

「你看看，」漢武帝道，「此去河西，路途迢迢，倘匈奴人奸詐設伏，我王師必然受辱。

「傳旨，驃騎將軍霍去病，率所部一萬騎兵，再返河西。聽清楚了，縱然是匈奴人真心請降，但數萬之眾，必有機詐之輩，所以此行遠非受降那麼簡單，仍然要厲兵秣馬，以迎戰強敵的姿態面對一切。」

果如漢武帝所料，霍去病這邊尚未抵達河西，匈奴人那邊已然生出變故。

連續派出多名使者入漢國請降之後，休屠王和渾邪王兩人每天愁眉不展地坐在一塊喝酒，一邊喝一邊唉聲歎氣。

「唉，故土難離，故國情深。我們匈奴人是天生的雄鷹，最適宜飛翔在遼闊的長空。如今要投降漢人，從此以後就要離開這熟悉的土地，放棄自己放牧的牛羊，要和漢人一樣吃小米，喝那個逗逼淮南王發明出來的豆漿，可是，我們已經習慣於肉乾和羊奶的胃口，能夠適應得了漢人的植物乳酪嗎？」

發出這麼一番感慨的，是休屠王。休屠王的個性比較保守戀舊，害怕生活中的改變，缺乏迎接變化的勇氣和信心。

而渾邪王，則是個喜歡新奇冒險的性子，對一切新事物新環境，充滿了貓一樣的好奇心。聽了休屠王的話，很是不以為然，就說：

「你的抱怨純屬多餘，咱們匈奴人算個球？蠻族也，不開化的原始人是也。人家漢民族，那可是文明昌盛之地啊，擁有先進的文化、先進的生產力。嗯，總之人家比咱們擁有更多的自信，咱們投降就對了。匈奴重視年輕人而輕賤老年人，許多人老來無所養無所依，難道我們的落後文化，還能戰勝漢民族的先進文化不成？」

休屠王生平，最喜歡舌辯，聞言大喜，曰：「你差矣，你之所言，正是我大匈奴文化先進發達之處。年輕人是社會的中堅，弱肉強食，競爭強大，這有什麼不對？何況漢民族也同樣的野蠻，你看漢軍中征戰的士兵，有多少白髮蒼蒼的老人？同樣的社會文化，同樣的社會規則，只有匈奸，才會不遺餘力地抹黑我大匈奴！」

渾邪王：「……啥叫匈奸？」

休屠王：「吃著匈奴的飯，卻要砸匈奴的鍋！看什麼看？說的就是你！」

休屠王又灌下一碗酒，砰的一聲拍在案上，悲憤地道：「難怪，我說咱們大匈奴，兵強馬壯，士氣如虹，但在漢軍面前卻總是吃敗仗，不應該呀！我困惑了多日，直到今天總算解開了這個謎。」

「什麼謎？」渾邪王問。

「都是因為你！」休屠王「騰」的一聲站起來，戟指渾邪王，「都是你這個大匈奸、你這個地地道道的帶路黨，所以漢軍入我境內，來去自如，就是因為你給他們帶路，我恨不能……」

「別別別……」眼見得休屠王目露凶光，舉佩刀砍來，渾邪王急忙擺手，「你先別發火，消消氣……咦，外邊來的人是誰？」

「哪個？」休屠王分神，抻頸子向帳篷外望去。忽然間眼前一道亮麗的華光掠過，然後小腹間劇烈的痛疼。

休屠王吃驚地坐倒，舉起捂住小腹的手，詫異地看著手上的鮮血：「這……這是怎麼回事？」

以手中染血長刀，指著休屠王的鼻尖，渾邪王氣得顫抖不止：「都說好了一塊投漢的，你他媽的怎麼又犯起了抬槓的渾勁？不抬槓你會死呀？你看，抬著抬著槓，你把自己又抬回了匈奴愛國者，你說是不是你自己找死？」

「這……」休屠王艱難地慘笑著，「我死又有何懼？畢竟我還有個兒子，他一定會為我大匈奴報仇，懲罰邪惡的漢人。」

「作夢吧你，我會讓漢人讓你兒子做個尿盆奴，讓他替女人端尿盆，端到死！」渾邪王咬牙切齒，一字一句地說。

但休屠王已經聽不到了，他死了，臉上卻掛著詭異的微笑，彷彿他死得極為幸福。死前他究竟想到了什麼？笑得如此安詳？

河西大受降

說好的一道等漢軍來受降，不料局中又生出變數。休屠王反悔了，而渾邪王投降心志堅定，當即斬殺休屠王。然後渾邪王隨便編造了個藉口，收編了休屠王的軍隊。

但到目前為止，投降只是高層人士的密議，底層的士兵和民眾並不知情。一旦休屠王被殺的消息走漏，必然會有大麻煩。所以他心如火燎，急切地催促漢軍快點渡河。

霍去病飛渡黃河，迅速向渾邪王駐地馳來。直到看到漢軍疾奔的沖天煙塵，渾邪王這才組織軍隊列隊，並宣稱：「告訴大家一個好消息，我們不用再在荒原上奔波求生了，漢國朝廷，願意撥給我們土地和田產，等我們過去，就可以過上幸福平安的好日子啦。大家不要慌，前面的煙塵，是來保護我們的漢國軍隊。那幾個，馬上放下手中的弓箭，大兵來到，事已至此，你們想自尋死路嗎？」

直到這時候，匈奴兵民才知道渾邪王已經降漢，頓時驚得呆了，一個個茫然站在原地，看著迅速逼近的漢軍雄師，不知所措。

雖然已經看清楚了匈奴這邊兵民夾雜，隊伍紊亂，霍去病判斷出渾邪王的投降，毫無疑問應該是真的，但為了達到威懾的目的，霍去病仍命部隊以整齊的編隊迅速向前推行。一萬鐵騎雄師，整齊的馬蹄聲驚天動地，震動得匈奴人心臟狂跳，壓力升至極限。

突然間一聲尖叫，因為過度的恐懼，一支匈奴人的隊列突然炸了營，所有人都發出歇斯底里的尖號，驚恐交加地四處亂竄。更有一些無意降漢的匈奴人，趁此混亂，也尖叫著攪亂隊列，翻身跳上光溜溜的馬背，向著遠方疾速狂奔。

看到匈奴人這邊突然炸營，霍去病心裡有數了。這擺明是支沒有絲毫戰鬥力的隊伍，可知對方的降意，應該是真的。他當機立斷，率了自己的精騎衛隊，直衝入匈奴人中，大聲喝道：「渾邪王何在？」

「我……在這裡。」渾邪王急忙策馬過來，「霍將軍……遠來……辛苦。」

霍去病把臉一板，學著漢武大帝的口氣：「渾邪王，你降我天朝上國，是真是假？」

「霍將軍呀，」渾邪王差點沒哭出來，「你看這裡有兵民總計四萬人啊，像是個不真心投降的樣子嗎？」

「嗯，算你聰明。」霍去病點點頭，突然間疾喝一聲，「所有歸順我大漢天朝者，站在原地不得擅動。違者，視其為敵，殺無赦！」

十九歲的霍去病，聲音冰冷、高亢。再由身邊數百名精衛齊聲回喝，猶如晴天霹靂，震得匈奴兵民個個抖顫，人人失色，果然無一人敢動一下。

此時，萬名精銳漢軍騎兵，突兀爆出駭人的狂吼，鐵蹄震地，刀光漫展，開始瘋狂追殺那些企圖逃離的匈奴人。

據霍去病報到朝廷上戰報，此次逐殺，計斬匈奴逃人八千級。

那麼，霍去病斬殺的這八千人，有多少是士兵，有多少只是憨厚的老牧民呢？

按照漢文帝時代賈誼之《新書・卷四・匈奴》中的估算，兵民比例為一比四，每五個人中，就會有一個士兵。那麼霍去病部斬殺的這八千人，五分之四是百姓，只有五分之一是士兵，大致斬殺百姓六千四百人，斬殺匈奴士兵一千六百人。

但匈奴人生於馬上，人人習武，要想分辨士兵與百姓，在當時也無可能。

轉瞬工夫，八千人被殺，兩部落的四萬匈奴人，嚇得一聲也不敢吭，靜靜地等待著自己的命運。

霍去病打鐵趁熱，對渾邪王說：「陛下有旨。」

渾邪王「哦」了一聲，看著霍去病，想聽聽漢武帝對他說什麼。霍去病卻一言不發，淩厲的眼睛直盯著渾邪王的兩眼。渾邪王心說，這孩子神經是不是不正常啊，有話你就說嘛，瞪我幹什麼？咦？他突然間醒過神來，撲通一聲跌下馬，學著漢人趴跪於地，說：「本王……不是，我……也不對，對了，是臣，臣領旨。」

就聽霍去病朗聲道：「朕聞知渾邪王誠心來投，不勝欣悅。朕已遣沿途軍民車騎相送，欽此。」啥意思呀這是？昏頭漲腦的渾邪王，還沒等從地上爬起來，早被兩名精壯的軍士架起，迅速攙扶上馬，簇擁著他，飛騎而去。

匈奴兵民呆呆地看著，越看心裡越悲哀。休屠王不見了，渾邪王又眼睜睜看地被脅持走了。自己這邊已是徹底的群龍無首，接下來肯定是沒咒念了。

霍去病展顏一笑，露出稚氣的表情：「接下來，本將率爾等回國，爾等須服眾本將軍令，違者，軍法從事。」

四萬匈奴人，被漢軍騎兵組織著開始行軍，此行漫漫，從此他們實現了自己的夢想，入居中原花花世界。

真正的大帝

直到接報渾邪王正由沿路官員護送至長安的消息，漢武帝才長鬆一口氣。

然後他就瘋掉了。

確切地說，漢武帝因為過度亢奮，當場精神失常了。

此前，他不敢相信這個消息是真的，不到最後一步，任何一個變數，都會將他們的夢想徹底擊碎。他必須隱忍，等待。終於，最後塵埃落地，上蒼沒有辜負他的期望，他贏了。此後的戰局，不復再有懸念，徹底擊滅匈奴，只是個時間問題。他將成為曠古千秋第一大帝。在戰國時代，列國未完成的工作，秦始皇也沒有。從漢高祖劉邦、呂后、漢惠帝、漢少帝、爺爺漢文帝、老爹漢景帝，這些列祖列宗都沒有完成的大事業，在他的手中完成了。至少已經接近完成了，差不多完成了。

漢武帝想哭，想喊，想衝所有人大吼：「除了朕，任何人也沒資格再稱大帝，只有朕，才是地地道道貨真價實的大帝。其他的帝，統統都是小帝，不配與朕相比！」他想把這個消息告訴每一個人。

怎麼個告訴法呢？

「傳旨，渾邪王所行沿路，每至一站換乘車騎，各地迅速徵集車二萬輛，欽此。」

這條聖旨下達，群臣頓時面面相覷。拜託，從馬邑道設伏開始，漢匈大戰，已經足足打了一十二個年頭。這十二年來，十萬人以上的隊伍遠征，就不少於六次，每次為保證戰役的勝利，無不是悉數徵召天下戰馬，再加上賞賜士兵的黃金及無以數計的糧草。如今的大漢帝國，已經是家徒四壁，淪為一個標準的貧寒帝國。

這時候的漢帝國，不唯是百姓窮，官府更窮，根本掏不出銀子來買馬。各地縣官被逼無奈，只好向老百姓告貸，懇請各位爺叔幫個忙，湊足車馬數量，反正這次工作量較輕，只是把渾邪王送過境，就算萬事大吉。到時候百姓家的馬匹，一根毛也不缺地還回去。

百姓們看了官府的告示，紛紛點頭，說：「看到了沒有？朝廷這次又出損招了。以前強行徵用戰馬，把我們家的馬徵光了，可那些貪官還不肯放過我們，這次改騙的了。你家的馬送去，就再也甭想要回來嘍。」

富戶人家紛紛堅壁清野，把馬匹藏起來，讓地方官挖地三尺，也找不到。

馬匹數量湊不足，最慘的是渾邪王。上一站的車騎將他送到下一站，做了交接就迅速返回。這一站又沒有車馬，渾邪王怎麼個走法？

沒法兒走，渾邪王好不鬱悶。

最後解決這個問題的，還是渾邪王自己。他把自己的錢拿出來，在當地的商人那裡買馬，終於可以繼續前進。

可萬萬沒想到，漢匈兩國交兵，彼此互為敵國，漢武帝早已下令，擅與匈奴人交易者，以叛國罪論處，先抓後殺。

結果是一幕詭異而奇特的畫面，渾邪王一路上買馬買食物，官吏就在後面抓捕與渾邪王交易的商人，前前後後，抓了五百多人，全都判成了死罪。

一路行來的窘狀，終於報到了漢武帝的案頭上。當時漢武帝勃然大怒：「這是長安令不盡職責，傳旨，與朕斬之。」

陛下是個愛抬槓的貨

漢武帝下旨斬殺長安令，惹毛了冷血怪人汲黯。

汲黯這個人，天生的異類，思維方式與正常人類不同。他那種冷血固執，就連漢武帝看了都發怵。

當時，武帝接見臣屬時，經常吊兒郎當，不當回事，弄個小板凳就地一坐——那年月，中國人還沒得短褲穿，一旦姿勢不雅，下身的緊要部件就暴露了出來。又或是漢武帝一邊蹲茅坑，一邊親切接見臣屬。總之當時的漢武帝，就是這麼大大咧咧的德性，存心讓臣屬尷尬。

但是，只要聽說汲黯來了，武帝就會如同老鼠見了貓，「嗖」的一聲躥起來，逃進室內，穿好衣服戴上帽子，擺出副煞有其事的模樣才敢出來。否則，汲黯就會大為光火，斥責漢武帝：「陛下，您還有沒有個譜？您是何人？您是真龍天子呀，在您面前，哪有別人說笑笑的餘地？您必須要高高在上，讓眾人仰承陛下的鼻息。可您瞧瞧您自己這副德性，這像話嗎？」

汲黯在朝中，除了漢武帝，誰的賬都不買。當時漢武帝有意高抬衛青的身價，要求所有大臣見到衛青必須下拜。眾臣不敢不從。唯有汲黯，根本不搭理衛青那槌子。而且汲黯也有的說：「衛青算什麼？他的榮耀與光彩，不過是陛下的恩賜。沒有陛下，衛青什麼也不是。」讓汲黯經常這麼整，搞得大將軍衛青一見了他，就全身上下的不自在。

也只有汲黯，才敢當面頂撞漢武帝。

就見汲黯搖搖擺擺出列，對漢武帝說：「陛下，您神經呀？長安令有什麼罪？您非要殺人家？實話告訴陛下，除非把我殺了，老百姓才會交出馬來。」

殺你？殺你也不是不行。漢武帝無限鬱悶，看著汲黯脖頸，尋找下刀的最佳切入口。

汲黯根本不理會，繼續說道：「陛下，那渾邪王，不過叛主逃來的蠻夷小王罷了。他與我漢國為敵，殺了我們多少子民？讓我們流了多少血？按理來說，他既然投降，就應該把他和他的部屬，統統分配給征戰的戰士們做奴隸。可是陛下您幹了些什麼？您竟然讓我上國天朝的子民，去侍奉這些匈奴，這像話嗎？還有，各地官吏捕捉的那五百商人，他們不過就是在長安城中擺個小攤謀生而已，他們又怎麼會想得到，就在長安城中，把貨物賣給陛下您當活寶請來的客人，卻犯了死罪？陛下您自己說，這叫什麼事呀？」

漢武帝斜睨著汲黯：「傳旨……」

群臣長鬆一口氣，終於，終於陛下要殺汲黯這怪物，該，殺得太遲了。

就聽漢武帝一字一句地道：「渾邪王仰我上國之風，率部來投，賞賜……嗯，就象徵性地，賞賜他們數十鉅萬吧。」

汲黯又在旁邊插嘴：「陛下，這賞賜太多了，沒必要這麼多。」

漢武帝：「傳旨，渾邪王食邑萬戶！」

萬戶侯！汲黯在一邊跺腳：「投個降就萬戶侯了？可人家霍去病屢立戰功，至今也才不過是五千戶侯，陛下一定要把霍去病的賞賜，和渾邪王抵平了。」

抵平？漢武帝沉吟道：「驃騎將軍霍去病……」

汲黯：「再加五千戶！」

漢武帝：「嗯，霍去病還年輕嘛，以後有的是機會，嗯，就再給他加一千七百戶吧。」

汲黯氣得咬牙切齒，心中暗道：「陛下，你他娘的就是個愛抬槓的貨！」

神祕的匈奴小王子

漢武帝把歸降的匈奴部落，遷居到黃河以南沿邊五郡的舊城塞，仍然讓他們保持自己習慣，分編成五個屬國。從此漢國成功奪回河西走廊，匈奴人已經徹底喪失了塞外的蕃息之地，進入了不可逆轉的衰退期。

漢帝國向西延長了兩三千里之遙，從此京師長安不聞警訊。史書上稱，金城、河南並南山至鹽澤，空無匈奴。

漢武帝的生命，終於進入了享受期，他每天歡歌宴舞，鬥雞走馬，玩得高端大氣上檔次（有品味）。

有一天，武帝歡宴之中，忽然想看看自己的御馬，就命馬奴牽馬從漢武帝身邊走過，讓武帝慢慢看過來。當時，後宮的宮女姬妾有許多，都穿得豔麗燦爛，簇擁在漢武帝的身邊。清風徐來，脂粉香氣彌漫周天。馬奴們低頭牽馬而過，一雙雙眼睛，忍不住偷瞟漢武帝的美姬們。

漢武帝其實是故意讓馬奴們看，看吧看吧，看你們那一雙雙賊眼，羨慕死朕了吧？活該你們命苦，不如朕生來就是天子，這無數的美貌女子，你們最多只能聞到脂粉香氣，可就是吃不到，饞死你們這些狗奴才。咦？那個傢伙是誰？

一名馬奴牽馬走過，他身高八尺二寸，相貌威嚴，氣勢奪人，步履間不見絲毫雜亂，經過漢武帝的美姬面前，卻連眼皮都不抬，根本不看這些美女。

當時漢武帝就驚呆了：這人誰呀？怎麼敢在朕面前擺這麼大的譜呢？當即厲喝一聲：「你，就是你，那個狗奴才，你牽馬走過朕的面前，臉上帶有輕慢的表情，這叫欺君，朕要砍了你的狗頭。」

那人躬身道：「陛下，罪人不敢。」

不敢？漢武帝更加詫異：「你這傢伙，怎麼咬著舌頭說話？叫什麼名字？」

那人道：「罪臣名日磾（音：密滴），字翁叔。」

挺大個男人，竟然叫咪咪。漢武帝醒過神來了：「你原來是俘獲的匈奴降奴。」

那人道：「陛下聖明。」

漢武帝：「你居然還有字，自稱罪臣？你的身世一定很悲慘，說出來讓大家高興高興。」

那人流下淚來：「陛下，臣有罪，臣父乃匈奴休屠王。因父親執迷不悟，為渾邪王所殺，罪臣與母親、弟弟一併被俘，現在官府為奴，在少府管轄的黃門養馬。」

哎喲，休屠王還有太子？漢武帝大為驚訝：「你很用心，幹一行愛一行，養的馬膘肥體壯，不錯嘛。」

那人道：「食君祿，忠君事，何況罪臣自幼於馬背上長大，能夠為陛下養馬，豈敢不盡忠誠之心？」

漢武帝：「剛才你說你叫啥名來著？咪咪？你爹為何給你起這麼個怪名？」

那人道：「回陛下，罪臣名叫日磾。」

漢武帝：「原來你不叫咪咪，叫日磾。朕問你，適才馬奴牽馬走過，都在偷窺朕的美姬，你為何聲色不動，眼皮不抬？」

日磾道：「罪臣雖是個不開化的蠻子，卻也讀過聖賢之書，知道人臣之禮。罪臣已蒙陛下開恩不殺，賜為馬奴，這是陛下對罪臣的再造之恩。罪臣感激尚且不盡，豈敢再逾越君臣之禮？」

漢武帝走到日磾面前：「不錯，你雖然是匈奴降奴，但卻深知人臣大節，這是我朝許多官員都比不了的。對了，朕想起來了，當初霍去病直入河西，追殺你父親，奪得了你家祭天的金人。當時朕就想，這是上天給朕的禮物，卻想不到禮物應到你身上。現在朕賜你金姓，從此你就叫金日磾。」

金日磾立即跪下：「罪臣謝過陛下賜姓天恩。從此而後，罪臣不再是休屠王之子，陛下賜姓之恩，永世銘記。」

漢武帝龍顏大悅：「起來，把這身臭烘烘的衣服扒掉，把你身上的泥巴給朕洗乾淨。」

金日磾：「罪臣謝過陛下沐浴天恩。」

從此愛心氾濫

金日磾洗乾淨身上的泥垢回來：「罪臣見過陛下。」

漢武帝：「嗯，朕現在封你為馬監，替朕把馬養好。」

金日磾：「小臣領旨，絕不敢有負陛下深恩。」

第二天，漢武帝又把金日磾叫過來：「金日磾，朕封你為侍中，這是個沒什麼實際工作職責的散職。你以後不要再往馬廄裡跑了，就在朕的身邊侍奉吧。」

第三天，漢武帝再把金日磾叫過來：「金日磾，現在朕封你為駙馬都尉，這個駙馬可不是讓你娶公主的駙馬，而是替朕掌駕副車。以後朕乘車出巡，你就在後面替朕駕馭副車。」

第四天，漢武帝又一次把金日磾叫過來：「金日磾，你掌駕副車，在朕的後面，朕看不到你，心裡好生不舒服。現在朕封你為光祿大夫，這是帝國最高職務，沒什麼實際責任，主掌朝中議論，任何事你都有權插上一嘴。你趕緊從副車上下來，快到朕的車上來。」

朝中群臣，皇親國戚，全都目瞪口呆地看著，漢武帝親切熱絡地叫金日磾上了自己的車，與自己並排坐在一起出巡。再回到朝廷，漢武帝就讓金日磾坐在自己身邊，不許稍離片刻。

貴戚們詫異又吃驚，紛紛議論起來：「陛下這是吃什麼藥了？我們對陛下這麼忠心，陛下卻連看我們一眼都嫌煩，如今來了個胡兒，陛下卻拿他當了活寶，出則同車，坐則同席，睡則同那個什麼，陛下這樣親近一個胡兒，太傷我們的自尊了。」

漢武帝的耳朵極靈，但凡朝中有什麼議論，從來瞞他不過。聽到皇族貴戚們的不滿，武帝龍顏大悅：「傳旨，光祿大夫金日磾諫言有功，賞賜千斤，再賞賜千斤，繼續賞賜千斤。」

漢武帝從未解釋過，他為什麼這麼喜歡金日磾。也許，歡宴之時的那一眼，金日磾就走進了武帝的心。有分教，眾裡尋他千百度，驀然回首，那人正在餵馬打地鋪。從三十五歲邂逅金日磾起，一直到死，漢武帝再也沒有和金日磾分開過。

有了金日磾，漢武帝甚至連心性都發生了根本變化，說是愛心氾濫，也不誇張。

就在武帝得到金日磾的第二年，漢武帝下令大赦天下。為什麼大赦？沒理由，想赦就赦，就是這麼任性。

這一年，崤山以東地區洪水氾濫，百姓俱為魚鱉，嗷嗷待哺。武帝下令救災——想想吧，當年黃河決堤，洪水氾濫長達二十年之久，無數百姓喪生洪濤之中，武帝卻連眉毛都沒眨一眼，始終拒絕救災，更不肯出動民夫封河築堤。

自從金日磾走入他的心，漢武帝突然變成了善良仁義的好皇帝。

武帝派了使者，把郡國倉庫中的糧食全部拿出來，賑濟災民。但仍然不夠，武帝下旨，勸募各地富豪官吏，拿出自己的私糧救助難民，凡出資救助者，統統把名字報到朝廷，由朝廷嘉獎。

可這些仍嫌不足，救助的費用彷彿開了個無底洞，花費越多，災民的數量就越多。漢武帝乾脆下令大移民，把受災的難民，有的遷到關西，有的搬到朔方郡以南新秦中地區，總計搬遷七十多萬人。

這七十多萬人的衣食住行，統統由官府供給。而且，新搬遷的災民們，在幾年之內，生活費用及生產資料，全部由官府提供。這等於由朝廷把受災的老百姓，全養起來了。

除了災民，漢武帝同樣也關心邊關的將士。他下旨，將戍邊部隊減少一半，大大減輕了百姓的傜役負擔。

愛心，讓殺戮無算的漢武帝，突然變成了萬家生佛。

如果漢武帝有點長性，繼續堅持目前這個治政風格，他必然會成為人類歷史上罕逢的仁慈統治者。

但可惜好景不長。漢武帝關心群眾疾苦沒幾天，突然靜極思動，又想再找個對手打上一架，瞬間他又變臉成了個戰爭狂人。

這一次，他創造出了中國最美麗最優秀的神話：

牛郎織女！

漢武帝如何鑒識人才

剛剛下旨將戍邊部隊減少一半，漢武帝忽然間心念一動，咦，朕這輩子，陸戰已經是天下無敵了，卻從沒有打過水仗。

不行，朕也要打個水仗來玩。

於是漢武帝準備討伐昆明。

昆明，當時稱滇國。這個封國的歷史，由來已久。滇國出現在戰國年間，到了漢武帝時代，仍然留存。滇國地區有方圓三百里的滇池，這激發了漢武帝打水仗的濃厚興趣。於是武帝再行勞民傷財之術，下令挖一個大大的昆明池，專門用來習練水軍。

當時的漢帝國，由於連年征戰匈奴，民力疲憊不堪，而且戰時管制，法令愈發嚴苛。低級官員稍有過失，就會解除職務。要命的是，漢武帝為了籌措軍費，大肆賣官鬻爵，許多人為了逃避兵役，就花錢買了職官。這樣一來，能夠徵用的民力，就越來越少了。

於是武帝下令，凡是具有千夫、五大夫爵位的人，必須出任官員。不願意當官也行，那就給朝廷上繳幾匹好馬。至於願意當官的人，也沒好果子吃，一旦被朝廷抓到短處，就立即貶為民夫，被迫去挖昆明池。漢武帝就用這個辦法，既得到了挖昆明池的民力，又弄到一批好馬。

武帝的昆明池，是古人靈感的高爆地帶。就在這遼闊的水域兩端，武帝命工匠鑿鑄了一男一女兩個巨大的石像。一個是牽牛星，一個是織女星。牽牛織女，隔水相望，所謂佳人，在水一方。這宏大的雕像，讓當時的人們看得如醉如癡，引發了空前的想像與創意。

人們堅信，這座牽牛與織女，雖然被殘忍地隔開，但當夜晚到來，昏鴉沙啞地嘶叫著，成群結隊掠過水面時。這兩座雕像會踏著烏鵲編織的七彩虹橋，於半空中幽會，並抵死糾纏——牛郎織女的故事，從此在民間廣泛流傳，構築成了我們傳統文化華麗的基座。

下面的人察知漢武帝渴望長生不老，喜好神仙之術，就聲稱得到一匹神馬，獻給武帝。武帝大喜，立即叫來大才子司馬相如，讓司馬相如作篇長賦，譜上曲子，再由樂工吱哇吱哇地奏唱。

正當司馬相如引吭高歌，唱興正嗨，冷血怪物汲黯突然出現了。

他一來，漢武帝的臉就沉下來，上面滿是屈辱和痛苦。

汲黯根本不看漢武帝那張臭臉，上前添堵道：「陛下，你又胡來。音樂這玩意是幹什麼的？是聖人用來教化蒼生萬民的。可你瞧瞧你，你竟然叫來司馬相如這個專門拐騙女人的小白臉，譜成曲子在宗廟裡唱，拜託陛下，老百姓知道你們吱哇吱哇唱的什麼嗎？」

漢武帝扭過臉，不搭理汲黯。

汲黯卻越說越上癮：「還有件事，陛下，你知道你有個啥毛病嗎？」

漢武帝氣得聲音顫抖：「朕英明神武，什麼毛病也沒有！」

汲黯：「陛下，你還好意思說自己沒毛病？告訴你，你的毛病大了！你最大最大的毛病，就是不惜血本徵求人才。可是人才千辛萬苦地找來了，一旦有一點點小錯，你立即眼睛一瞪，推出去殺之。陛下，你看看自己身邊，當年你徵召來的人才，還剩下幾個？全都被你殺光了！」

說到這裡，汲黯神情激動，不由自主地高喊起來：「陛下，你這樣任性嗜殺，把人才全都殺光了，誰來替你治理天下呀，啊？」

漢武帝抬頭，看汲黯臉紅脖子粗的模樣，忍不住哈哈大笑起來，說：「汲黯，你那副臭德性，也配來指責朕？告訴你吧，朕這雙眼睛，最是識人。哪個時代沒有人才？任何時候人才都有的是，就看你有沒有挖掘人才的本事！再者說了，人才這東西，是幹什麼的？不過就是個用來裝東西的器皿，就如同菜籃子、尿罐子什麼的。沒錯，是有許多人有才，但有才不用，跟沒才又有什麼區別？有才不用的人，殺掉他又有什麼可惜的？大不了再挖掘幾個有才肯用的人，替代他們罷了。」

汲黯被嗆了回去，生氣地道：「行，陛下你能說，臣說不過你。但臣把話撂在這裡，臣雖然無才無德，只會阿諛奉承。但這點道理，臣還是懂的，陛下你不要欺負臣愚笨，就胡攪蠻纏。」

漢武帝搖頭，對司馬相如說：「聽聽，汲黯竟然敢說自己是個阿諛奉承之輩。這才是胡說。但他說自己愚笨，還真是恰如其分。」

司馬相如：「陛下聖明，對了陛下，這次作賦譜曲，有多少潤筆呀？」

這段對話，揭開了何以漢武帝能夠率漢民族逐匈奴人於黃沙大漠。正如漢武帝自我評價那樣，他雖然苛酷，但有一雙鑒識人才的利眼。舉中國任何朝代，人才之出，從未如武帝時代之盛——而且，也從未如武帝時代，人才的非正常死亡率之高。

不誇張地說，漢武帝，他是中國歷史上當仁不讓的，最具識人鑒才眼光的高手。此前沒人超過他，此後也沒有。

所以他是漢武大帝。

漢武帝的貨幣戰爭

吵鬧過後，漢帝國的大麻煩，終於到來了。

財政破產！

是真的破產了，地方官無奈上報：「陛下，國庫已空，經費分文也無。」

漢武帝：「嗯，那你們有沒有解決方案呢？」

方案？地方官心中叫苦，說道：「臣以為，要想解決國家庫府入不敷出的問題，首先要打擊豪強。你看啊陛下，現在國家窮成這個樣子，許多官員連褲子都穿不起，可是那些豪強大戶，他們霸占礦山，煉金鑄幣，占據鹽井，煮海製鹽。他們家的財產，無計其數，可是國家有了困難，他們卻不聞不問，如此不愛國的行徑，理應狠狠打擊。」

打擊？打擊你妹！漢武帝斜眼睨視官員：「要想解決國家庫府空虛的麻煩，必須要有創新型思維，創新懂不懂？」

「不懂。」官員們茫然搖頭，「啥子叫創新喲？」

「創新就是……」漢武帝道，「一兩句話說不清楚，看朕給你們創新一個，讓你們開開眼！」

漢武帝的御苑中，生活著一種罕見的白鹿。武帝命人捉來幾隻，殺掉之後剝下皮，再裁剪成一尺見方的白鹿皮，四周飾上五彩花紋。

然後武帝道：「看見了沒有？這就是創新，這塊鹿皮，就是朕發明的一個新幣種，朕給它起個名字，就叫傻瓜皮，嗯，簡稱皮幣好啦。」

寵臣在一邊小心翼翼地問：「陛下，這塊皮幣，其價幾何呢？」

漢武帝：「這可值老錢了，嗯，就定價四十萬錢吧！」

這皮幣，就是漢武帝發明的歷史上最早的大面額鈔票。直到這大鈔發明出來，人們才知道，漢武帝的心思，又轉向了整治封王。

封王這東西，與瘋王沒什麼區別，都是屬於獲得點權力之後，就失去控制制約、濫行無道的變態族屬。封王必須要整治，不整治，他們永遠也不知道規矩。

比如說膠東康王劉寄。他是漢武帝的十二弟，由皇太后王娡妹妹所生。就因為這種親緣關係，所以受封為康王。從血統上來說，他既是皇親，也是國戚，理應成為漢武帝可靠的政治同盟。可這個劉寄，腦殼裡也不知灌進了什麼液體，竟然暗中與淮南王劉安勾連，有心造反——這廝也不想一想，漢武帝是你大姨的兒子，所以才會給你封王。可你跟淮南王八杆子打不著，就算是幫他造反成功，他的權力體系裡，豈會有你的位置？

只能說，智商是硬傷（無法改變的缺陷）。

最令人無語的是，康王劉寄參與造反，忙活了半天，毛也沒撈到一根。等到淮南王、衡山王兩王事敗，廷尉緝查，查來查去，竟然把個劉寄給查出來了。

劉寄很鬱悶，曰：「孤就是太聰明了，聰明大了，世所不容啊。」孤芳自賞，自怨自艾一番，他就活活嚇死了。臨死之前，害怕漢武帝按律株連他的兒子，連王位繼承人都不敢指定。

案卷報到漢武帝的御案，武帝歎息道：「哪個封王不造反？不造反的封王，不是朕的好親戚！」御筆朱批，不追究康王劉寄缺心眼之事，以其長子繼承膠東王位，以其幼子接管衡山王的地盤。

漢武帝的心裡，對劉邦的裔系子孫忌憚之極，他寬宥娘家人劉寄，但對於其他封王，打擊起來不遺餘力。新發明的白鹿皮幣，成為了打擊封王的全新經濟武器。漢武帝對封王、對天下人，發起了貨幣戰爭。

漢武帝正令，皇族列侯入京者，必須要先把禮物或貢品，放在皮幣上。意思是要求封王們的貢奉，不得少於皮幣的面值四十萬錢，否則不予通過。

從整治封王，到大額面鈔，其間是有條而鮮明的財政擴張政策。為了刺激經濟，幾張皮幣遠遠滿足不了帝國的需求，還需要發行更多的大額貨幣。

漢武帝又推出了三個全新的幣種，大的稱龍幣，面值三千。小號的是龜幣，面值三百——值得一提的是中號，因為幣面鑄有馬的圖案，稱為馬幣，價值五百。

這樣就推出了中華華麗的罵人文化，市場交易時，經常聽到人們這樣說：「你馬幣五百，半個你馬幣就是二百五。」

財政擴張，通貨膨脹，民間不軌勢力迅速反彈。私幣鑄造業轟轟烈烈風起雲湧，無數地方官員也加入到貨幣戰爭中來，成為當地私幣鑄造業的幕後操縱者。消費市場上，龍幣龜幣以及馬幣，被嚴重邊緣化。

見此情形，漢武帝樂了：「看起來，這場貨幣戰爭，曠日持久嘛。」

漢武帝的蠻勁被激起來：「那就來吧，朕要是弄不死你們，以後就管你們這些刁民叫爹！」

漢武帝的偉大經濟思想

漢武帝找來了三個人，幫助他向民間發起貨幣戰爭。

東郭咸陽、孔僅與桑弘羊！

東郭咸陽，是齊地的大鹽商，煮海製鹽發了橫財。孔僅，則是南陽的大鐵商，戰爭時期，鐵是最緊缺的戰略物資，如此說來孔僅實際是當時橫吃八方的大軍火商——此二人者，皆係平民布衣，富比天下，把朝中百官氣炸了肺，苦苦建議漢武帝嚴厲打擊此二人。

但，漢武帝非但沒有嚴打，反而將此二人提拔為官員，這實際上等於皇家參股，把二人的企業國有化。這固然是漢武帝巧取豪奪。但中國歷史上，向來是重農抑商，從秦始皇到劉邦，乃至後世無數君王，像漢武帝這樣大牌闊氣，用人之道天馬行空，不拘一格的做法，雖不能說絕無僅有，但絕不多見。

無論從何視角解讀漢武帝，單只是這份用人上的大手筆，漢武帝就把其他帝王，統統比下去了。

漢武帝重用的第三個人桑弘羊，在中國歷史上更是大名鼎鼎。

事實上，桑弘羊在中國經濟史上，占據著舉足輕重的地位。不提桑弘羊，就沒有中國經濟史。但在世界經濟史上，桑弘羊卻是一個逗逼般的存在，提他不妥當，不提更不妥當，總之讓後世人痛苦不堪。

桑弘羊，洛陽城中大富豪的兒子，家族經商的門道浸染了他的基因，讓他成為一個天才的算學家。幼年時就聞名天下，人稱洛陽神童。景帝時代，他奉旨入京，成為景帝身邊的財務顧問。到了漢武帝時代，戰爭經費的籌集與調度，成了政務中的重中之重，所以桑弘羊的地位，更加重要。

桑弘羊是中國經濟史上不可或缺之人，卻是世界經濟史上的大逗逼，這和他那天才的經濟理論體系，有直接關係。

好多年後，到了漢武帝的兒子漢昭帝時代，朝廷曾展開一場史無前例的空前大辯論，由桑弘羊獨戰天下儒學之士。當時雙方的辯論極為激烈，幾次動了真火。這場大辯論，由當時的書記員記錄下來，構成了中國經濟史上的重要典籍。時至今日，《鹽鐵論》一書仍時常被人提起，但其隱含在簡單文字下的經濟思想，卻嚴重被忽略了。

表面上，昭帝時代的激烈廷辯，雙方爭論的議題是對漢武帝時代的經濟政策進行總體評價與判估，討論漢武帝時代兩項重要經濟政策：均輸和平準。但實質上，隱含於雙方的激辯之下的，是一個偉大而完美的經濟學思想！

這個經濟學思想，可以簡單表述為：「是否存在著一個讓統治者與被統治者雙贏的經濟學法則？」

桑弘羊的有力回答是：「有！」

儒家學者追問：「既然說有，那麼這個方法是什麼？」

桑弘羊回答：「這個方法就是，官家壟斷！只要把涉及到國計民生的重大行業，全部交給官府，老百姓禁止涉足，那麼天下人就會『嘩』一下子富起來。」

儒家學者憤怒反駁：「桑弘羊你胡說八道，山澤林海，自古以來就是天然資源，無數百姓賴以維生，現在你實行官有壟斷，剝奪了百姓生存的基礎，卻說什麼天下人會因此富起來，這怎麼可能？」

桑弘羊回答：「就是有可能，沒可能我管你叫爹！」

……總之吧，一部《鹽鐵論》，洋洋灑灑數萬言，讓讀者讀到哭，卻仍然弄不懂桑弘羊到底哪來的自信。

實際上，桑弘羊還真沒錯。錯就錯在他的經濟學思想太超前於時代，又缺乏表述這一偉大思想的技術工具，只能用當時的文言文反覆磨牙，說來說去全都是車軲轆話，甚至理論體系內的各組成部分彼此互證，這嚴重降低了桑弘羊經濟學思想的表述效果。

但如果，我們站在現代經濟文明的高度，俯瞰桑弘羊的經濟學思想，就會驚恐地發現，早在兩千多年前，這位偉大的經濟學者，就已經提出了完全市場競爭態勢下的宏觀經濟學和與之相配套的貨幣政策。

如果說，有什麼東西妨礙了桑弘羊的經濟思想，那就是漢武帝！

正是漢武帝手中的那未經民眾授權的暴力性質的獨裁權力，釋放了人性中的貪婪與冷漠。這種貪婪，使得社會生產資源的宏觀調控，喪失可能性。這種冷漠，使得桑弘羊的經濟學思想，淪為獨裁政權巧取豪奪的藉口與工具！

自漢武帝而後的許多帝王，都是桑弘羊的信徒。他們打著公平正義的旗號，以宏觀調控社會生產資源為藉口，大肆地剽掠。一旦生產資源壟斷到手，所謂的調控就再也無人提起，花天酒地淫欲無度，構成了上層建築的永恆法則。

後世的獨裁統治者，都在效法漢武帝。而他們，又沒有漢武帝的人生目標。

而這就意味著，無論漢武帝是如何評價桑弘羊的經濟學思想，但是，這位聰明絕頂的帝王，於其中發現了化解戰爭經費不足的不二法門。

大剽掠開始了，伴隨著的，是對陷入困境民眾的無限道德苛求。

發動群眾鬥群眾

在皇家權力參股了東郭咸陽的製鹽業，與孔僅的冶鐵業而後，漢武帝正式宣布，這兩個涉及到國計民生的行業，由皇家權力壟斷專營。

配套法律隨之下達：民間但有私鑄鐵器或是煮鹽者，砍掉左腳，沒收生產器具及經營所得。

皇家壟斷崛起，百姓生存空間遭受到滅頂般的擠壓。

看起來，百姓必然在這場不宣而戰的經濟戰爭中，淪為悲慘的輸家。以邪惡及殘暴著稱的酷吏張湯，越眾而出，獻上毒計，給民間百姓予以鎖喉重擊。

張湯建議：「陛下，這個治國呢，最不可或缺的，就是法制精神。啥叫法制精神呢？就是要公平。啥又叫公平呢？就是不能只打擊民間豪強，也不能只打擊鹽鐵這兩個行業。要打擊，就必須要以天下百姓為目標，要穩準狠，逮誰打誰，甭管你是幹什麼的，打擊沒商量。否則的話，只打擊豪強不打擊百姓，只打擊鹽鐵業不打擊其他行業，這就失去了法治和公平精神。」——張湯的原話，史書上並無記載，但歸納起來大概是這麼個意思。

張湯進諫之時，漢武帝正陷入對桑弘羊官家壟斷的經濟思想的狂熱中，一邊吃飯，一邊和張湯商量具體執行的細節。聽了張湯的建議，連連點頭：「對對對，張湯此言，深得朕心。對了，你這建議好是好，有沒有具體的執行方案？」

「方案有，」張湯道，「所有的民間商戶，都必須要估算自己的財產，造冊向朝廷申報。大抵緡錢二千，就必須納稅。百姓家有小車和擁有五丈以上船隻的，也必須要納稅。如此，朝廷富矣，軍資足矣，對匈奴最終一擊，也就有了充足的財力保證。」

「很好，」漢武帝道，「但百姓好像也不是太傻，如果他們故意低報瞞報，你怎麼辦？」

張湯笑道：「易耳，但凡瞞報或呈報不實者，判處去邊關服兵役一年，財產全部沒收。這樣，陛下你既有了錢，又有了充足的兵源，此不美哉？」

理想很豐滿，但現實很骨感。漢武帝道：「張湯你個王八蛋，只知道揣摩朕的心思坑害百姓，卻不想想，你這辦法有多大可行性？」

張湯：「……陛下，臣不解，這麼好的辦法，怎麼就沒有可行性呢？」

漢武帝：「你個豬頭，可知道天下有多少百姓？家家戶戶向朝廷申報財產，那是多大的行政工作量？朝廷還要加派人手審核每家申報的數字是否準確，這又需要多少官員？哼，張湯，你莫非想讓天下人都當官嗎？」

張湯笑道：「陛下啊，你經常教導我們，人民群眾才是真正的英雄，而我們自己，才是真正愚蠢可笑的。相信群眾，發動群眾，是咱們帝國權力穩固千秋的法寶。只要我們號召人民群眾積極行動起來，提高警惕，嚴防街坊鄰居隔壁對門瞞報或是不實申報。凡被舉報者，流放邊關，財產沒收，由陛下和踴躍舉報的群眾，一家分一半。」

漢武帝被震驚了：「張湯，你好毒，發動群眾鬥群眾，此計大妙。只不過，朕全身上下都感覺不大好，這麼個搞法，朕豈不成了坐地分贓的強盜頭子？」

「這個嘛，」張湯想了想，說道，「陛下，這沒關係，只要陛下傳旨，推選出一位心底無私傻冒尖（特別傻）的道德模範來，就能夠牢牢掌握住道義資源。」

「嗯，」漢武帝龍顏大悅，「傳旨，張湯獻策，讓百姓申報財產並互相監督舉報，朝廷在全國推開執行。朕體恤蒼生之艱難，為匡扶人心正氣，特在漢國推選忠君之士，欽此。」

臥槽，張湯傻眼了，心裡說：陛下你也太操蛋了吧？把好事全都攬在自己身上，壞事張揚我的名字，那我豈不得被人活活罵死？

帝國道德模範

武帝策令，雷厲風行。一時間漢國境內，堪稱是哀鴻遍野，慘號不斷。原本不富裕的人家被迫課以重稅，許多百姓遭到仇家的舉報，被流放邊關充當戍卒，所有財產悉被沒收。天下人無不惡毒詛咒張湯，罵得張湯夜夜連床噩夢。

就在一片怨聲載道之中，搖搖擺擺走出一個人來。

他的名字叫卜式。

卜式上書：「陛下，臣愚昧，但也知道為子民者，不要問君王為我做了什麼，要問我還欠君王多少。小民請求捐獻所有財產，並率家人赴前線打匈奴。懇請陛下給小民一個機會，答應小民吧。」

侍中把這封怪信拿給漢武帝看。漢武帝冷笑一聲：「欺世盜名。」不予理會。

但卜式的第二信又來了，仍然懇求捐獻所有財產，全家上前線打匈奴。

漢武帝看了，冷笑：「這個大騙子，你想獻出所有財產，直接把財產給當地官府送去就是了。想上戰場，有人攔著你嗎？只說不做，無非是想讓朕拿他當楷模，忽悠天下百姓罷了！」

卜式的第三封書信又到了。這一次，漢武帝終於猶豫了：「嗯，張湯的絕戶計太陰毒了，現在的百姓們，哭喊連天怨聲載道，這都是負能量呀，眼下真的急缺點兒正能量，沖淡一下刁民們的號啕聲。」

要不？咱們就滿足卜式這個大騙子，和他一道聯手，忽悠忽悠？

於是朝廷發布公告：

「朕的子民們，朕有個天大的好消息要告訴你們。北邊的匈奴人，已經臨近他們的末日，日落西山啦！敵人一天天壞下去，而我們一天天好起來，不是小好，而是大好。就在這充滿了正能量的偉大時代，河南人氏卜式，屢次三番，請求捐獻家中所有財產，並親赴前線抗擊匈奴。正所謂，奮掃匈奴不顧身，捐出白銀與真金。全家老小上戰場，嚇得匈奴沒了魂。朕接到卜式的上書，親派官員去詢問卜式：老卜呀，你這麼積極表現，是不是想當官呀？卜式回答：不，我只想做個陛下的小兵，埋骨大漠，戰死他鄉。官員又問：老卜呀，你是不是家裡有什麼冤情呀？卜式回答：不，朕下英明神武，百官忠心可嘉，人民群眾載歌載舞，全世界都羨慕我們，我們的征途是星辰和大海。所有子民簇擁在陛下周圍，這樣偉大的時代，這樣偉大的帝國，怎麼可能會有冤情？這時候官員就糊塗了，問：那老卜，你為啥如此傻缺，要捐獻全部家產還要上戰場呢？卜式回答道：草民雖然無知，但也知道沒有陛下，哪有草民，沒有帝國，哪有百姓的小家？不要問朝廷為我們做了什麼，要問我們還欠朝廷多少！所以我希望天下人，都能夠有我一樣的覺悟，獻出全部家財，全家上戰場抗擊匈奴，則匈奴必滅，漢國必然昌盛。

「傳旨，任命卜式為中郎，封左庶長爵，賜田十頃。讓卜式組成巡迴報告團，向天下子民宣講他的忠心。」

不久，眉花眼笑、吃得肥胖的卜式，就出現在高台之上，向著人群大聲疾呼：「請不要辜負這個時代，你們要向我學習，捐出你們所有的家產吧，不要留戀溫暖的小家，率妻兒老小上戰場吧，陛下和我，是不會忘記你們的貢獻的。」

老百姓鬱悶地仰臉看著他：「世道不靖，妖魔出沒，天下必有血光之災。」

這一年春，東北的天空出現異星。

這一年的夏，西北天空出現彗星。

大漠深處，匈奴單于伊稚斜憂心忡忡地看著天象：「漢國皇帝，真是個邪惡的戰爭販子！他為了籌措攻打我們的戰爭經費，挖空心思不擇手段！把漢國百姓玩得滴溜轉。可憐我伊稚斜厚道善良腦殼呆笨，玩不過他。」

上蒼，我大匈奴何辜，竟然遇到劉徹這種對手？

第八章——

慘勝於黃昏之際

陰暗布局

武帝元狩三年，公元前一二〇年，漢武帝三十六歲。

秋季，匈奴大單于伊稚斜，以兩路大軍，各數萬騎，進襲漢國右北平和定襄郡，殺掠吏官千餘人。

漢武帝接報，嘴裡嚼著飯粒，傳大將軍衛青入覲。

衛青來了，漢武帝道：「衛青，朕這邊，用了張湯的毒計，把天下刁民，骨頭裡的汁水都榨出來了，總算是籌措到了足夠的費用。唉，可憐的百姓呀，他們招誰惹誰了，讓張湯這麼禍害？對了，你那邊怎麼樣？」

衛青道：「陛下，臣已接報，現在漠北地帶，只有匈奴王伊稚斜和左賢王兩支大部落了。他們聽了叛賊趙信的話，已經將主力人馬悉數撤入漠北以北。以其大漠之天然險阻，斷定我漢軍絕難渡漠北進。即使是我軍渡漠而過，也已是疲憊之師，屆時匈奴一鼓而擊之，我軍必敗。」

漢武帝道：「所以呢，朕花了幾年時間，精選了以粟米飼養的戰馬十萬匹，再加上軍士們的自備戰馬，我方馬匹總數不少於十五萬。朕考慮讓霍去病優先精選戰馬，讓他部下的士兵，每人帶三匹戰馬，就可以達到貫穿大漠而仍不失精銳之師的目的。此外，朕再遣步卒十萬，跟在十萬騎兵之後負責押運糧草輜重，有此萬全準備，只要找到匈奴的主力人馬，就可以畢其功於一役了。」

衛青道：「陛下聖明，天佑大漢。臣考慮這次出征，帶上公孫敖。」

漢武帝：「公孫敖？」

衛青道：「正是，上一次，公孫敖因為再一次迷路，削去了爵位。只有帶上他，打個大勝仗，就可以恢復他的爵位。請陛下答應臣吧。」

漢武帝道：「你說到公孫敖，我倒想起飛將軍李廣來了。」

衛青急道：「陛下，臣不要李廣。這老混蛋太悍猛了，還有他的兒子，打起仗來絲毫不亞於乃父。有他們父子倆在戰場上，別人就沒法兒露臉。」

漢武帝：「嗯？」

衛青：「李廣他人品有問題，陛下還記得霸陵亭尉事件吧？李廣退居時，有次打獵路過霸陵亭，霸陵亭尉禁止李廣通過。李廣懷恨在心，等到陛下起用他時，他附加的條件是徵召霸陵亭尉從軍。等霸陵亭尉到了他的軍中，李廣就殺了他。假公濟私，睚眥必報，臣真心不喜歡李廣這種人。」

漢武帝為難地說：「不是衛青，你說的這些雞毛蒜皮，誰他媽的當回事啊？不就是殺個仇人嗎，擱在李將軍身上還算個事兒？總之李廣他的名氣太大了，如果不帶他去，不只是他自已不服，群臣百官，天下百姓，也會吃驚詫異的呀。」

衛青道：「不怕臣民們的驚詫，這天下，難道不是陛下的天下嗎？」

漢武帝歎息道：「是朕的天下不假，可是衛青，你也得替朕分憂呀。難不成朕還能頒道聖旨，說李廣因為太急於上戰場殺敵，所以朕要滅了他全家不成？」

衛青樂了：「陛下，臣明白了。」

漢武帝皺眉：「你明白個屁！朕只希望你能把事情做得乾淨點，懂嗎？」

衛青道：「總之，臣會把李廣父子分開的，否則，他們父子聯手，這一次的主角又被他們搶走了。」

說完這番話，衛青躬身退下。

中國歷史上最偉大的戰役，就在這片不祥的陰謀黑雲籠罩之下，開始了。

漢北戰役，千秋傳奇。

齷齪之戰

漠北戰役在即，雙方選手依次出場。

漢軍第一戰隊：衛青軍。

統帥：大將軍衛青；

將領一：前將軍李廣；

將領二：左將軍公孫賀；

將領三：右將軍趙食其；

將領四：後將軍曹襄；

將領五：西河太守常惠；

將領六：雲中太守遂成；
將領七：公孫敖——他目前的身分是布衣，跟在衛青身邊，算是參謀。
兵力總數五萬騎兵。
漢軍第二戰隊，霍去病部。
統帥：驃騎將軍霍去病；
將領一：從驃侯趙破奴；
將領二：昌武侯安稽；
將領三：右北平太守路博德；
將領四：北地都尉刑山；
將領五：歸義侯復陸支——此人為匈奴因淳王，降漢，擔任嚮導；
將領六：歸義侯伊即靬——此人為匈奴樓剸王，降漢，擔任嚮導；
將領七：校尉李敢——飛將軍李廣的兒子，他不知道的是，這場戰爭，名將李家也是漢帝國要剷除的目標。
兵力總數：騎兵五萬。
此外，漢軍還有十萬步卒，負責後援及押運糧草輜重。也就是說，漢軍這邊有戰將十餘員，士兵二十萬。兩支漢軍隊伍，衛青這邊是名將多，霍去病那邊是戰馬多。
再來看匈奴方面——
統帥：匈奴大單于伊稚斜；
部落將領一：左賢王；

部落將領二：左大將雙；

部落將領三：比車耆王；

部落將領四：屯頭王；

部落將領五：韓王；

部落將領六：自次王趙信——此時，他是大單于身邊最重要的智囊，參謀。

匈奴兵力總數：估計騎兵十萬左右，與漢軍持平。

此時，匈奴大單于伊稚斜，已經將部隊撤至極北，軍需輜重撤向更遙遠的後方。正嚴陣以待，坐等漢軍上門送死。

漢軍的作戰計劃，是以霍去病從內蒙古和林格爾地區出兵，專力攻擊匈奴主力。衛青從河北蔚縣出兵，替霍去病掃清外圍。這樣布置，是因為根據此前的情報，得知匈奴主力在西部。但等到臨近出發時，又從匈奴俘虜口中獲得最新情報，得知匈奴主力在東部。於是衛青和霍去病兩人出擊方位大調轉。

霍去病去衛青的駐地，從河北蔚縣出兵。衛青則率部去霍去病的駐地，從內蒙古和林格爾出兵。費這麼大力氣調換兩軍，只是因為這場勝利，已經內定給了霍去病。不是霍去病立下戰功，贏了也不算。

勝券在握，占盡優勢，漢武帝認為自己有權力任性。

可萬萬沒想到，等到兩支漢軍出發之後，才知道還是弄差了——匈奴主力部隊，並不在霍去病的前方，而是在衛青的前方。

那怎麼辦？兩軍要不要先回去，再調換位置？

沒法再回去了。衛青氣急敗壞，斜眼掃著亢奮已極的飛將軍李廣，吩咐道：「李將軍，你先回來，和趙食其全軍一起，走左路。」

當時李廣就呆住了：「大將軍，我是前鋒耶！」

衛青：「知道你是前鋒，怎麼，左路你不敢走？」

李廣：「不是大將軍，左邊是大漠中有名的不毛之地，沒有水源，水草稀少，連匈奴人都不熟悉路徑，匈奴人不可能躲在那裡。」

衛青：「李將軍，你敢抗命嗎？」

李廣淚流滿面，給衛青跪下了：「大將軍，我李廣，從小時候就與匈奴人作戰，一生最大的心願，就是能夠與匈奴人直面對陣。直到今天，才終於有機會正面攻擊匈奴單于。請大將軍成全我的心願，李廣發誓替大將軍你斬殺單于，提頭來見！」

衛青冷笑道：「李將軍，要不你把這番話，去跟陛下說如何？」

李廣：「大將軍，此言何意？」

衛青的聲音，直寒到李廣的骨子裡：「陛下說了，李將軍年邁體衰，已非當年之勇。倘若戰場上與敵直面相遇，切勿讓他與單于正面交戰，恐怕他難以勝任，墮了我軍的士氣。」

聽了這番話，李廣慢慢站起來，身體激烈地顫抖著，慢慢翻身上馬。他在馬背上呆怔良久，才大喝一聲，打馬掉轉方向。

看著李廣絕塵而去，衛青身後的公孫敖，忍不住說了句：「要糟，李廣他氣昏了頭，竟然沒有帶嚮導。」

衛青掃了公孫敖一眼，公孫敖急忙偏開視線。此後諸將不再說話，於死一般的壓抑氣氛中，策馬疾行。

大單于熱愛和平

衛青統大軍向北，飆速疾行，前進一千多里，穿越了浩瀚的大沙漠。正要鬆口氣，突見正前方是黑壓壓的匈奴鐵騎，正自刀出鞘，箭在弓，虎視眈眈怒視漢軍。

衛青失驚之下，急叫結陣！

漢軍迅速結成一個巨大的圓環，環外架上武剛車。這種車子，是當時一種堅固的戰鬥車輛，雖然是木制，但裹了厚厚的生牛皮。大致相當於原始的坦克車，用以防範騎兵衝營，防禦值極高。

漢軍急速地布營，匈奴士兵一動也不動，列隊靜靜地看著。就這樣靜靜地看著你，無數雙眼睛，看得衛青心裡發毛。

不敢輕敵，衛青先派出五千騎，向匈奴發起試探性衝擊。匈奴人很講規矩，立即派出一萬騎，與漢軍交手砍殺。

這時候，太陽正要落山，天際突然泛起昏黑的煙翳。只聽得沙漠中響起了淒厲的尖號聲，恍若九幽之門突然大開，無數冤鬼發出的駭人悲鳴。漢軍士兵從未見過這情形，一個個面無人色，驚恐地轉向沙漠，以為沙漠中有什麼可怕的陰獸，突然間鑽了出來。扭頭之際，一粒黃沙打在臉上，然後又是一粒，然後是一把大黃沙，「砰」的一聲，打得漢軍士兵忍不住慘叫起來。

霎時之間，天地之間一片昏黑，狂沙疾落而下，原來是突然颳起來了沙塵暴。塵沙遮彌了天地，匈奴士兵和漢軍士兵混雜在一起，誰也看不到誰，只能憑聲音辨識。於沙暴中閉著眼睛，向對方亂砍一氣。

砍了好一會兒，太陽已經徹底落山，兩軍士兵目無所見，纏鬥變得艱難而笨拙。這時候衛青抓住機會，下令散開環陣，讓士兵分左右兩翼，向匈奴人的陣營掩殺過去，將伊稚斜的騎兵徹底包圍。

見此情形，大單于伊稚斜朗聲笑道：「今日這黃沙大漠，就是無數漢軍埋骨之所。他們晝夜行軍，穿行大漠，早已是強弩之末，勢不能穿縞也。兒郎們，與我狠狠地打，要讓這些懦弱的漢人們見識一下大匈奴健兒的不羈雄風！」

聽大單于發號施令，鼓舞打氣，聲音雄壯健朗，匈奴士兵頓時精神一振，發狠咬牙，與漢軍瘋狂對砍起來。「殺呀，兄弟們拚啦，漢人已經撐不住了，正是我等報國立功的時候！」漠北這片荒涼的土地，霎時間變成了可怕的絞肉機，無數條被砍斷的胳膊大腿隨風翻舞，士兵們瀕死前的慘號，響徹天地，不絕於耳。

聽著這接連不斷的慘號聲，大單于伊稚斜深情地說：「本王自打幼年，無日不與人廝殺。但，廝殺只是環境所迫，本王的內心，始終是一個真誠熱愛和平的男子。」

「人生啊，一定要有一場說走就走的旅行！」大單于言訖，跳上一輛六匹騾子拉的大車，率領數百名最精壯的貼身護衛，輕易地把漢軍包圍圈撕開一個大口子，破圍而出，向西北方向疾衝，消失不見了。

他竟然撇下自己的大隊人馬，臨陣脫逃了。

原來，大單于身邊的部隊並不多，猝然間與衛青的四萬騎兵相遭遇，也是出乎大單于意料之外。他是知兵之人，觀敵瞭陣，就知道漢軍兵力遠勝於己，而且戰馬極多，雖然橫穿大漠，但因為不斷換馬並無疲累。打到最後，自己這邊多半沒什麼戲，所以他慷慨激昂地鼓舞起匈奴士兵的死戰之勇，就走先了。

無論是匈奴軍還是漢軍，誰也沒有料到大單于居然這麼任性，說走就走。此時兩軍仍然激烈地死拚，雙方一樣的搏命悍勇，死傷比率始終維持在一比一的平衡狀態。就這樣一直血拚到深夜，雙方都感覺應該休息一下，血搏的節奏，不知不覺地放慢了。

這時候，漢軍的左翼部隊，拖來一個傷殘俘虜：「啟稟大將軍，此人乃伊稚斜身邊的鐵衛，最是凶悍，殺傷了我們多名將士。」

「哦，」衛青踱到俘虜身邊：「你家大單于在什麼位置？」

「大單于？」俘虜臉上露出慘淡的微笑：「你看這天，你看這地，你看這變幻莫測的戈壁大漠，這就是大單于，他無處不在。」

衛青拔劍：「別逗逼了，說出來饒你不死。」

俘虜仍然出神地望著劍刃，半晌才道：「算了，人家早就撇下我走了，我再恃狠又給誰看？我家大單于，他前半夜就走了。」

「走了？」衛青大詫，「走了？去哪兒了？」

「寘顏山。」俘虜喘息著回答。

「不是……」衛青蒙了，說什麼也無法理解，「他這人怎麼這樣？這正好端端地打著仗呢，他怎麼說走就走？做人可以這樣任性嗎？」

名將悲歌

夜黑雁飛高，單于夜遁逃。欲將輕騎逐，大雪滿弓刀。

這首詩，說的就是漢大將軍衛青漠北之戰，正當他率部與匈奴軍血戰之時，大單于伊稚斜，卻招呼也不打一個，自己悄悄溜走了。得知這情況，衛青氣得兩眼發黑，立即下令一支輕騎狂追。而他自己則命令主力部隊撤出戰鬥，由他親率，銜尾追殺。

一直追到天亮，馳奔兩百多里，仍未見大單于的行蹤。這時候，獲知主帥棄陣先逃的消息，匈奴戰營頓時陷入崩潰，由是戰局急轉，匈奴被漢軍斬殺逾萬。

衛青一口氣追到寘顏山。此地，就是現在的蒙古納柱特山。突見前方有一座城池，衛青愕然止步。

這座城，就是歷史上赫赫有名的趙信城。

這座趙信城，是翕侯趙信，回歸匈奴，娶了大單于伊稚斜的姊姊之後，獻計而建。對於匈奴人來說，此城的戰略價值極高。趙信以此城為基地，囤積輜重糧草，蓄養實力，引誘漢軍輕入。按照趙信的策略，倘漢軍穿越大漠，匈奴主力倚趙信城為基，輔以河西地區的匈奴騎兵，雙向包抄，必然可盡殲來犯之漢軍。

計劃絕對是個好計劃，可趙信萬萬沒料到，由於張騫返漢，帶回了河西詳盡的軍事情報。所以漢武帝撇開大單于伊稚斜部，先取河西。當伊稚斜反應過來時，河西匈奴已被掃清，辛辛苦苦建起的趙信城，竟爾淪為雞肋孤城，守之不住，棄之可惜，徹底喪失了其戰略意義。

此番大單于伊稚斜去向不明，趙信城的匈奴守軍，在衛青殺來之前，就已經逃散一空。衛青下令先行收繳匈奴囤積在城中的輜重糧草，補充軍中耗用。然後又點起一把火，把這座已喪失存在意義的城池，焚化一空。

烈焰熊熊，濃煙升起。就在這時候，被衛青強行打發到無水地帶的前鋒李廣，還有陪綁的倒楣將軍趙食其，正忍著飢渴，於無毛之地艱難摸索：問蒼茫大地，路在哪裡？人生的路啊，為什麼這麼艱難？兩軍因為沒有嚮導，於荒漠中走失。經過好長時間的跌跌撞撞，終於從死亡之地中走了出來。

出得無人煙的不毛之地，迎面是衛青主力部隊正唱著快樂的歌子，凱旋歸來。

會師了，只是李廣的心，已經冰冷。

衛青派了官吏，來李廣軍中問罪：「李將軍，你活了這大把年紀，打仗不行，咱們就不說了，難道你連路都不會走嗎？大將軍有令，讓你的隨從立即赴大將軍面前，聽候傳訊。」

李廣下馬，慢慢回答了一句：「抱歉，這道命令，我拒絕執行。」

長史冷笑：「嘿，瞧你這暴脾氣。你行軍遲緩，延誤戰機，還有理了？」

李廣回答：「我的部下沒有罪，他們不該遭受如此羞辱。」

長史道：「李將軍，你老六十多歲的年紀了，怎麼說出這麼無知的話來？你違抗軍令，不讓部下去大將軍面前聽候傳訊，是想一個人承擔全部責任嗎？」

李廣慢慢拔刀，說：「我李廣，冤啊！

「我李廣，從少年時代，就征戰沙場，終其一生與匈奴人血戰，前前後後打了七十多場仗。我的能力究竟如何，天下人知道，匈奴人也知道。可是大將軍他……這一次，我有幸與大將軍同行，平生終於有機會與伊稚斜正面交手。可是大將軍卻執意調開我，讓我率軍走入絕無人煙的不毛之地。此次全軍迷路，不是天意，而是人心莫測呀！

「我是真的老了，六十多歲了。我仍然能夠拉得動強弓，砍得過匈奴最精壯的勇士。我唯獨不能面對的，是那些刀筆小吏的奸詐陷害。

「我不玩了，你們隨意。」

李廣舉刀，自刎。

「林暗草驚風，將軍夜引弓。平明尋白羽，沒在石棱中。」飛將軍李廣，勇力驚人，征戰一生。他為人淡靜廉潔，立功時受到朝廷賞賜，全部拿來分給部下，自己不留分文。他和部下吃一樣的飯菜，睡同樣的席榻。行軍打仗如遇困境，他總是身先士卒，一馬當先。發現水源時，士兵們不喝夠，他決計不喝。吃飯時，士兵們沒有吃飽，他寧可不吃。他做了二十年之久的二千石官，但家中卻沒有多餘的財富——兒子李敢倒是偷偷攢了點錢，但不幸被漢武帝發現，以失機之罪判李廣死刑，結果這點錢也收入了漢武帝的私人囊中——所以自殺前的李廣，已經是家徒四壁，一無所有。他唯一的心願，就是戰死沙場，成就一代戰將之名。

但漢武帝和衛青，不想讓李廣獲得最後的滿足。

李廣死，部下士兵大放悲聲，直哭得愁雲慘霧，天地失色。消息傳回，民間百姓與聞，無論是否知道李將軍，無論是孩子還是老人，也是人人心傷，為老將軍征戰一生的悲情，掬一捧同情的淚水。

反響太強烈了，衛青終於意識到這局面不是他能夠控制的，慌忙解釋說：「那啥，我派長史去李將軍的軍中，不是逼迫老將軍，而是……而是……而是什麼來著？對了，是為了替老將軍遮掩，嗯，替李廣將軍遮掩。」

史官聽到衛青的解釋，火速記錄下來——漢國已經失去一位名將，不能再失去第二位了。

至此衛青淡出，少年英雄霍去病，再次成為歷史主角。

英雄絕代禪姑衍

霍去病這個主角，是開始就確定了下來。

按漢武帝的布置，正方一號男角霍去病，他將對陣反方一號男角大單于伊稚斜。所以漢武帝才會在臨戰之前，不惜勞師遠行，讓衛青和霍去病的十萬大軍，交換防地。

但當霍去病衝上歷史舞台時，不無鬱悶地發現，他面前的對手，赫然竟是匈奴二號反角左賢王。而一號反派人物大單于，卻在衛青的面前。

到底是哪兒出岔子了呢？

嗯，是匈奴人太任性，不按武帝的劇本來呢，還是有人暗中偷改了台本？

這個答案，還需要一段時間，才能水落石出。

眼下霍去病正忙於整編軍隊，他的實力比衛青只強不弱，對此戰有絕對把握。但在整編時突然發現，壞菜了（完了），百密一疏呀。霍去病這邊，也和衛青一樣，不喜歡別人和他搶鏡頭，挑選戰將時，先行淘汰了經驗豐富的老將。這固然是樹立了霍去病的絕對權威，可是有一樣，他發現自己連個助手參謀都沒有。

咋整呢？霍去病無奈，只好把李廣的兒子李敢叫過來：「李校尉，我暫先任命你為大校，做我的副將，你對此有何考慮？」

李敢大喜，感激涕零：「小將微末之技，竟獲將軍青睞，小將闔家感激，三生有幸。」

哼，霍去病心說：誰用你感激，老子這也是沒辦法。大軍起行，以匈奴降王復陸支和伊即軒為嚮導，這兩人自幼生長大漠，大漠就是他們的家，對自己部族兄弟的活動規律，瞭如指掌。所以此二人為地地道道的帶路黨，有他們帶路，一捉一個準。

先行穿越大漠兩千里，無煙之地，飛鳥絕跡，熱浪灼炙，陰鬼孤號。如果沒有嚮導，霍去病也會像李廣一樣迷路。但他有兩個嚮導，李廣一個沒有。所以霍去病疾速平安穿越大漠。

前方，是左賢王的部落及營地。此時部落及軍中一片祥和氣氛，渾不知大難將至。霍去病先行命士兵換過精力充沛的良馬，抖擻精神，按照出發前指定的編隊，吶喊一聲，向著匈奴人衝殺過去。

沉浸於平靜生活中的匈奴人，茫然回頭，一張張驚愕的臉，在漢軍凌厲的刀鋒之下，頓時破碎。漢軍殺來了，他們要趕盡殺絕，快逃啊！驚恐的匈奴人，衣衫不整，光著腳板發瘋般地在營帳之中亂竄。喝得爛醉，正在帳中臥睡的左賢王，聽到漫天的嘶喊聲，提著皮褲探頭出來：「漢軍來了？不可能！他們怎麼穿過那浩瀚的大漠？」

親衛們急忙奔過來：「大王，趕緊走吧，漢軍那邊有兩個匈奸給他們帶路，聽人說大單于那邊也遭受到漢軍突襲，大單于業已死於亂軍之中。」

「那咱們趕緊走。」左賢王顧不上提起褲子，由精銳組成的親信鐵衛簇擁著，匆忙奔向自己的戰馬。這支生力軍向著漢軍的薄弱之處，凶猛地衝殺了過去。

左賢王為人實在，不像大單于那麼缺德。大單于逃走之前還故布迷陣，導致他逃走後竟無人知曉。但左賢王一逃，就立即被自己的部卒發現了。

匈奴那微弱的抵抗，頓時土崩瓦解。

部落酋長比車耆王當場被斬殺，屯頭王與韓王，急忙高舉雙手：「投降，我們投降，我們請求歸漢，與復陸支和伊即軒兩個帶路黨做伴。」同時投降的，有王子、將軍、相國、當戶及校尉八十三人。

貴族們被俘，匈奴士兵的投降卻遭到無情拒絕，戰場上呈現出的是血腥大屠殺，匈奴吏民被殺者數萬，再加上俘虜，俘殺數量達七萬四百四十三人。

接下來是大追殺。

霍去病死咬著左賢王不放，一路窮追至蒙古烏蘭巴托市的東郊，這裡有座山，就是有名的狼居胥山。與狼居胥相鄰的，還有座姑衍山。

追到這裡，左賢王神祕地消失了。

其實，左賢王是另行擇路而逃了。而霍去病，他來這裡，卻是奉了漢民族的偉大使命。

封天禪地！

要把這場偉大的勝利，向天上的神祇打個報告。

理論上來說，霍去病雖然全殲左賢王部，但左賢王畢竟只是個有勢力的部落酋長，並非大單于。封天禪地的行政工作，由衛青來負責，更合乎情理。但漢武帝的台本早已寫好，少年英雄霍去病當仁不讓。

於是，霍去病在狼居胥山祭天神，於姑衍山祭地神。封狼居胥，禪姑衍，從此成為了中華民族最偉大的戰史篇章，至今令人懷想，餘響不盡。

單于歸來

可憐的匈奴人，從頭曼單于開始，於戰國年間凌壓中華帝國，經歷了冒頓單于的鼎盛時期，最終在霍去病將軍面前畫上了悲哀的句號。

從此漠北無王庭。

華夏民族的生存空間，獲得了充足的拓展。

戰役結束後，被稱為漠北的蒙古高原，出現了一幕詭異的景象，荒原之上，一支又一支的隊伍在行走，有漢人軍隊，也有匈奴人的武裝。有時候漢軍與匈奴軍混雜在一起，跌跌撞撞地並肩而行，但結局已定，雙方已經失去了交手的理由——搞笑的是，有些匈奴武裝，無頭蒼蠅一樣被捲進漢軍中，竟爾是稀里糊塗地跟著漢軍，一路走回了漢國。

此時，殘存的匈奴諸部，派出人手四去尋找探問，想弄清楚大單于伊稚斜的下落。但過去十多天，伊稚斜也沒有消息。

顯然，厚道的伊稚斜，一定是被戰馬踏死於亂軍中了。於是，匈奴部族中繼大單于部、左賢王部之後，排名第三的部落，右谷蠡王大聲宣布：「苦難的匈奴子民們，你們的希望到來了，長期受漢人欺壓的大匈奴，從此站起來啦。告訴大家一個好消息，你們又有了全新的大單于。」

新的大單于？末日惶惶的匈奴人頓時聚攏而來：「右谷蠡王，這個新的大單于，快告訴我們他是哪個呀？」

右谷蠡王：「笨呀你們，這還用問嗎？新的大單于，當然是我呀。」

唉，你這貨也行？匈奴人無奈，只好硬著頭皮，陪右谷蠡王玩下去。

於是匈奴人士氣大振，右谷蠡王果然不負所望，有條有理地收容各部落失散兵民，調集資源安置難民。為了安撫失魂落魄的兵民，新任大單于每天忙碌不休，吃得比雞還少，幹得比驢還多，累得比狗還慘。這一天，他正在安撫幾個被漢軍凶殘殺戮嚇得神智失常的士兵，忽然聽到背後人招呼他：「尊敬的大單于？」

新任大單于顧不上回頭，問：「什麼事？」

後面的人回答說：「大單于，我等是從戰場上整編制撤下來的戰士，請求大單于開恩，依然讓我們統領舊部，官復原職。」

新任大單于大喜：「現在我大匈奴最缺的，就是經歷了這場殘酷戰役，心理沒有崩潰而依然意志如鋼者，你們是我大匈奴最寶貴的人力資源！官復原職是遠遠不夠的，你們人人都要晉升。」

「謝新任大單于。」說話的那人終於出現了，他走到新任大單于面前，手撫胸口，躬身道：「新任大單于啊，你看我晉升個什麼官職合適呢？」

你就升為……嗷！直到這時候，新任大單于才顧得上仔細端詳對方一下。

這一端詳，新任大單于「騰」的一聲，跳了起來：「我擦伊稚斜，你你你怎麼還活著？」

「我活著不好嗎？」大單于伊稚斜冷笑道，「漢兵詭詐凶殘，雖然已經到了令人髮指的程度，可是我伊稚斜，豈是那麼容易殺死的。」

「你看這事弄的。」右谷蠡王慌了神，「大單于你不能這樣，躲起來十多天不露面。人家也不是貪戀權位，這不是那個啥，唉，那個啥，大單于你招呼也不打一個，就突然回來了，弄得咱們現在有兩個大單于了，你說這可該咋辦呢？」

伊稚斜手按刀柄，目露凶光：「右谷蠡王，你說該咋辦，咱們就咋辦，好不好？」

「大單于你別動手，」右谷蠡王急忙後退：「大單于，你是瞭解我的，我這輩子沒別的毛病，就是個高風亮節，就是個忍辱負重。大單于平安歸來，實乃我大匈奴天賜之福，我現在就卸任，仍奉大單于號令而行事。」

「哼，這還差不多！」伊稚斜一屁股坐下來，「酒呢？酒在哪裡？哎對了，忘了告訴你們了，劉徹，他完了。」

右谷蠡王：「早就知道劉徹是山羊尾巴，那叫一個短。不過大單于，漢人剛剛打敗我們，怎麼這麼快就完了呢？」

伊稚斜笑道：「沒錯，漢軍這次不宣而戰，悍然進犯我國，是占了一些便宜。但他們能夠占便宜，不是他們的戰鬥力強，而是他們拚盡了血本。我已經詳細研問過了，此次漢軍出征，把他們國內所有的戰馬，全部帶來了，總計戰馬十五萬匹。但是連番血戰，他們的戰馬被我軍打死十多萬，回去的，不足三萬，而且盡皆傷殘累累。戰馬，是軍事戰爭的決定性資源，試想以後的漢國，連匹囫圇戰馬都找不出來，他們還能長久嗎？」

右谷蠡王心中暗罵：「娘的，人家那邊拚盡的是馬，可咱們這邊卻連個囫圇人都湊不出來幾個，你還贏個屁呀贏？」嘴上大喜道，「大單于果然遠見卓識，就讓我們繼續團結在大單于身邊，給垂死的劉徹，予以最後的致命重擊吧！」

衛青失寵

漢武帝板著一張後娘臉，開始對漢北之戰，論功封賞。

加封霍去病五千八百戶食邑，加封霍去病為大司馬，官職僅低於丞相。其部將四人封列侯，李廣之子李敢，也被封為關內侯，賜予食邑。

獲得封賞的將士名單極長，郎官從早晨宣讀，一直讀到快下午，才終於結束。

封賞名單讀完了，但趴伏在地下的將領臣屬，卻是一動也不動，人人臉上滿是狐疑之色，驚詫的目光，悄悄地轉向大將軍衛青。交頭接耳的議論之聲，於半空中蒼蠅一樣嗡嗡盤旋，卻始終落不下來，聽不清晰。

所有受封之人，全都是霍去病軍中之人，衛青軍中的將領兵卒，提也沒提——說沒提也不對，與李廣同時迷路的將軍趙食其，被交尉吏處理，論罪當斬。當然他可以繳納贖金保全性命。

這就完了？

陛下他……為什麼要這樣做？難道大將軍衛青，擊敗匈奴單于伊稚斜，論戰功不是在霍去病之上嗎？

再想想臨戰之前，衛青與霍去病的兩軍，相互調來調去……

原本，漢國這邊得到的軍事情報，是匈奴大單于位於內蒙古和林格爾北方，所以漢武帝才安排霍去病兵出和林格爾，衛青兵出河北蔚縣。可是臨出發前，衛青卻說又有個新的情報，匈奴單于並不在和林格爾以北，而是在河北蔚縣以北。於是漢武帝不惜勞民傷財，命衛青與霍去病調換出兵方位。

可萬萬沒想到，等到出戰之後，才發現最初的情報是準確的，匈奴大單于根本不在霍去病行進的方向上，而是在衛青的前面。結果最終，是衛青大敗匈奴單于，而霍去病只是打敗了左賢王，連封狼居胥禪於姑衍，都只能硬著頭皮胡來。

到底是什麼原因，導致了這個錯誤發生？

是不是衛青他……「嘩啦」一聲，簇擁在衛青身邊的人，全都溜走了。只剩下衛青孤零零的，看著滿臉怒氣的李敢，一步步向他逼近。

李敢：「衛青，我父親他是怎麼死的？」

衛青：「奴輩大膽，竟敢對我這樣說話？」

李敢大罵：「你個卑鄙小人，有什麼資格再說自己是大將軍？我父親一世名將，卻被你妒賢嫉能，把他從主戰場調開，逼迫他進入連匈奴人都會迷路的無煙之地，還不給他配備嚮導。衛青，是你殺了我父親，今天我要替李家討還公道！」怒吼聲中，李敢輪起缽盂般的大拳頭。衛青急忙抬頭，就見那拳頭霎時間變大，「砰」的一聲，他的眼前頓時一片金星盤旋。

衛青被打倒在地，氣得吼叫一聲，爬起來正要撲向李敢。忽然注意到四周看熱鬧的人，齊齊肅容垂手。衛青也急忙束手站好。

就聽腳步聲起，漢武帝大大咧咧地踱出來：「咦，衛青，你臉上的傷是怎麼回事？剛才不還好好的嗎？」

衛青不敢說實話，賠笑道：「陛下，臣剛剛走神，不小心跌倒了。嘿嘿。」

漢武帝冷笑一聲：「你也是習武之人，怎麼會這麼心不在焉？以後注意著點。」

「臣，恭領陛下教誨。」衛青慢慢退下，出來後環顧四周。發現上朝時簇擁在自己身邊的人，此時全都不見了。不僅是群臣避開了他，就連他的門客，此時也全聚攏在霍去病的周圍。

衛青心裡冷笑：哼，這群趨炎附勢之輩，一旦看我失去陛下歡心，就立即拋棄了我。遲早有一天，我要讓你們這些鼠輩知道厲害！衛青的眼睛，落在喜形於色的霍去病身上：唉，李敢毆傷之仇，必須要報，只不過……唉，自己已經沒有這個能力了。

但霍去病可以！

女神為愛落凡塵

長安咫尺，有房陵縣。房陵縣令有兩個女兒。

大女兒未找到婆家出嫁，淪為資深剩女。小女兒成功嫁出，並很快有了身孕。但在生產時，小女兒難產而死。

據說，死後的小女兒，給姊姊托了個夢。於是房陵縣令的大女兒，就發起了一場社會公益性質的募捐活動，以眾籌的方式，搞來一大筆錢，就在長安城外，修了一座祠堂，稱自己死去的妹妹是女神，並設香案供奉。

因為香火比較靈驗，長安城中的達官貴人和百姓，經常排長隊來祠堂上香。

少年英雄霍去病，立下封狼居胥的不世功業，聲名如日中天。返回長安後，他也來到這座祠堂還願。可就在霍去病恭敬上香時，一件詭異的事情發生了。

主座上的女神，突然復活了。

帶著一種奇異的幽香，女神緩步走下神壇。清風徐來，掀起的衣襟之下，是女神雪白香膩的肌體。一雙含情脈脈的眼睛，看著霍去病，向霍去病伸出一隻手：

「霍大司馬，約嗎？」

當時的霍去病，因為吃驚過度，眼珠失控地凸出眼眶之外：「你你你……你本是座沒有生命的泥胎木塑，怎麼會……怎麼會突然變成真人？」

女神道：「霍大司馬，我死後封神，原本在天庭，只是你我命中合該有段美麗的姻緣，所以乘風下凡而來。霍大司馬，豈不聞人生苦短，及時行樂？就請大司馬移步這邊的榻上，讓我與將軍攜手涉入愛河，盡情品嘗抵死纏綿的兩性歡悅吧！」

「豈有此理！」霍去病手按劍柄，踉蹌後退，「你既然是天界的仙子，就應該在天界工作上班，享受人世間的香火供奉。如果天界的神仙，都學了你樣，下凡來與凡人交媾，這人世間豈不亂了套？天界與凡間的規則秩序，豈非蕩然無存？」

女神失笑道：「霍大司馬多慮了，我與將軍的姻緣，是前世久已註定，這與其他神仙沒關係。」

霍去病卻打斷女神的話：「隨你怎麼誘惑我，我都不為所動。請你馬上返回天界，我也該……我不會向天庭舉報你的，也該去和朋友見面說事去了。」

不理會女神的誘惑呼喚，霍去病頭也不回地衝出祠堂。祠堂門外，正有輛車駛來，車上坐著武帝時代的滑稽名臣東方朔。

見到霍去病，東方朔急忙招手：「霍大司馬，我正要找你。咦，大司馬臉色如此緊張詭異，莫非是……莫非是我來晚了一步，你已經答應了大將軍衛青所請？」

「東方朔，你亂說些什麼呀！」霍去病困惑地說：「就是剛才，祠堂裡的女神，竟然復活了，還要與我共涉愛河，抵死纏綿。」

「有這事？」東方朔的表情極為震驚，「那你怎麼回覆的？答應了女神沒有？」

霍去病：「這種無行之事，我豈會答應？我只是納悶，純潔的女神，怎麼也會想男人？對了東方朔，剛才你說大將軍衛青什麼來著？」

「這事先擱下，我進去瞧瞧女神。」東方朔撇下霍去病，衝進祠堂。

霍去病站在路邊，仍然是滿臉的不解：奇怪，女神也可以下凡和人類交媾嗎？

東方朔衝進祠堂，正看到女神雪白的衣袂隨風飄拂，又坐回到了神壇上。

東方朔滿臉狐疑地走過去，拿手指在女神的鼻梁上摸了摸，又把手指湊到鼻翼前，用力地嗅了嗅。女神一動不動，冰冷的神色，始終是拒人千里之外。

東方朔又伸出手，捏住了女神的鼻子，女神的眼珠不由自主地轉動著，冰冷的神色，也在慢慢發生變化。突然間女神一腳踹倒東方朔：「東方朔，還有完沒完？你捏著我的鼻子不讓我呼吸，想憋死我呀？」

東方朔哈哈大笑：「我就說嘛，你這座祠堂有古怪。一座泥塑木雕，怎麼會靈驗呢？果然是你這個當姊姊的，奉妹妹為神是假，其實是你借這個機會，替自己尋覓如意郎君。」

女神氣惱地罵道：「這跟你有什麼關係？女孩子嘛，誰不想嫁個好男人？」

東方朔大怒：「既然你想嫁，怎麼我來過幾次，對你挑以眉眼，你竟冷若冰霜？卻對霍去病投懷送抱？」

女神叱道：「你個小矮子，怎麼能跟霍去病比？人家可是舉世皆知的大英雄！」

東方朔歎息道：「你呀你，平時看起來不是挺聰明的嗎？怎麼求偶時也會犯蠢女人的錯誤？霍去病舉世揚名是不假。可是這漠北之戰，波詭雲譎。隨之而來的帝國財政崩潰，標誌著隨後到來的是一個血腥大殺戮時代，你看中的霍去病他多半……」

女神臉色猶疑：「東方朔，你還別說，霍大司馬他，是真的……」

「他怎麼樣？」東方朔追問。

女神彎腰俯身，把嘴巴湊近到東方朔耳邊，低聲耳語道：「他中了劇毒，活不多久了。」

東方朔怫然變色，喃喃道：「看來我還是慢了一步。罷了罷了，一切都是天意。」

他轉向女神：「馬上給我當老婆，不然我就把你裝神弄鬼的事兒，全揭露出來。」

女神呆住了：「東方朔，你竟敢要挾我，真是太無恥了。」

密謀殺人

據《太平廣記》記載，房陵縣令的大女兒，主動向霍去病求歡未果，就嫁給了東方朔。而就在東方朔和女神談判之時，大司馬霍去病，終於等來了他的舅舅衛青。

衛青騎在馬上，拿手指著自己臉上的傷痕：「霍去病，你長大了，看你舅舅這樣被人欺負，難道你無動於衷嗎？」

霍去病：「奴輩敢爾，舅舅你當時就該殺了他！」

衛青：「我穿越大漠，不幸直面與匈奴大單于交戰，已經讓陛下極為不快。倘若這時候再殺李敢，只恐陛下天威震怒。」

說到這裡，衛青抬頭：「李敢我不能殺，但你可以。」

霍去病冷笑：「舅舅，你就不怕陛下對我也生出不滿嗎？」

衛青：「陛下不會，因為陛下愛你。」

霍去病的臉上，無喜無悲，指甲修剪得整齊的手，慢慢地落在腰間斜挎的強弓之上。

「那也要觀察陛下的心意，才可動手。」

霍去病說。

國難臨頭

公元前一一七年，漢武大帝三十九歲。

這一年春，暴雨如注，落地凝冰。

這一年，是帝國多事之秋，是戰爭的持續，是更多更酷烈的記載。

正如東方朔所料，曠日持久、聲勢浩大的漢匈戰爭，徹底拖垮了漢帝國的經濟。資源短缺的時代，人性往往會變得異常凶殘。由此而後歷史上出現的，是一長串帝國能臣的死亡清單！

新一輪的血腥大清洗，在漢武帝冰冷而高效的布置之下，又開始了。

第九章——
迷案連連

人類歷史上最常見的現象是：再也沒有比殘酷的戰爭，更讓人感受到資源匱乏的痛苦。每當這時，表徵著資源無限供應的靈異界人士，總是不失機宜地出場。他們的身上，承載著人類永恆的夢想：

無限的資源，與無限的可能。

靈界異客

而對於漢武帝來說，這個需求表達起來更為簡單——不過是長生不老而已！

第一個到漢武帝身邊報到的仙人，是李少君。

他是一位列侯的隨從，但顯然，他隱瞞了自己神祕的來歷。他能夠驅使鬼神，喚回亡靈，許多人因而渴望能夠在他的幫助下，步登天界。因此就不停地贈送李少君金銀珠寶與財物。

結果，更多的人看到，李少君不耕不織不商不官，卻有著花不完的錢，更認為其人神通了得，於是捧來更多的財物相送。李少君的名氣，終於盛極一時。

漢武帝是個既冷酷又具大智慧的人，他對一切抱有疑問，遂喚李少君入朝。

李少君來到時，恰好朝中來了個九十多歲的老翁，顫顫巍巍地拄著龍頭拐杖，被幾個年輕人攙扶著。李少君與老翁在宮門前相遇，仔細地打量了一下老翁，說道：「咦，你不是小梁子的後人嗎？你爺爺在世時，有沒有帶你去過終南山？山谷中有一株我親手種下的樹。當年我植樹之時，你爺爺還是個垂髫童子，我對他說：小梁子，你等這株樹長到合抱粗細的時候，一定要帶你的孫子來看看。或許有一天，我會在聖天子的宮門前遇到他，就可以為你的離世掬一捧淚。」

聽了李少君的話，老翁臉色驚恐，失神跌坐在地，嘶喊起來：「天，老天，原來這世上真的有活神仙。我小時候，爺爺跟我說起這段故事，我還以為爺爺是開玩笑的，原來這竟是真的。」激動的老翁，小心翼翼地伸手，觸摸著李少君的衣襟，「今天，我終於遇到神仙了，終於遇到了，讓我觸碰你一下，沾點仙氣。」

漢武帝聞聲出來觀看，也是大為驚訝。請李少君入座，問道：「神仙，朕要如何做，才能夠羽化成仙呢？」

李少君笑道：「陛下，成仙這種事，有三個基本要點：第一要有仙緣，用人類社會的話來說，就是你在天界得有點人脈，有神仙願意接引你。沒仙緣的人，空然妄想，終無所獲。這第二個要點呢，就是你得拜對神仙，天界諸仙，有許多並不與人類社會打交道，這些神仙你拜了也是白拜。要想拜對神仙，你必須祭祀灶神。第三個要點呢，就是拜神的儀式要正確，這就好比人類社會的官家文件，格式不對，是得不到回應的。只要滿足了這三個基本要點，像什麼驅使妖鬼呀，丹砂化金呀，還有什麼延年益壽呀，長生不老呀，都不過是天界的正常業務，沒什麼稀奇之處。」

武帝聽了，羨慕道：「李神仙，你在人類社會上，可曾遇到過仙友？」

李少君搖頭：「神仙之屬，都是些暴脾氣的異類，高興了就現身跟你說幾句話，不高興了呢，那可是千呼萬喚不出來。」
漢武帝熱切地問道：「李神仙，不知朕的仙緣如何呀？」
李少君道：「陛下，我已經坐在您的對面，為何要明知故問呢？」
漢武帝激動起來：「那麼李神仙，可否願意幫朕一點小忙，指點一下朕，如何煉成仙丹呢？」
李少君道：「夫煉丹者，低端手工技術也。只要鼎具足備，方劑無誤，一般不會出什麼問題。這樣吧，我替陛下擬個仙方，把煉丹所需之物，列出來，陛下您派人買好，很容易就能夠煉成仙丹了。」
漢武帝很衝動，立即命人按李少君的仙方，配置了鉛汞朱砂等丹料，交由李少君，急切地等著仙丹煉成。
每隔兩天，漢武帝就派人去李少君處看一看，仙丹煉好了沒有？幾成火候了？
這一天，宮監又奉命往李少君處，不多時就急慌慌跑了回來：「陛下，陛下，不得了了，那李少君他……」
「他怎麼樣？可是仙丹已經煉好？」漢武帝急問。
「沒有。」宮監道，「李少君他昨夜吃多了鮮魚，鬧起了腹瀉，折騰了他整整一夜，到了今天早晨，他就突然眼睛翻白，兩腿一蹬，暴斃身亡了。」
「暴斃？」漢武帝失笑起來，「亂講，神仙豈有暴斃之理？你肯定是看錯了。」
「絕對沒有！」宮監賭咒發誓，「陛下，老奴已經請大夫看過，李少君他的屍體，都已經涼透了。」
漢武帝慢慢搖頭，歎息道：「李仙人呀李仙人，咱們不帶這樣逗逼的。說好了煉好仙丹，大家一起去天界玩耍。可你怎麼可以撇下朕，獨自羽化升天了呢？」

聞知漢武帝堅決不信李少君死了，天下騙界的高手們，頓時蠢蠢欲動，都琢磨來漢武帝這裡撈一票。

漢皇重色思傾國

率先趕來的，是齊地的少翁。

少翁，就是年輕的老頭的意思。也就是說，此人相貌稚嫩，模樣儼然是個陽光少年，但他的年齡，卻連自己都說不清楚。簡單說吧，宇宙是由一個奇點大爆炸而形成的，大爆炸之前，奇點的位置有點歪，是少翁拿手撥拉正的。大爆炸後宇宙膨脹的速度不給力（和預想相差甚遠），是少翁踹了一腳，才達到現有效果的。再後來，又於虛空中獨自飄浮了幾多歲月，少翁他來到了銀河系。他來的時候，太陽系還沒有形成，地球還沒有從那團熾熱的星雲中甩出來，是少翁心急，拿根草繩往星雲裡一蘸，順手一甩，於是就有了地球。此後少翁就在冰火交融的地球上，目睹了滄海桑田，見證了恐龍逐殺，親睹了猿猴下樹，看到了人類興起。經歷了漫長歲月，直到聽到漢宮中那淒美的歌聲，才心念一動，入宮而來。

這歌聲，是位伶人所唱，歌曰：「北方有佳人，絕世而獨立，一顧傾人城，再顧傾人國。寧不知傾城與傾國，佳人難再得。」

唱這支歌子的伶人，名叫李延年。這廝因此創造出來一個常用成語：傾國傾城，專以形容女性的美貌，為中華傳統文化作出了重要貢獻。

當時漢武帝聽了這首歌，頓覺心思恍惚，六神無主。就出宮登車，去姊姊平陽公主的家裡。

平陽公主迎駕，問道：「陛下悶悶不樂，可有什麼心事？」

漢武帝道：「唉，姊姊，我既然來你這裡，還能有什麼心事？你都知道的。」

平陽公主問：「可是衛子夫她把太多時間放在太子的教育上，忽略了陛下的感受嗎？」

漢武帝道：「自古名將如美人，不許人間見白頭。衛子夫她已經是老白菜幫子嘍，黃臉婆嘍，朕非好色之人，就是見了美女邁不動步，見了美女提不起褲。姊姊明白朕的意思吧？」

平陽公主笑道：「明白，明白，怎麼會不明白？可是陛下您可知道，您千尋百覓，求而不得的絕世美女，就在你的身邊呀？」

「誰？在哪裡？」漢武帝茫然四顧。

平陽公主道：「陛下既然來我這裡，定然是聽到了李延年的歌聲，沒錯吧？」

李延年？漢武帝醒過神來：「對，唱那首美人歌的伶人，正是叫李延年。可是姊姊，他是個老爺們兒，朕還是希望玩點常規傳統的兩性遊戲。」

平陽公主搖頭：「陛下，李延年是男人不假，可是他有個絕色妹妹，那首美人歌，唱的正是他的妹妹呀。」

「有這事？」漢武帝「騰」地站起來，「回宮，傳李延年，讓他把妹妹領來，朕要教導他妹子，玩點成年人才懂的高端遊戲。」

李延年的妹妹來了，果然是國色天香，玲瓏情腸。漢武帝見之，頓時魂不守舍，於是幸御之，並封其為夫人。

是年李夫人有孕，生一子，就是未來的昌邑王。

但就在生昌邑王這年，身體羸弱的李夫人，很快病倒了。漢武帝來看望她，她躺在席榻上，以背對漢武帝，說什麼也不讓漢武帝看她的臉。

等漢武帝走後，李夫人身邊的宮人抱怨：「夫人，您在陛下面前，怎麼不肯轉過身來？這樣輕慢陛下，真的好嗎？」

李夫人歎息道：「黃毛丫頭，你懂得蛋呀？我一介弱女子，憑什麼得到陛下的寵愛？無非不過是美貌無雙而已。夫以色事人者，色衰而愛馳，愛馳而恩絕。一旦讓皇帝看到我這張飽受歲月和病魔摧殘的容顏，皇帝對我的喜愛就沒有了，恩寵也自然而然地斷絕了，留給我們李家的，只有滅門之禍！」

後人評述，李夫人，實乃大智大慧之輩。她比任何人都清楚漢武帝，知道這個自大狂情結嚴重的男人，渴望的是什麼！她拒絕讓漢武帝看到她的病容，留在漢武帝心中的，只有美妙的想像。

果然，李夫人死後，漢武帝感懷不已，封了李夫人的伶人哥哥李延年，為協律校尉，封了李夫人的另一個哥哥李廣利，為貳師將軍。

——實際上，正是李廣利的到來，導致了大將軍衛青遭到冷落並最終廢黜的結局。此後的漢武帝，既然不再陪衛子夫玩，自然也沒理由帶衛青玩。

以後陪漢武帝玩的小夥伴，就是李廣利了。

李夫人死了，漢武帝傷心已極，他獨自坐在月光下，唱著憂傷的歌。史載，漢武帝思念李夫人，夜以繼日，寢食俱廢。

就在這時候，神仙少翁飄然入宮，問：「陛下，您很想念李夫人是不是？要不要讓我請她回來，再與陛下相見。」

生魂回返

聽少翁說，他有法術，可以讓武帝與李夫人再相見。漢武帝當時神情激動：「神仙，只要你做到這點，要什麼你開口。」

少翁道：「陛下，那小仙就不客氣了。我需要李夫人生前的衣服。」

漢武帝：「為什麼要她的衣服？」

少翁：「陛下呀，她回到陽世，怎麼也不能光著屁股吧？」

漢武帝：「也對，還需要什麼？」

少翁：「一間靜室，最好是李夫人生前居住過的。」

漢武帝：「沒問題！」

少翁：「再就是薄紗幕一襲，蠟燭二十枚。還有，當小仙做法時，房間裡除了陛下，閒雜人等不許擅入。」

少翁的條件，很容易獲得滿足。到了作法時間，漢武帝立在薄紗幕前，看少翁走進去，回頭對漢武帝說：「陛下，站那兒別動，戲法這事，一動就穿幫了。不是，剛才我的意思是說，一動就驚擾了生魂，只怕李夫人她不肯再回來了。」

漢武帝果然一動也不敢動，站在原地，聽少翁在薄紗幕裡邊搗搗鼓鼓。好半晌時間，少翁出來，對漢武帝說：「陛下，做好準備吧，李夫人很快就出來了。」

忽聽薄紗幕後，有什麼奇怪的聲音響起，漢武帝眼睜睜地，看著李夫人的影子，投射到白紗之上。她低垂著頭，似乎在沉思什麼，飄行無聲，緩然而過，然後就消失了。

漢武帝急了：「夫人回來，朕要和你重續前緣。」他正要衝上去，這時候少翁冷冰冰地說了：「告訴過陛下的，站在原地別動。」

漢武帝絕望地停在原地，呆呆地望著空無一物的薄紗幕：「她……她怎麼不到朕的身邊來，為什麼？」

「這個事呀，」少翁歎息道，「實話說吧，陛下和李夫人緣分，已經盡了。若非是感激陛下的誠心，夫人是決不肯現身的。如今陛下已經見到了她，應該滿足了。」

漢武帝道：「等等。」

少翁：「啥子？」

漢武帝：「朕突然間，詩興大發。」

於是漢武帝，就站在薄紗幕前，吟出了他這輩子唯一的一首詩：

是邪？

非邪？

立而望之

偏何姍姍其來遲？

詩成，漢武帝封少翁為文成將軍，賞賜財物無數。

有關方士為漢武帝召喚李夫人之魂事件，一字一句地記在古史上。有種說法稱，後來這些記載，流傳到了西洋蠻夷諸國，結果那些洋人，受此啟發而發明了電影。也不知道這種說法，有沒有道理。

武帝是如何識破騙局的

此後，少翁就成為了漢武帝宮中的貴客，他勸說武帝建甘泉宮，召喚天界諸神。召喚了一年，也沒見一個神仙下來。

有一天，少翁與漢武帝同車出遊，行至路上，他忽然道：「陛下，讓車子停一下，你看那邊有頭牛。」

漢武帝：「牛？牛怎麼了？」

少翁道：「上天給陛下寄來封天書，此牛就是快遞小哥。」

「快遞小哥？」漢武帝眼睛瞪溜圓，「可是牛蹄子裡邊，並沒有拿著天書啊。」

少翁：「陛下，天書在牛的肚子裡。」

「肚子裡？來人，替朕宰了這頭牛，掏出天書。」

隨從上前，不由分說將牛殺掉，剖開牛腹，居然真的從牛肚子裡，掏出件寫了朱砂文字的丹書來。

漢武帝把丹書拿過來，仔細一瞧，樂了：「少翁啊，這丹書文字的筆跡，怎麼和你一模一樣啊？」

「啊？」少翁失笑起來，「筆跡一樣，太正常了。因為這天書，是和我一道學書法的神仙同學寫的。」

漢武帝笑到肚子疼：「你娘的還嘴硬，來呀，與人把這廝抓起來，酷刑折磨，朕要看看他能堅持多久。」

鐵制刑具，輕易突破了少翁的生理承受極限，隨之而來的，是心理崩潰。

他終於呻吟尖叫起來：「陛下，饒命啊，陛下，小人只是逗個樂子，只是想讓陛下開心而已。」

「看你痛苦慘號，朕真的很開心，」漢武帝道，「你老實說，這丹書，是怎麼弄進活牛肚子裡的？」

少翁哭道：「那很容易的，就是要把字寫在厚實的帛上，餵給牛吃，牛嚼不爛，只能囫圇咽下肚。」

原來是這麼回事？漢武帝再問：「那李夫人生魂現身，又是怎麼回事？」

少翁哭道：「是用燈光投影，營造出來的效果。就是皮影戲而已。」

「噢，」漢武帝恍然大悟，「來呀，給朕把這混蛋殺掉。任何人不得把今天的事情說出去。如果有人問起少翁的下落，就說他羽化成仙，回天界點卯上班去了。」

向匈奴輸入先進文化

神仙這種事，不確定性太大。你信吧，遇到的全都是騙子。不信吧，萬一錯過真神仙呢？這事讓武帝感覺心好累。

還是腳踏實地，做好皇帝的本職工作，陪著凡塵俗子們玩吧。

情況是這麼個樣子，漠北之戰，兩國俱殘。匈奴被斬殺的將士近十萬，降者不論。漢國這邊數萬軍士埋骨大漠，此外還有十多萬的戰馬，一去不復返。可憐姑衍山下骨，都是春閨夢裡馬，總之是匈奴再無還手之力，漢國亦無再戰之勇。

但漢國是占到了上風的，始終在有條不紊地蠶食北方大地。匈奴人感受到不可承受之壓力，大單于伊稚斜，不得不問計於姊夫趙信。

趙信說：「眼下這情形，我方處於極端不利的態勢。最多不過三年五載，漢國就可以恢復過來，而我們要等一代人成長起來，至少需要十年。漢國不會給我們時間，他們會凶殘地掐滅我們最後的一線希望。」

「那咋辦呢？」伊稚斜絕望地問。

「兩手抓，兩手都要硬。」趙信指點道，「我們要主動出擊，向漢國提出我們的和平主張。我們要求恢復漢文帝、漢景帝時代的平衡狀態。具體說來就是要求和親，讓他們把美貌的皇家公主，給我們送來。這是和平的一手，戰爭的一手，則是我們每次出擊征掠時，都要事先大做輿論工作，指控漢國是戰爭販子，屢屢撕毀和平協議。」

伊稚斜悶悶不樂地道：「看來，只能是這麼著了。」

於是匈奴遣使赴漢國，要求和親。

該不該和親呢？漢武帝心裡也沒譜。老規矩，拿不定主意的事兒，就召開御前腦力激盪會，讓群臣們集思廣益，暢所欲言。

有資格參加會議之人，無一不是智識過人之輩。都知道這個議題重大，不敢發言——無論你是支持還是反對，等日後一旦出現麻煩，你就要承擔責任。所以呢，官要做，俸祿要拿，建議嘛，儘量不提。

只有丞相長史，名字叫張敞，他不知輕重，想在漢武帝面前展示一下聰明，遂衝了出來：「陛下，我堅決反對和親的建議，舉雙手雙腳反對。」

「嗯，為什麼反對呢？」漢武帝溫柔地問道。

「是這樣，」張敞道，「漠北之戰，我軍將士飛越大漠，盡掃匈奴，封狼居胥，禪姑衍。這已經把匈奴徹底打殘了。只要再來次小規模的軍事演習，匈奴非死不可。所以沒必要和親。」

「既然不和親，那該咋辦呢？」漢武帝問道。

「易爾！」張敞道，「我大漢帝國，應該抓住這個機會，向匈奴輸入我天朝先進的權力文化，讓他們跟我們一樣，也趴伏於地，旦夕朝拜天子。總之，就是讓匈奴成為我們的衛星國、附屬國、藩國。」

「好建議，朕喜歡！」漢武帝龍顏大悅，「張愛卿，與朕把這個計劃的實操方案呈報上來。」

「方案？臣也沒有方案。」張敞傻了眼，「陛下，方案不難，只須遣使一名，以三寸不爛之舌，說得匈奴誠心來降，就可以了。」

「使者？三寸不爛之舌？」漢武帝環顧諸臣，「諸卿哪個有這本事？」

眾臣齊齊舉手：「陛下，臣等舉薦張敞，他既然提出此議案，必在腦子中無數次模擬過實操過程，我等愚笨，萬萬不及。」

漢武帝龍顏大悅：「好，張愛卿就走一趟，朕等候你的好消息。」

我日……張敞目瞪口呆。只好收拾行李上路。到了匈奴處，見到大單于伊稚斜，勸說道：「大單于，你已經見識到了我大漢帝國的尚武雄風，更應該學習我天朝的先進權力文化，若得此良機，成為我天朝藩屬國，實乃匈奴子民之福也。誠請大單于以臣屬子民福祉為計，抓住這個難得的機會，融入我天朝先進文明的大潮中來吧。」

伊稚斜樂了：「哈哈哈，有沒有搞錯？我讓你家皇帝，給我送幾個美貌溫柔的公主來，他卻給我送來你這麼個大男人。算了，時代不同了，男女都一樣，你就留在這裡，當自己是個美貌小公主，替你家皇帝行使和親使命吧。」

「別呀大單于，你們不能這樣啊。」張敞呆住，就此被扣留。

張敞為自己的建議，付出了代價。

下一個，博士官狄山。

恐怖邏輯鏈

博士官，不是現代意義上的學位稱呼，最早時設立於戰國，凡是主管教育的官員，都可稱為博士官。

秦朝時，博士官成為正宗的技術職稱，舉凡研究術數、陰陽、六經、諸子者，有了成就就可以獲得博士官學位。到了漢朝，博士官重新成為官職，由精通諸子六經的學者擔任，在朝中大致相當於學術顧問。

張敞被匈奴扣留後，漢武帝的博士官狄山上書，主張和平，反對戰爭，請求漢武帝答應匈奴的和親要求。當時漢武帝拿著那奏疏，舔了又舔，嗅了又嗅，越舔越嗅越是狐疑。

於是漢武帝派人通知狄山：「陛下命你準備一下，讓你參加殿前大辯論，你是正方選手，不要露怯哦。」

狄山：「……又要舉辦御前大辯論？能不能告訴咱，我的對手，反方辯手是誰呀？」

來人道：「是陛下本人。」

「啥子？」狄山嚇呆了。

來人繼續補充道：「擔任本次辯論裁判的，是張湯。」

張湯？可怕的酷吏？我死定了。博士官狄山用力揪自己的頭髮，你說我怎麼這麼缺心眼呀？我學的是六經呀，弄個陛下的偉大軍戰思想是對六經的發展與創新，這類課題，少不了經費，又絕無風險，多好？可我偏偏想不開，拿自己當頭蒜，上書言政事，現在後悔了吧？

到了辯論時間，狄山出場，趴伏於地，漢武帝高居御座之上，橫側的位置，站著張湯，一雙認真的眼睛，仔仔細細地在狄山脖頸上，尋找下刀的位置。

看狄山嚇得要死的模樣，漢武帝樂了，問張湯：「阿湯呀，你怎麼看狄博士？」

張湯道：「陛下，他就是個大傻瓜！從頭髮梢到腳趾尖，都滲透著濃烈的傻氣。」

腦子呆笨之人，最恨別人說他傻。狄山已到人生大限，聽張湯說他傻，立即憤怒地抗議：「陛下，臣是傻不假，但臣忠心呀，不像張湯，他官拜御史大夫，實則是個奸詐小人。」

漢武帝說：「好了好了，別說了，現在辯論大賽開始，朕先來。狄山，你對朕的忠心，是真是假？」

狄山：「一片赤誠，唯天可表！」

漢武帝：「那麼，朕派你去做一郡之長，能保證不讓匈奴進犯嗎？」

狄山一咬牙：「陛下，臣做不到。」

漢武帝：「那麼，朕讓你管理一個縣，你能夠不讓匈奴進犯嗎？」

狄山：「臣沒這個能力。」

漢武帝：「然則，朕如果派你管理一個要塞呢？」

要塞？直到這時候，狄山才意識到這次廷辯的圈套所在。漢武帝是一步一步，降低條件，強迫他接受一個他絕對不適合的位置。如果要塞他再說守不住，弄到最後，鐵定要讓他當個前線的步卒，充當棄子供匈奴人磨刀用。無奈之下，狄山只好硬著頭皮說：「要塞還可以，陛下，子曾經曰過，一個要塞，臣還能守住的。」

「好，」漢武帝龍顏大悅，「朕就喜歡你這種只會讀書的粗人，馬上出發去守你的要塞吧！」

書呆子狄山，就這樣被打發去了邊關一座要塞。還不到一個月，前方消息傳來：「報，日前匈奴一支土匪武裝，悍然入境犯我城池，沿途打破要塞一座，守護要塞的博士官狄山，腦殼被匈奴人砍下拎走。」

這個消息，嚇傻了朝中諸官。

每個人都清楚，狄山之死，隱含著一條恐怖的現實邏輯鏈，最終的指向，是一個殘暴的酷吏時代的到來。

新一代的酷吏

漢武帝，用呆萌學者狄山的血，告訴每個人：和平只是幻想，和親之路行不通！敵人每天都在磨刀霍霍，幻想和親解決問題的人，只是對冷酷現實的絕望逃避。

既然和親之路行不通，就意味著新的戰爭。

戰爭需要花錢，超過任何人想像的、無計其數的錢！

可是戰爭打到這種程度，國家困，百姓窮，誰還有法子能弄來錢？——只有那些最殘暴、最狠毒，對人充滿了刻骨仇恨的酷吏。他們會把百姓的骨頭榨出油來。

而酷吏張湯介入狄山事件，傳遞的就是這樣一個訊息。

這同時也傳遞了一個清晰的信號，要想在這個殘酷時代搏出位，比的是誰更殘暴，誰更突破底線。

酷吏張湯，辦案時不擇手段，凶殘異常，長時間以來構成帝國的下限。但到義縱出世，這個底線就被擊穿了。

義縱這個人，有多麼狠辣呢？

當時函谷關有個都尉，叫寧成，其人凶悍暴戾，是漢武帝時代的第一個酷吏。

寧成，南陽人氏。他實際上是景帝時代的過氣之人，性格暴戾，任性使氣。他做下級，一定要欺負上級，不把上級搞到身敗名裂，決不罷手。他做上級，就一定要苛待下級，不把下級弄到家破人亡，決不算完。因其手段殘暴狠辣，皇族貴戚無不懼怕他。為了除掉他，皇族宗室結成統一陣線，搜集寧成的犯罪證據，並舉報了他。

景帝將寧成交付官吏處置，判寧成髡鉗。但在當時，有罪官員的判決，或是死刑或是赦免，從無其他刑罰。對寧成的判決打破了慣例，這讓寧成大為悲憤，認為自己淪為了權力鬥爭的犧牲品。

於是寧成破枷而出，逃至函谷關，曰：「不能做大官，發大財，就算不上大丈夫。」於是創辦小額貸款公司，主營高利貸業務。未幾，暴富，出行時必帶幾十名騎士隨從。

漢武帝時代，起用酷吏寧成，以其為都尉，當地百姓官吏，怕寧成怕到了要死。當地流傳著一句話：「寧可出門遇到小老虎，也不要惹寧成發怒。」總之，寧成之名，在相當長一段時間裡，標誌著的就是恐怖。

但是，寧成最多不過是個酷吏。而新一代的義縱，不唯是酷吏，還是個酷吏終結者。寧成哪怕只是聽說了義縱的名字，都會害怕地瑟瑟顫抖。

終於有一天，義縱做了南陽太守，巡視函谷關。當他來到時，比猛虎還可怕的寧成，瞬間變身成了隻小貓咪，戰戰兢兢地趴在路邊侍奉。而義縱不為所動，先把寧成家人抓出來殺掉一批，讓寧氏家族支離破碎，一下子震懾住了百姓官吏。

然後義縱調任定襄太守。他到任後，幾天沒什麼動靜。突然有一天，他率了手下人奔襲定襄監獄。

當時監獄中在押囚犯有兩百人，前來探監的家屬也有兩百多人。義縱下令，把這四百人統統拿下，全部殺掉。罪名嘛，慢慢想。四百人殺完，他才想出來個罪名：稱這些被殺死的人，犯有擅自脫下刑具的大罪。

修史者評述說：張湯固然殘暴，但好歹還有個法律條文可以援引，而義縱，這廝卻是個嗜血無度的殺人狂。他對人類充滿了不可解釋的刻骨仇恨，一天不殺人，彷彿人生無趣，全身都不自在。

控告義縱濫殺的上訴書，呈遞到了漢武帝面前。武帝大喜，立即傳旨，升義縱為兩千石的官職——這個官職，和一生征戰沙場的飛將軍李廣相同。

但顯然，漢武帝並不滿足於一個義縱，他始終期待著下一個打破義縱紀錄的人出現。

這個人果然來了，暴吏王溫舒。

嗜殺者侯

王溫舒，漢帝國十大酷吏之一，著名神探，破案如神，盜賊遠遁。

他原本是一個小小的都尉，但深知犯罪界的規律法則。於是捕捉了當地幾名黑社會老大，先行搜集了這些老大們的犯罪證據，要求他們回去做眼線，如若不然，立即公示罪名並誅殺。

幾名黑老大成為了王溫舒的眼線，很快當地的犯罪勢力一掃而空。當地犯罪率大幅下降，這讓王溫舒極為惱火。

於是王溫舒轉而對充任眼線的黑老大們下手，手段酷辣，動輒滅家滅族。於是當地成為了漢帝國的犯罪禁區，舉凡犯罪界人士，無不遠走高飛，連從王溫舒的地盤上路過都不敢。

緝盜有功，王溫舒升任河內太守。

王溫舒九月到任，未入官衙，他就匆匆下令：「馬上給我準備五十匹好馬，要快，慢一點殺你的頭！」

馬匹準備得當，王溫舒風塵僕僕，立刻率人疾撲當地最大的豪強之家，先行抓捕，再搜尋犯罪證據，罪名大一點全家殺光光，罪名小一點也要殺掉當事人。極短時間內，當地一千多戶人家被他徹底滅門。

河內郡中，血漂十里。

王溫舒這人沒什麼愛好，也沒什麼人生樂趣，他一心撲在工作上，茶不思飯不想，沒完沒了地加班工作——他的工作，就是無休無止地於刑房中殺人。

有一天，他正在監督行刑，忽然接到朝廷通知，說是時逢春季，要求各地體會春天是萬物生長的季節，一律停止用刑。當時王溫舒就哭了，邊哭邊跺腳說：「陛下呀陛下，你咋這麼仁義呢？再給我點時間，最多半個月，我就把這些人殺完了，可現在，工作只做到一半，我心裡難受啊。」

漢武帝得知這個消息，感動不已，御筆一揮，升王溫舒為二千石的官職。

得到了義縱和王溫舒。漢武帝長長地伸了個懶腰：「好了，人力資源已經到位，是時候了。」

從現在開始，西漢帝國，將推行更積極的貨幣政策，以挽救帝國那已經破產的財政。

殺！

丞相之死

新的貨幣政策開始推行，死亡名單上第一個勾掉的，是丞相李蔡。

李蔡何許人也？

李蔡，是飛將軍李廣的堂弟，和李廣一樣的身材強壯，武藝絕倫。漢文帝時代，李廣、李蔡兄弟，同時被選為文帝的貼身侍衛。到了漢武帝時代，飛將軍李廣名成天下，李蔡的名聲雖然不大，但卻是戰功赫赫。最經典的戰役，是他追隨衛青出大漠，擊匈奴右賢王王庭，因此封侯。

那次戰役中，右賢王只帶了心愛的美姬脫逃，衛青榮獲大將軍印授。而李蔡，忍受不了戰場上的人性磨損，就棄武從文，留在朝中改任文職。

後來，漢武帝以丞相公孫弘對付封王，導致公孫弘心理壓力陡增。因為壓力太大，公孫弘竟爾暴斃。於是漢武帝挑來撿去，看誰都不順眼，唯有李蔡好歹還有點戰功，就讓李蔡繼公孫弘出任丞相。

李蔡在任期間，工作成就無非不過是清理幹部隊伍，推行積極的貨幣政策。但當帝國財政吃緊，需要更積極的貨幣政策時，李蔡就落伍了。

漢武帝說：「我們有些幹部，跟不上形勢的飛快發展。這樣下去可不行！你不肯換腦筋，那我們就換幹部。」

時隔不久，丞相李蔡，被舉報侵占漢景帝的陵園空地，用於埋葬他的家人——李蔡有什麼理由占據漢景帝的陵園？誰又有資格被埋在這裡？

景帝陵園，百姓禁足。想像李蔡把一個無關緊要的家人埋在這裡，未免太過於離奇——很顯然，應該是飛將軍李廣受到衛青擠對，仗劍自殺。李氏家族遭受到近乎毀滅性的打擊，而漢武帝，卻拒絕替李家主持公道。身為丞相的李蔡，在家人面前必然承受著巨大的心理壓力。

或許是李蔡本人，出於對漢武帝過分偏袒的憤怒，又或是他的家人，出於對李蔡無力庇護家族的憤怒，索性將李廣的屍身，抬入到漢景帝的陵園之中，向先帝訴說自家的委屈。李氏家族先後侍奉了文帝景帝與武帝，不應該遭受到如此不公正的對待。

事件發生之初，漢武帝因為過於理虧，雖然內心羞惱，卻也不好吭聲。畢竟人的臉皮，再厚也是有限的。但過了段時間，漢武帝想起這茬兒，開始問罪報仇了。

漢武帝下令，將李蔡移交司法問罪。

李蔡入獄後不久，朝廷發布消息：「罪臣李蔡，逃避朝廷追究，於獄中畏罪自殺。其人雖死，遺臭萬年，為忠臣義士所不齒。」

消息傳出，滿朝震駭。

所有人的目光，轉向李氏家族在朝中的最後一個人：李敢！

李敢，戰場上無人能敵的新一代鐵血軍人。他的名將父親李廣死了，而今他的叔伯李蔡又死於酷吏之手。這一切，對李氏族人來說，都意味著毀滅性的打擊。

李敢，他會作何選擇？

畢竟，他是李氏族人唯一的依賴了。

兇手霍去病

公元前一一七年，繼丞相李蔡死後，郎中令李敢家人向朝廷申訴：

「我們李家冤枉啊，老將軍李廣，陣前失機自殺，少將軍李敢，因為賭氣打了大將軍衛青，遭到衛青甥舅二人的報復，於日前被霍大司馬用冷箭射殺，小民誠惶誠恐，唯請陛下主持公道。」

漢武帝接到申訴，面寒如鐵。

他親審此案，稱：「關內侯、郎中令李敢，武藝絕倫，忠心報國。他在河西戰場及漠北戰場，都有非凡的表現，是我大漢帝國引以為豪的不世名將。但在日前，李敢在隨朕遊覽御苑之時，不幸遭遇一頭因發情而瘋狂的公鹿，竟爾被鹿角挑死。李敢將軍歿於鹿角，實是我大漢帝國沉重的損失。朕之心，與天下人同感其哀。」

李廣的兒子李敢，在春天被霍去病射殺。漢武帝替霍去病隱瞞，強行壓制李氏族人，不許申冤。

到了秋天，傳來霍去病死亡的消息。

名將殞落之謎

一年之內，帝國兩名大將接連殞落，而且他們都是那麼的年輕，這鑄成了大漢帝國不可承受之痛。

相比於李敢之死，一代名將霍去病的殞落，更讓人感傷。至今為止，他的死亡仍是一個不解之謎，他究竟是怎麼死的？是自己身體素質的原因，自然暴斃，還是死於謀殺，無從解釋。

從記載上來看，早在霍去病赴房陵縣的神女祠，遭遇女神約炮邀請之時，那慣以擺弄各種藥物的房陵縣令大女兒，就發現霍去病臉色不對，明顯已經中毒。

如果這種說法有道理，兇手的身分，至少有四種可能。

第一種可能：死於匈奴人悍然發動的生化戰爭。

這種解釋，也是當時人的說法。據傳，當漢軍大舉入境，務欲滅絕匈奴生路之時，匈奴人走投無路，就以染患瘟疫的戰馬和牲畜，投入於水源之中。當霍去病穿行大漠，封狼居胥時，取山水飲用，因此染患時疫，最終身亡。

第二種可能：李廣家人之復仇。

飛將軍李廣，橫行沙場一生，卻冤死於衛青的設計。他的兒子李敢，又被霍去病公然射殺。雖然此事被漢武帝壓下，不許張揚，但李家人絕對嚥不下這口氣。如果李氏家族之人，有人暗中下毒，毒殺霍去病報仇，也是情理之中的事情。

第三種可能：投降來的匈奴復國主義分子。

早在漢高祖劉邦之時，漢匈經常發生衝突，不斷有匈奴降人投奔漢國。到了武帝時代，漢帝國終於在國力上占到絕對上風，被迫降漢的匈奴人越來越多——但，期望每個投降而來的匈奴人，都對漢國死心塌地，這未免太樂觀了。

在匈奴降人之中，湧動著一股巨大的潛流，一些極端主義者矢志不擇手段，以各種方式予以漢國重創。這些人已經打入到了漢武帝的身邊，並著手對漢武帝進行控制。此外，殺害漢帝國的名將，無疑有利於扭轉匈奴帝國急轉直下的頹勢。

霍去病受到漢武帝的格外賞識，這構成了他與匈奴復國主義者的直接利益衝突。設想這些人不對霍去病採取報復行動，是毫無理由的。

在未來漢帝國政局的紊亂走向之中，事實上已經控制了漢武帝的金日磾，嫌疑越來越重——但，此類的可能性被嚴重忽略了。這就讓霍去病的死，變得更加撲朔迷離，難以解釋。

第四種可能：霍去病死亡的最大受益人——舅舅衛青！

如果，霍去病真的是死於毒殺，嫌疑最大者，無疑是獲利最大的人。

無論誰獲益最大，都不如衛青——之所以不能夠洗脫嫌疑，僅僅是因為，漠北之戰，是衛青人生最後的輝煌。此後，他已經在事實上遭到了漢武帝的廢黜。當然形式上的賞賜還是有的，但他的政治生命已經完結。

他一定是做了什麼事兒，因而失去了漢武帝的寵歡。

衛青是個小心的人，行事從未被人抓到把柄。但漠北之戰，疑竇重重，匈奴單于明明就在霍去病的正前方，卻因為情報的差錯，他和霍去病移宮換位，導致了漢武帝的計劃落空。霍去病只是因為擊敗左賢王就封狼居胥禪姑衍，這嚴重降低了霍去病的個人威信，導致霍去病在軍戰史上的爭議不斷。可以確信，漢武帝對這個結果極不滿意。

漠北之戰而後，衛青遭廢黜，霍去病成為朝中新貴。在衛青的慫恿之下，霍去病暗殺了李敢，雖然漢武帝極力遮掩，但，可以確信漢武帝對此不會高興。

如果說，衛青在朝中也有仇家的話，那麼他的仇家就是外甥霍去病。是霍去病奪走了他的一切，聲望、功業、富貴甚至包括了家族後續的富貴。如果說，霍去病之死，能夠為他帶來新的可能，這也是事實。

但，歷史在這裡沉寂，除了疑問，後世人什麼也無法看到。

李氏家族連根被剷除，少年英雄霍去病突然暴斃，標誌著漢國的政治戰爭，已經趨於白熾化。而漢武帝就在這晦澀陰暗的歷史中，大展手腳，盡掃障礙，更積極地推行他全新的貨幣政策。

也就是說，帝國死亡名單，正變得越來越長。

出人意料的是，死亡名單勾掉的第二個人，赫然竟是武帝賴以為爪牙的殺人狂，義縱。

（待續）

INK PUBLISHING

從前 25

漢武帝：皇權的邏輯（上）

作　　者　霧滿攔江
總 編 輯　初安民
責任編輯　施淑清
美術編輯　黃昶憲　林麗華
校　　對　施淑清　宋敏菁　林家鵬

發 行 人　張書銘
出　　版　INK印刻文學生活雜誌出版有限公司
新北市中和區建一路249號8樓
電話：02-22281626
傳眞：02-22281598
e-mail:ink.book@msa.hinet.net
網　　址　舒讀網http://www.sudu.cc

法律顧問　巨鼎博達法律事務所
施峻中律師
總 經 銷　成陽出版股份有限公司
電話：03-3589000（代表號）
傳眞：03-3556521
郵政劃撥　19000691　成陽出版股份有限公司
印　　刷　海王印刷事業股份有限公司

出版日期　2017年 2 月　初版
ISBN　978-986-387-143-9（平裝）
定　　價　330元
套書定價　660元（上下）　特價495元

※本書由上海讀客圖書公司授權

國家圖書館出版品預行編目資料

漢武帝：皇權的邏輯（上）/
霧滿攔江 著；- - 初版. - -
新北市中和區：INK印刻文學，
2017.2 面；17 × 23公分.--（從前；25）
ISBN 978-986-387-143-9（平裝）
978-986-387-150-7（套書）
857.4521　105024596